Hanna Kowalewska

TEGO LATA,
W ZAWROCIU

ZYSK I S-KA
WYDAWNICTWO

Projekt okładki
Agnieszka Herman

Fotografia na okładce
istockphoto.com

Redaktor
Adela Skrentni

ISBN 978-83-7506-757-6

Oddano do druku w 2010 r.

Zysk i S-ka Wydawnictwo
ul. Wielka 10, 61-774 Poznań
tel. 61 853 27 51, 61 853 27 67, fax 61 852 63 26
Dział handlowy, tel./fax 61 855 06 90
sklep@zysk.com.pl
www.zysk.com.pl

TEGO LATA,
W ZAWROCIU

I. POKUSZENIE

1

Śmieszny kaprys starej, złośliwej kobiety — tej suchej czarownicy, która w ostatnich latach życia odrzuciła elegancką laskę i podpierała się wygrzebanym z leśnej podściółki, mocnym, brzozowym kosturem. Chodziła z nim przez miasteczko, sama podobna do suchego drzewa, ciągnąca wolno nogi — korzenie, pokryta korą, mchem, pleśnią... Moja babka! Ta czarna wrona, której bały się nawet bezdomne psy. To ona dała mi Zawrocie. Zapewne dlatego, że widziała mnie tylko raz w życiu i ani razu nie usłyszała o mnie pochlebnej opinii. Zło podbudować złem, nienawiść nienawiścią, samowoli dać do ręki wszystkie możliwości! Czy nie tak, babko? Na pewno tak! Tak...

Więc jestem tu! Stoję przed bramą twojej posesji. Przeszukuję torbę i wyjmuję całe to brzęczące żelastwo. Klucz do bramy. Klucz do domu. Klucze do pokoi. I mniejsze — do czego? Wszystkie starannie ułożone według wielkości i podzielone między trzy ozdobne, srebrne koła. Drżą mi ręce, nie mogę trafić do dziurki — jak bohaterka ponurego filmu grozy sprzed pół wieku. Za chwilę powinien poszybować ku mnie nietoperz albo sowa. Coś się powinno osypać, coś zgrzytnąć i przemknąć, ale nic takiego się nie dzieje. A jednak porywa mnie histeryczny śmiech. Pułapka schematów i ja w niej — mysz oddzielona wielką, metalową szpilą od smakowitego kawałka słoniny. Tak! Jestem tu! Jeszcze mogę się cofnąć! Ominąć czasoprzestrzeń napiętnowaną twoim istnieniem! Nie dać się złapać! Ale ty, babko, tak to urządziłaś, że trudno mi się oprzeć! Ten zapach! Ten kuszący zapach...

Powietrze przesuwa się posłusznie pod naciskiem bramki. Ciepły wiatr porywa moją sukienkę i popycha ścieżką prosto do domu. Zamek nie skrzypi. Drzwi się nie opierają. Wszystko ustępuje, jakby na mnie czekało. Mroczną ciemność rozcina pasek światła wlewającego się z nadworza — wyznacza bezpieczną ścieżkę. Idę nią w głąb ciemności. Czy rzeczywiście ten dom na mnie czeka? Czy może na mnie czekać dom złośliwej czarownicy? Czemu mnie to nie dziwi? A niepokoi tylko trochę — tyle, by czuć dreszcz, ale nie tyle, by uciec...

Może jednak powinnam się bać? Zaraz po wejściu do Zawrocia usłyszałam terkot telefonu. Zastanawiałam się przez chwilę, czy go odebrać. Telefon? Tu? Teraz? Czy aby na pewno do mnie?

— To ja — usłyszałam w słuchawce głos ciotki Ireny. — Chciałam sprawdzić, czy wszystko dobrze. Naprawdę chcesz nocować sama w tych pustych pokojach?

— Tak.

Mój upór, by poznawać to miejsce bez niczyjego, a zwłaszcza bez jej przewodnictwa, zdawał się urażać uczucia ciotki równie mocno jak to, że nie ona odziedziczyła Zawrocie. Nieświadomie, a może świadomie, usiłowała obudzić we mnie niepokój.

— Nie będzie ci nieswojo? — pytała po raz kolejny. — Jesteś pewna? Bo i cmentarz niedaleko, dom pusty, brzezinka za oknem... Ty jesteś dziewczyna z miasta, przyzwyczajona do ludzi, a tam głucha cisza!

— Włączyłam radio — skłamałam ze słodyczą w głosie, chociaż rzeczywiście zamierzałam wcisnąć jakiś zbawienny czarny guzik, by wypełnić ciszę muzyką. Nie zrobiłam tego tylko dlatego, że na razie nie wiedziałam, gdzie jest radio. Ciotka na chwilę zaniemówiła. Nie znosiła u mnie tego lekkiego, zaczepnego tonu.

— Cóż — powiedziała po chwili sucho. — Jak uważasz. Nie każdy byłby taki odważny.

— Nie sądzę, ciociu, by babka miała zamiar mnie straszyć. A gdyby naprawdę chciała się trochę mną pobawić, równie dobrze mogłaby to zrobić u ciebie. Duchy mają inny od naszego stosunek do czasu i przestrzeni. Przychodzą, kiedy chcą, gdzie chcą i do kogo chcą...

Ciotka musiała w tej chwili poczuć mróz w kościach.

— Dajmy już spokój tym rozważaniom — przerwała mi pośpiesznie. — Widzę, że dobrze czujesz się w swoim — podkreśliła to słowo — nowym domu. Zadzwoń, gdybyś miała jakieś problemy.

— Dobrze, zadzwonię.

Odłożyłam słuchawkę i rozejrzałam się po przestronnym korytarzu. Obok mnie leżała podróżna torba, przed chwilą rzucona na podłogę. Starłam ręką kurz z dębowej komody pamiętającej pewnie zeszłe stulecie. Poprawiłam wiszące nad nią, równie stare lustro. Przez chwilę patrzyłam na swoje odbicie. Wydało mi się obce w prostokątnej, rzeźbionej ramie, nie współgrające z niczym, co jeszcze odbijało się w jego zamglonej od kurzu i mroku tafli — przemieszanie epok, stylów i jakości — i to ja byłam tym wtrętem i dysonansem, zbyt jasną plamą na stonowanym, harmonijnym płótnie czasu.

2

Śmieszny kaprys starej, złośliwej kobiety! Zło podbudować złem, nienawiść nienawiścią, samowoli dać do ręki wszystkie możliwości! Czy nie tak, babko?! Na pewno tak! Tak...

Wydaje mi się, że słyszę twój skrzekliwy śmiech. Bo przecież śmiejesz się — z całej rodziny i ze mnie. Może nawet przede wszystkim ze mnie. Patrzysz teraz z zaświatów na każdy mój krok, zadowolona z tego, że zmieniłaś — już nieodwracalnie — moje życie. Zmieniłaś je jednym strzępkiem kremowego papieru, na którym złożyłaś swój staranny, wykaligrafowany podpis. „Ja, Aleksandra z Kamilowskich Milska, zdrowa na ciele i umyśle, zapisuję całe posiadane przeze mnie mienie wnuczce Matyldzie". Jak w złej, dziewiętnastowiecznej powieści! Widziałam ten zawijas, którym zaczęłaś swoje imię — podwójna pętla, groteskowo zaciśnięta na literze, powtórzona w moim imieniu, dusząca M w rokokowym splocie. Musiałaś się nieźle bawić przy sporządzaniu tego dokumentu — pewnie czart prowadził twoją rękę. Tylko czy koniecznie musiał podszepnąć ci moje imię?!

Tak, nie mam wątpliwości, że to diabelski podarunek. Pierwszy i zarazem ostatni, jaki od ciebie dostałam. Nigdy w życiu nie dałaś mi nawet cukierka. Co tam cukierek! Wystarczyłby mi twój uśmiech, pieszczota, jedno ciepłe, realne dotknięcie. Przez całe lata marzyłam o twoim głosie w słuchawce, o liście, o paczce zaadresowanej twoją ręką. A potem już tylko chciałam cię zobaczyć, choćby z daleka, z ukrycia, zza szyby. Nawet nie wiedziałam dokładnie po co — cóż bowiem można dostrzec przez chwilę i z oddali, jakie wnioski wyciągnąć z koloru sukienki, kształtu kapelusza, paru rozmytych przez perspektywę, wypracowanych i sztywnych gestów. Chciałam także zobaczyć miejsce, w którym żyłaś — to mityczne Zawrocie, niedostępne i tajemnicze, oddzielone od świata parkanem, żywopłotem i wielką bramą zamykaną na klucz, strzeżone przez wielkie psy.

Marzenia dzieciństwa — czyste i żarliwe. Zapomniałam o tobie w końcu, jak się zapomina o krasnoludkach, wilku, dobrej wróżce i złej czarownicy. Przestałam potrzebować bajek. Przestałam potrzebować twojej miłości. Zapomniałam o tęsknocie. Nie zdążyłam cię nawet, babko, znienawidzić. To było moje największe osiągnięcie tamtego młodzieńczego czasu. Moja młodsza, przyrodnia siostra, Paula, nie znosi nawet dźwięku twego imienia. Dla mnie jesteś jak postać z dawno przeczytanej książki, daleka i obojętna. Co ty na to, babko? Zawiodłaś się na mnie, nieprawdaż? Czyż nie liczyłaś na moją nienawiść? Czyż nie chciałaś się w niej ogrzać? Prozaiczne jest dawanie prezentów kochającym ludziom i pewnie nie w twoim stylu. Podarować tyle osobie nienawidzącej! Ubawić się jej zdziwieniem i psychiczną niewygodą! Poobserwować ją z wysoka! Tak, to bardziej zajmujące... Tylko, że źle trafiłaś. Paula byłaby lepsza. Dużo lepsza!

No właśnie, babko! Dlaczego ja?! Czyżby zdecydowało o tym tamto spotkanie? Widziałyśmy się ten jeden, jedyny raz. Ja byłam małą dziewczynką, ty zaś starzejącą się kobietą, patrzącą na mnie przenikliwie i chłodno.

— To jest twoja babcia — powiedziała matka, ale nie popchnęła mnie w twoim kierunku. Ty też nie wyciągnęłaś ku mnie ramion. Już po chwili przestałam zwracać na ciebie uwagę i gdyby nie fotografia, schowana na dnie szuflady w sypialni rodziców, rysy twojej twarzy na zawsze ulotniłyby się z mojej pamięci.

Ty miałaś większe szanse, by zapamiętać nasze spotkanie i wyrobić sobie zdanie o moim charakterze. Może właśnie wtedy poczułaś we mnie coś pokrewnego. Pamiętasz, jak zaszczyciłam swoją pięcioletnią pupą weselny tort kuzynki Zosi? Musiałam ci się wówczas wydać najnieznośniejszym bachorem na świecie. Nie dlatego, że rozsiadłam się na paterze, ale dlatego, że nie dałam się z niej ściągnąć. Ponad wszystko pragnęłam, by goście weselni dostrzegli w końcu moje istnienie. Gdy oczy biesiadników skupiły się na maślanej róży i napisie „Sto lat młodej parze!", wdrapałam się na kolana ojca, a potem pacnęłam na ciasto. To był cudowny moment! Odważnie patrzyłam na zawieszony nad moją głową nóż i wianuszek wpatrzonych we mnie, zdumionych i groźnych twarzy. Pamiętam je do dzisiaj — podbite absyntem, groteskowo przetworzone przez dziecięce zmęczenie, wyobraźnię i papierosowy dym. Może zostanę pokrojona? Nawet chcę być pokrojona! Jestem weselnym tortem! Dostanę się każdemu po kawałku! Rozpłynę się w ustach! Wejdę do trzewi! To bardziej interesujące, niż być małą dziewczynką deptaną przez zapatrzone w siebie pary. W ogóle nie chcę być dzieckiem! Chcę być tortem! Słyszycie! Jestem tortem! Jestem tortem! Zjedzcie mnie! Dlaczego nie chcecie mnie jeść?!

Trzeba mnie było wynieść razem z tortową papką. Trzymałam się kurczowo patery, jakbym bez niej nie mogła istnieć. Siedziałam potem na niej w kuchni uparcie i nieruchomo. Moja matka wiedziała, że lepiej mnie tam zostawić. Nie było innego wyjścia. A właściwie było — mogła mnie pokroić na kawałki i udowodnić, że nie jestem słodkim przekładańcem. Ale to nie było w jej stylu. Nawet mnie nie uderzyła. Pozwoliła mi zasnąć na miękkim biszkopcie, w kąciku obok dębowego kredensu, którego zniszczona politura pamiętała początek wieku.

Nie wiem, co wówczas myślałaś, ale musiałaś coś myśleć. Może mruknęłaś gniewnie: — No tak, to było do przewidzenia! Moja córka wyszła za znajdę i prostaka, więc nic dziwnego, że urodziła złośliwego potworka, który zepsuł główny punkt weselnej uroczystości! — Mogłaś znowu, po latach niepewności i rozterek, wesprzeć swój upór, jeszcze raz samej sobie dowieść, że dobrze się stało, jak się stało, że wtedy, kilka lat temu, to ty, tylko ty, miałaś rację. Może nawet wówczas, patrząc, jak śpię z policzkiem przytulonym do chłodnej powierzchni kredensu, odcięłaś ostatnią nić porozumienia z córką. — Nie chcę tego widzieć — powtarzałaś sobie. — Nie chcę! Nie chcę! Jeśli ona, Krystyna, zamieniła aksamitne dźwięki fortepianu na tę różową, pulchną i bezkształtną kupę mięsa, przypominającą tupetem i bezczelnością tamtego, znienawidzonego człowieka, to nie chcę jej znać! Nie chcę! Nie chcę!

Nigdy więcej mnie nie zobaczyłaś. Pauli w ogóle nie widziałaś — urodziła się już po owym weselu. Za to codziennie mogłaś spotykać się ze swoją młodszą córką Ireną i jej dziećmi, Pawłem i Emilą. Miałaś prawie trzydzieści lat, by ich pokochać. Oni mieli tyle samo lat na zdobycie twojej miłości. A jednak wszystko oddałaś mnie. Stoję teraz na progu domu i patrzę na rozległą posiadłość. Nie może być darem miłości, więc czym jest? Darem nienawiści? Kogo chciałaś ukarać? Ciotkę Irenę? Pawła? Emilę? Moją matkę? Kuzynów, których nie znam? A może wszystkich? I jeszcze to senne miasteczko, którego dachy widzę w dolinie. Stoję na progu domu i zastanawiam się nad tym, co sobie zaplanowałaś. Prowincjonalna łamigłówka z wieloma niewiadomymi — puzzle z ładnym pejzażem i mnóstwem zagubionych fragmentów. Jest dom, drzewa, pierzaste chmury i złocąca się rzeka, ale nie ma już, czy może raczej jeszcze, nie ma ludzi. Ty wiesz wszystko, ja nic. Ty znasz już rozwiązanie, gdy ja dopiero zacznę układać pierwsze puzzle. Ale tak czy owak zacznę...

3

Zadbałaś o to, bym ujrzała Zawrocie w pełnym blasku. Nawet twoja śmierć wydaje się sprytnym zamysłem. Kiedy indziej — rozciapkaną jesienią, zimą, gdy do Zawrocia trzeba przedzierać się przez mróz i zaspy, wczesną wiosną, gdy odsłaniają się zbutwiałe trawy i śmieci — kiedy indziej uciekłabym stąd natychmiast — sprzedałabym posiadłość, wynajęła albo oddała rodzinie. Pewnie bym nawet nie zobaczyła, co jest za bramą. Ty jednak chytrze umarłaś w środku lata. Zawrocie zaś czekało na mnie ocienione żywopłotem, z tunelami liści, z kępami bezładnie pieniącego się kwiecia i zielska, z nieruchomym, ciepłym stawem otoczonym piaszczystymi zatoczkami, ze strzępami słońca zwieszającego się z dachu domu i rynien. Więc pchnęłam bramę, przekroczyłam granicę twojej domeny i mojej — mojej od dziś, mojej przez chwilę, a może na zawsze...

Dom... Nie, nie miałam jeszcze odwagi poznać dokładnie domu. Wycofałam się po linii światła, zamknęłam drzwi, przekręciłam klucz. Przez chwilę stałam niezdecydowana na środku lipowej alejki, nie wiedząc, co ze sobą zrobić w tym obcym świecie, skąpanym w upale. Obok mego buta zobaczyłam nakrapianą gąsienicę. Skręciła w bok, a ja poszłam za nią. To ona wyznaczyła kierunek. I nagle odnalazłam wąski pasek udeptanej trawy — ścieżkę ku ogrodowi.

Położyłam się pod jabłonką, zapatrzyłam w prawie bezchmurne niebo. I było mi dobrze. Dobrze jak nigdy przedtem — jakbym znalazła się na chwilę w raju. Drzewo pacnęło mnie w głowę wielką papierówką. — Dziękuję, Zielonooka! — pomyślałam i zatopiłam zęby w słodkim, soczystym miąższu. Na leżący obok kamień wpełzła salamandra. Kręciła się na nim przez chwilę, jakby chciała pokazać swoje piękno. Była piękna! Choćby dlatego, że widziałam żywą salamandrę po raz pierwszy w życiu. Potem wskoczył na moje ubranie pasikonik i prezentował chude nogi. Pszczoła chciała zebrać miód z kwiatów na sukience... To musiał być raj, jeśli zwierzęta podchodziły do mnie tak blisko i ufnie. To musiał być jakiś diabelski raj, zaplanowany przez ciebie, babko, by mnie zwieść i opanować. Krążyłaś w pobliżu, zaklęta w salamandrę, pasikonika i pszczołę, co chwila zmieniając postać. Zbliżałaś się, tańczyłaś w słodkim powietrzu, by mnie wieść na pokuszenie. Jeśli jest raj, jest też zakazany owoc — zdawałaś się mówić. — Zostań tu i skosztuj go. Przecież lubisz diabelskie owoce!

Lubiłam diabelskie owoce. Zawrocie zdawało się takim wielkim jabłkiem, którym się jednak można udławić. Za duże dla jednego człowieka, za piękne, za dzikie dla mieszczucha, którym byłam. Siedziałam w środku zieleni, opita czystym powietrzem, z mieszanymi uczuciami, jak człowiek, który przed chwilą dowiedział się, że żona powiła szczęśliwie pięcioraczki. Chciało mi się śmiać ze zmęczenia i nadmiaru. Chciało mi się śmiać... Dwa dni temu wyglądałam przez okno swego podniebnego mieszkanka-dziupli, z którego było widać w oddali fabryczny pejzaż, wysokie kominy wypluwające smugi dymu, a dzisiaj kręciło mi się w głowie od nadmiaru tlenu. Upiłam się nim i leżałam w środku zielonej, tlenowej butli. Była to w dodatku moja własna tlenowa butla. Tak chciało mi się śmiać... Motyl usiadł na moim ramieniu i wachlował miarowo skrzydłami, biedronka wędrowała po moim bucie. Zastygłam w pół chichotu, by nie spłoszyć raju, a potem zasnęłam ufna, że nic złego nie może mi się tu przydarzyć.

4

Zmierzchało. Pierwsza kropla dosięgła mojej twarzy. Po chwili spadł krótki, rzęsisty deszcz, przed którym ochroniła mnie Zielonooka. Może to był rajski płacz po tobie, babko — niebo płakało zamiast mnie. Ja miałam suche, zaspane i zdziwione oczy. Bo przecież nie osierociłaś mnie! Byłaś dotychczas w moim życiu nikim, twarzą z fotografii, zamazanym wspomnieniem z dzieciństwa. Wraz ze swoją śmiercią raczej przyszłaś, niż odeszłaś...

Wątpię, byś liczyła na moje łzy. Wdzięczności chyba też się nie spodziewasz. W końcu dałaś mi coś, czego i tak nie mogłaś ze sobą zabrać. Więc może to ty powinnaś się cieszyć, że raczyłam wejść do tego opuszczonego świata. Kurz, starzyzna, nienawiść, a nad tym koronki liści... Nie, nie jestem ci wdzięczna...

Nie potrafię po tobie płakać, więc może jednak powinnam się bać? Siedzę w środku sadu. W promieniu kilometra nie ma żywej duszy, za to ty na pewno tu jesteś. Tak dziwnie drży powietrze na ścieżce. Coś szeleści w łopianach. Jakiś cień przykleił się do agrestowego krzewu. Umarłaś tak niedawno. Jeszcze się nie zdążyłaś odzwyczaić od tego świata. Może zechcesz uczepić się mego strachu. Muśniesz kościaną ręką moją skroń, ja krzyknę i tym krzykiem podaruję ci trochę życia. Dotkniesz chłodnymi ustami mego czoła, a ja zadrżę. Poruszysz woskowymi palcami liść, a ja zastygnę w przerażeniu. Boją się mnie, więc jestem! Jeszcze jestem! Jestem...

Rozglądałam się, czy rzeczywiście nie trzepocze gdzieś rąbek czarnego jedwabiu, w który kazałaś ubrać się do trumny, ale powietrze obok mnie pełne było jedynie motyli, pszczół i muszek. Zresztą, gdybyś chciała straszyć, na właścicielkę tej posesji wybrałabyś którąś z moich kuzynek. Doskonałą kandydatką byłaby na przykład moja cioteczna siostra Emila, która stała przy twojej trumnie kredowobiała. Ta by się teraz bała! — Wyobraziłam sobie, jak przy pierwszym szeleście w jaśminach rozprostowują się i podnoszą jej złociste włosy.

Tak, to byłoby zabawne. Uśmiechałam się do tej wizji, gdy w agreście rzeczywiście coś zaszeleściło. Parę gałązek zakołysało się leciutko, ale nikogo nie było widać. Poczułam chłód w żyłach i sztywnienie włosów na głowie. Przez chwilę nawet myślałam o ucieczce, ale postanowiłam wytrwać.

— Jeśli już musisz się ze mną zobaczyć, to... — urwałam. Zza krzaka wyszła dostojnym i niespiesznym krokiem czarna kotka.

Mogłam się czegoś takiego po tobie spodziewać, babko. Kotka otarła się przyjacielsko o moje nogi. Odwróciła się nawet ku mnie ogonkiem, bym mogła dokładniej obejrzeć jego biały koniec. Nie była więc całkiem czarna. Może w takim razie nie była tobą — zamienioną na chwilę w zwierzaka, który chce mnie oswoić miękkim, kocim dotykiem. Za to na pewno była twoją wysłanniczką. Wskoczyła na moje kolana i ułożyła się na nich wygodnie. Wygrzewała się, wpatrując się od czasu do czasu zielonymi szparkami w moje oczy. Potem przeciągnęła się i zeskoczyła na trawę. Zachęciła mnie kiwnięciem ogonka do pójścia za nią. Obejrzała się jeszcze na zakręcie ścieżki i przyśpieszyła, widząc, że rozumiem jej kocią mowę.

Mijamy kępę jaśminów i jesteśmy już na łące. Idę, depcząc rumianki, ku Lilijce, rzeczce, która wypływa z mego stawu. Płynie w tym miejscu jeszcze czysta, otulona łozami. Dopiero w miasteczku staje się brudnym ściekiem. Patrzę na rzekę i na kota, moczącego łapkę. Patrzę i czuję, babko, twój wzrok na plecach, jakbyś badała, co myślę, oglądając twój eden. Z jakim Bogiem czy z jakim czartem dogadałaś się, by słońce akurat teraz zwieszało się na gałęziach łóz pomarańczowymi strzępami i tworzyło na wodzie wąskie rozlewiska podobne do złotych karpi? Wielka ważka żegluje nad piaszczystą zatoczką, a potem zawraca i muska nóżkami wodę.

Aż za ładny jest ten wieczorny landszaft. Szukam w wodzie pijawek i żab, a w liściach, zwieszających się nad rzeką, liszek. Wyobrażam sobie, że w trawie czyha na mnie padalec albo coś równie obrzydliwego. Może w domu są szczury i myszy, a na pewno olbrzymie, kosmate pająki! W starych domach pełno jest takiego paskudztwa. Usiłuję wyobrazić sobie zbutwiałe belki na strychu albo robactwo pod przegniłą podłogą.

Wiem, że dom jest w dobrym stanie, ale te wizje pozwalają mi spojrzeć na Zawrocie z rezerwą. Bo czyż naprawdę mogłabyś dać mi raj? Ty tylko chcesz, bym myślała tak o tym skrawku ziemi, który przypadł mi w udziale. Jest ci to do czegoś potrzebne.

Szukam więc oczyma chwastów, patrzę na drzewa owocowe i teraz wydają mi się stare i spróchniałe. Tak, to musi być zwykłe truchło, które owocuje dzięki twojej woli ostatni raz, by mnie oczarować i oszukać! Trup domu, trup ogrodu, przegniłe słupy powietrza, zleżały czas, który podpiera rajski miraż. Tylko po co to wszystko, babko? Nie pojmuję…

II. KRÓLESTWO CZARNEJ KOTKI

1

To dziwne, babko, jak przyjął mnie twój dom. Kotka pewnie wskoczyła do środka, a ja, mniej pewnie, ruszyłam jej śladem. Zakurzona ciemność dzięki niej była bliska i miękka jak zwierzęca sierść. Nacisnęłam pierwszą z brzegu klamkę — drzwi delikatnie skrzypnęły. Przede mną, w wąskiej smudze światła, ukazał się pustawy salon, z olbrzymim czarnym fortepianem w centrum. Poczułam się jak w środku koszmarnego snu, gdzie dopada nas to, czego obawiamy się najbardziej. Klawisze wprawdzie nie grały same, fortepian nie pędził ku mnie z morderczymi zamiarami, ale miałam wrażenie, że za chwilę zobaczę swoją matkę, taką jak na fotografii z dzieciństwa, z warkoczykami, zgarbioną nad klawiaturą i usłyszę, jak ćwiczy gamy — miarowo, pracowicie, bez wytchnienia. Poczułam niedobry dreszcz, ale Kocia obeszła wszystkie trzy nogi, odczarowując instrument. Pchnęłam okiennice i… parsknęłam śmiechem.

No tak! — salon i jadalnia wyglądały teraz jak ekspozycja starych mebli — rzeźbiony kredens, komoda, solidny stół i krzesła, kominek oraz stojące przy nim dwa wielkie skórzane fotele, gobelin i skrzyżowane szable na ścianie, portrety przodków… Odziedziczyłam rodzinne muzeum! I to właśnie ja, tak łatwo zapominająca o dniu minionym, jakby był fragmentem snu, opita teraźniejszością, minutą trwającą, sekundą, ułamkiem sekundy. Ja w tej rupieciarni pełnej politury, patyny i zleżałego czasu.

To dobry żart, babko. Groteskowy i niepokojący, z dziedziny czarnego humoru, ale dobry. Śmieję się więc, uderzając w klawisze rodowego fortepianu. Wiatr szarpie firanką i podnosi wielodniowy kurz. Może obok mnie szamoczą się jakieś zjawy z przeszłości, ale ja ich nie znam i nie widzę. Nic mnie one zresztą nie obchodzą. Ta chwila z fortepianem jest dobra. Kocia siedzi na moich kolanach i też wydaje się zadowolona. Jedną łapką bawi się z klawiaturą. Miauczy, gdy udaje się jej wydobyć strzęp tonu. Ja niestety nie gram dużo lepiej, ale za to z większym zapałem i pewnością siebie. Są to jakieś poranione melodie zapamiętane z dzieciństwa, gdy matka bez przekonania uczyła mnie grać na pianinie.

Po chwili już nawet Kocia nie może wytrzymać mego brzdąkania, zeskakuje, ociera się znacząco o moją nogę, a potem rusza przed siebie, z wysoko podniesionym ogonkiem, jakby świadoma była swej roli przewodniczki. Czemu nie miałabym zaufać jej ponownie.

2

Reszta domu urządzona była w tym samym stylu. To nie było stare truchło. Przeciwnie, z każdego kąta wyzierała solidność, ale z odrobiną patyny i zbytku. Każdy mebel i przedmiot zdawał się na właściwym miejscu, we właściwym oświetleniu i perspektywie. I to od dawna. Ale było tam także kilka nowoczesnych niespodzianek. W przestronnej kuchni, wypełnionej starymi dębowymi meblami, ze zdumieniem odkryłam zmywarkę do naczyń. W łazience też niczego nie brakowało — nie mówiąc już o tym, że była tak duża jak połowa mego jedynego pokoju w bloku, obudowana w dodatku pięknymi, granatowymi kafelkami. Nie było w niej tylko luster, jakbyś, babko, nie chciała oglądać swojego starego, wyschniętego ciała.

Przestrzeń! Dużo przestrzeni! Znajdująca się na górze sypialnia była dwa razy większa od mego pokoju w bloku. Na jej środku stało podwójne łóżko przykryte wełnianą narzutą, wybrzuszone tam, gdzie leżały puchowe poduszki. Miałam wrażenie, że odciska się na nich jeszcze ślad twojej głowy. Znowu poczułam niedobry dreszcz, ale Kocia i to miejsce potrafiła odczarować — wskoczyła na narzutę, przeciągnęła się, pobawiła frędzelkami. Więc i ja przesunęłam ręką po szorstkiej wełnie, usiadłam na niej — najpierw niepewnie, jak w pociągu, gdy trzeba dotknąć płaszczyzn pobrudzonych przez wielu obcych ludzi, potem jak Kocia przeturlałam się raz i drugi, by zapalić lampki stojące po obu stronach łóżka — twoją i Maurycego. Nic się nie stało. Łóżko się nie poruszyło, pokój nie zadrżał, tylko okiennice skrzypiały miarowo pod naporem ciepłego wiatru. Jeśli gdzieś tu byłaś, to doprawdy zachowywałaś się bardzo dyskretnie. Przez chwilę byłam tym nawet rozczarowana. Spotkać cię wreszcie! Mieć to już za sobą! Już poczuć chłód i grozę! Przestraszyć się, a potem odgiąć się od tego strachu albo się do niego przyzwyczaić! Ty jednak widocznie nie miałaś zamiaru mnie niepokoić — przynajmniej nie w tej chwili.

Siedziałam na łóżku i patrzyłam na swoje odbicie w lustrze ozdobnej toaletki. Oto ja w starych, misternie dobranych dekoracjach. Jeszcze jedno lustro, jeszcze jedna rama. Tym razem okrągła i jaśniejsza. Wokół mnie snuje się zapach starej kobiety, zapach zmęczenia, rozkładu i umierania, przytłumiony przez kurz i lawendę. Ten drugi brzeg może być wszędzie. Także i tutaj. Chłód omywa moje stopy. Siedzisz, babko, po drugiej stronie lustra i patrzysz na brzeg życia i na mnie. Jak to wygląda stamtąd? Czy tak to sobie wyobrażałaś? Szukasz we mnie ziaren zła czy dobra? Z którym żywiołem chcesz się sprzymierzyć?

Milczysz, ale zostawiłaś ślady — srebrny włos wplątany w szczotkę, odcisk linii papilarnych na kremie, obcięty paznokieć, który spadł na podłogę i został w szczelinie między deskami, zostawiłaś strzępy skóry, ślinę, pot, łupież — to wszystko, co już wcześniej odpadło od ciebie, co sama wyczesałaś, obcięłaś, strząsnęłaś, wydrapałaś, wykaszlałaś... Tu, w sypialni, jest tego najwięcej. Sypialnia — umieralnia, miękki skraj nicości, schowany w puchu, w cieple — jakby trzeba było wyleżeć śmierć, wygrzać, wyśnić! Mogłabym włączyć odkurzacz, wessać to wszystko i wyrzucić od razu na śmietnik. Zrobię tak jutro, pojutrze, za tydzień. Zetrę ślady palców, wyrzucę napoczęty krem, grzebień i szczotkę, wytrzepię i wywietrzę pościel. Jutro. Pojutrze. Za tydzień. Żebyś nie pomyślała, że się ciebie boję. Albo że chcę przed tobą uciec. Co najwyżej odrobinę się brzydzę tych śladów pozostawionych przez starą i obcą kobietę. Tak! Obrzydzenie — to wszystko, co nas teraz łączy. Nie zaprotestujesz? Nie tchniesz lodowatym powiewem, by mnie nauczyć rozumu i pokory? Nie dasz znaku? Oczywiście, że nie!

Przeszukuję toaletkę i szafki stojące po obu stronach łóżka, by znaleźć jakieś ślady niechlujstwa i starczego zaniedbania, a dzięki nim utrwalić swój wstręt. W toaletce jest trochę bielizny, parę koszul i dwa szlafroki, wełniane skarpety, które pewnie wkładałaś do spania. Niewiele tego, ale wszystko czyste i w dobrym gatunku. Szafka po prawej stronie łóżka jest pusta — więc należała do dziadka Maurycego. A co jest w drugiej szafce? Tej z lewej, twojej strony łóżka? Biblia?!

Tak! W dolnej szufladzie drugiej szafki znalazłam Biblię otwartą na *Mądrości Syracha*. Jakie to dziwne. Zostawiłaś ją pewnie przez zapomnienie, a fragment zakreśliłaś ołówkiem dawno temu, ale teraz wygląda to jak złośliwa odpowiedź — i motto twego egoistycznego życia.

Ani synowi, ani żonie, ani bratu, ani przyjacielowi
nie dawaj władzy nad sobą za życia,
nie oddawaj też twoich dostatków komu innemu,
abyś pożałowawszy tego, nie musiał o nie prosić.
Póki żyjesz i tchnienie jest w tobie,
nikomu nie dawaj nad sobą władzy.
Lepszą jest bowiem rzeczą, żeby dzieci ciebie prosiły,
niż żebyś ty patrzył na ręce swych synów.
W każdym czynie bądź tym, który góruje,
i nie przynoś ujmy swojej sławie!
W dniu kończącym dni twego życia
i w chwili śmierci rozdaj [swoje] dziedzictwo!

A więc taka byłaś? Dumna, niezależna i nieugięta aż do
końca?! Jak ci się to udało w kraju, gdzie panuje mentalność
całkowitego poświęcenia się matki, babki, ciotki, siostry?
Gdzie, by być prawdziwą kobietą, trzeba wycisnąć z siebie
ostatnią kroplę krwi, wysupłać ostatni grosz, odjąć sobie od
ust, wysilić się ponad miarę, zapomnieć o sobie ostatecznie,
roztopić się w innych!
Może jednak to nie ty zakreśliłaś ten fragment, tylko ktoś
inny, dawno temu, a ty tylko trafiłaś na niego przypadkiem
i zadumałaś się nad jego treścią. Może nawet wiatr przerzu-
cił kartki, a ty tylko niedbale wrzuciłaś księgę do szuflady.
Czy stare, złośliwe wiedźmy w ogóle czytają Biblię i szukają
tam przepisu na życie? Czy trzymają w szufladzie obok łóżka drewniany różaniec z wytartymi paciorkami? Może mnie
oszukano i nie jesteś tą, za którą cię biorę. Powinnam tu raczej
znaleźć za komodą miotłę, na której ponoć wieczorami latałaś,
i szklaną kulę, kociołek i jakieś zasuszone paskudztwa. Może
to wszystko gdzieś tu jest — czy za tymi drzwiami, pod który-
mi stanęła z podniesionym, drgającym ogonkiem Kocia?

Kapelusze! Najwięcej było tam kapeluszy! Co za anachro-
nizm przy końcu dwudziestego wieku. Twoja garderoba przy-

pominała zaplecze sklepu. Piętrzyły się w niej okrągłe pudła, foliowe pokrowce przykrywały ronda, kwiaty i pióra. Za nimi był skład różnokolorowych skórzanych torebek, ażurowych rękawiczek, sukien z pięknych, lekkich materiałów i eleganckich kostiumów.

To nie była garderoba kobiety żyjącej w tandetnej, socjalistycznej Polsce. Nie ten zapach, nie ten styl, nie te tkaniny. Jedynie w kapeluszach był nieporządek. Pozostałe rzeczy były z różnych epok, wisiały luźno, uporządkowane według wieku, tak jakbyś zostawiła sobie tylko najładniejsze wzory. A może były to jakieś rzeczy znaczące — z sentymentalnym podtekstem, ze wspomnieniami wtulonymi w fałdki? Nie wiem, babko. Nie wiem także, skąd je brałaś. Może z Peweksu, chociaż raczej ktoś ci je przysyłał albo przywoził z Paryża, Londynu czy Rzymu — czy ta kuzynka, o której wspominała ciotka Irena, a może jakaś koleżanka jeszcze z gimnazjum? Jak te ubrania wyglądały na ulicach miasteczka? Czy aby nie śmiesznie? A może chodziłaś w nich tylko w Zawrociu? Może wkładałaś je do obiadu, uroczystej kolacji, na specjalne okazje, dla wybranych ludzi, by ich olśnić swoim wdziękiem, urodą i stylem? „W każdym czynie bądź tym, który góruje". Jestem pewna, że byłaś właśnie taka.

Obok sypialni odkryłam dwa mniejsze i przytulniejsze pokoiki. W jednym z nich mieszkała zapewne kiedyś moja matka. Z obu było widać ogród i staw. A więc taki widok witał ją codziennie — wschodzące słońce, drzewa, śpiew ptaków… Taki widok pokochała! Do takiego tęskniła! Tylko czy to był ten pokój z brzozą za oknem, czy może raczej drugi, ze świerkiem i modrzewiem?

Postanowiłam zamieszkać w tym, który znajdował się bliżej schodów. Było w nim mniej fotografii, a więcej luster i obrazków — pomyślałam, że kiedyś zdjęto z tych ścian zdjęcia matki i zastąpiono je czymś innym. A poza tym wiedziałam, że ze wszystkich drzew najbardziej lubi brzozy…

3

Wróciłyśmy z Kocią na dół. Stanęłam przed ostatnimi drzwiami, znajdującymi się za salonem. Było to jedyne zamknięte pomieszczenie w tym domu — dlatego przedtem je ominęłam. Długo szukałam odpowiedniego klucza. Gabinet Maurycego! Tak! To musiał być gabinet Maurycego — pokój, do którego po śmierci dziadka nie pozwalałaś nikomu wchodzić. A teraz należał do mnie i był bezbronny wobec mojej ciekawości, dostępny jak wszystko inne w tym starym domu. Co chroniłaś przed ludzkim wzrokiem? Przecież nie książki zarżnięte w wysokich dębowych szafach, nie fotografie wiszące na ścianach i wasze portrety malowane przed wojną. A może nie było tu nic ciekawego — tylko strzępy przeszłości przysypane kurzem i naftaliną, upchnięte w szuflady, zapomniane i niepotrzebne już nikomu.

Kotka wskoczyła na biurko. Na jego blacie znajdował się mosiężny kałamarz z wyrzeźbioną głową lwa i kilka opasłych dzienników. Jeden, oprawiony w brązową skórę, był zapisany tylko w części. Na otwartej stronie, pod datą 1 lipca zanotowałaś, babko, drobnym i prawie nieczytelnym pismem: „Chcę umrzeć w szpitalu, Maurycy. Powiedziałam także Irenie, że nie życzę sobie pogrzebu w tym domu. Sama zamknę drzwi na klucz i dopiero Matylda otworzy je ponownie. Irena płakała. Co powiedzą ludzie! Co powiedzą ludzie... — ten jej nasiąknięty wilgocią, nudny refren. — Masz spełnić moją wolę! Nie waż się zrobić inaczej! — powiedziałam. Dałam jej pieniądze na pogrzeb. Grób już mamy. Jest tam nawet tabliczka z moim imieniem — brakuje tylko daty... Wiem, Maurycy, że ciebie dziwią moje przygotowania, ale to moje umieranie. To nawet nie upór. Raczej konsekwencja. Do końca trzeba być sobą... Chyba czekasz, na mnie, Maurycy?"

Dalej były puste kartki. Ani słowa więcej. Nic o cierpieniu, o strachu i przemijaniu. Nic o śmierci, która chodziła za tobą po ponurych pokojach. Nic o nadziei. Jakbyś się wybierała nie na tamten świat — nieznany i daleki — ale gdzieś blisko i nieostatecznie, za zakładkę powietrza, tuż obok. Stałam nad pamiętnikiem porażona i zdumiona twoją wewnętrzną siłą i pewnością, że nic nie stanie się wbrew twojej woli, że nie spotka cię żadna niespodzianka ani na tym, ani na tamtym świecie.

A więc otwarta Biblia nie była przypadkiem. Pamiętnik także zostawiłaś na wierzchu specjalnie, w dodatku otwarty na ostatniej stronie. Musiałaś chcieć, bym przeczytała ten zapis zaraz po wejściu do domu. Nie mówiłaś w nim do mnie, ale to mnie przede wszystkim dotyczył. „Nie życzę sobie pogrzebu w tym domu". — To jeszcze jedno sprytne posunięcie, babko. Zadbałaś o to, bym nie widziała tu trumny. Nie chciałaś, bym ją sobie wieczorami przypominała i omijała z niepokojem miejsce, w którym by stała. Nie chciałaś, by została w domu lekka, słodkawa woń rozkładającego się ciała, octu i więdnących kwiatów. Dopilnowałaś, aby nic nie zmąciło mego spotkania z tym miejscem. Więcej — sama zamknęłaś dom na klucz drżącą, słabą ręką i dopiero ja miałam go otworzyć. Chciałaś mieć pewność, że nikt nie dotknie przede mną ani jednej rzeczy. Co za dziwna przezorność u umierającej kobiety. Aż niemożliwa, nieludzka…

Nie było to jednak wszystko, co miałaś mi do powiedzenia. Obok pamiętnika leżał list w ozdobnej, pachnącej kopercie. Tym razem pisałaś do mnie: „Matyldo, Zawrocie jest Twoje. Zrób z nim, co zechcesz. Babka Aleksandra".

Tylko ciebie było stać na taki list — oschły, klarowny, bez jednego zbędnego słowa. Zachłysnęłam się twoim chłodem. I podziwiałam za to, że niczego nie chcesz. Nie mogłaś się spodziewać miłości ani wdzięczności, ale mogłaś się targować. Daję ci to, a ty w zamian zrób tamto! Daję ci pod warunkiem! Daję ci ponieważ… — Nic z tych rzeczy. Twoje motywy i oczekiwania zostawiłaś dla siebie. I mogę tylko wyobrażać sobie, że słyszę twój starczy, zagniewany głos: Dałam, bo taki miałam kaprys! Dałam na złość wszystkim! Nawet na złość samej sobie! Nawet na złość tobie! Słyszysz! Dałam, bo musiałam komuś dać! Więc czemu nie tobie?! Nie jesteś wybrana! Może nawet jesteś skazana! I zrób z tym, co chcesz! Co chcesz!

Tak. Mogłabym tak myśleć o twoich motywacjach wczoraj i jeszcze dzisiaj rano, gdy trumna dotknęła piasku w wykopanym dla ciebie dole. Tak myślałam, zanim zobaczyłam Zawrocie, zanim przeczytałam ostatni zapis i twój list. Teraz wiem, że sprowadziłaś mnie tutaj nie przypadkiem. Może kierowała tobą nienawiść, a może jakieś inne uczucie, ale nie kaprys. To dlatego nie uśpiłaś swoich psów, a do listu dodałaś jeszcze krótkie PS. — „Untę możesz wypuścić od razu. Dobermana za parę dni, gdy się do Ciebie przyzwyczai. Weź moją brzozową laskę — wystarczy ją pokazać". I jeszcze dopisek pod spodem, jakby bardziej osobisty, cieplejszy od pozostałych zdań: „Jóźwiak zna się na wszystkim i można mu zaufać".

4

Po południu zadzwoniłam do ciotki Ireny, by dowiedzieć się, jak nazywa się kotka.

— Kotka? — zdziwiła się. — Nie przypominam sobie, by mama miała jakąś kotkę. Sznaucer to Unta, a doberman nazywa się Remi. Z Untą mama chodziła po mieście. Nie ugryzie. Remi nie opuszczał posesji. Powinnaś go uśpić, bo to straszna bestia.

— Bestia? Wcale na mnie nie szczekał. Ugotowałam im kaszę. Zjadły bardzo grzecznie.

— Bój się Boga! Chyba nie otwierałaś klatek?!

— Nie, wsunęłam przez dziurę. Był tu Jóźwiak i to on

powiedział mi, jak nakarmić psy. Obiecał babce, że będzie się nimi zajmował aż do ich psiej śmierci. Pytał, czy ma je zabrać teraz, czy też na razie zaopiekuję się nimi.

— Najlepiej oddaj mu je od razu. Przecież ty nie miałaś nigdy psa.

— No właśnie. Ciekawa jestem, jak to jest, gdy się ma psa, a nawet dwa psy. A może ty chcesz któregoś?

— Nie. Jeśli mama nie dała mi żadnego przed śmiercią, to widocznie uznała, że nie będę umiała się nim dobrze zająć. Wolała Jóźwiaka, obcego człowieka. Wolała ciebie. Niech tak będzie. — Głos ciotki nasiąknął niebezpiecznie wilgocią. — Zresztą, nie będę brała na siebie obowiązków, jeśli nie wzięłam przyjemności.

— Słusznie, ciociu — przytaknęłam ze słodyczą. — Tym bardziej, że dla Jóźwiaka i dla mnie zajmowanie się psami to przyjemność. To po co ty miałabyś się poświęcać.

Rozmowa była skończona. Ciotka doskonale wyczuła drwinę w moim głosie.

— Ktoś puka — powiedziała chłodno. — Wybacz, ale musimy kończyć.

Dlaczego od pierwszego wejrzenia tak bardzo jej nie lubiłam i nie mogłam powstrzymać się przed złośliwymi uwagami? Wyobrażałam sobie teraz jej minę. Z jednej strony była wewnątrz obolała, przerażona tym nagłym zniknięciem matki — ukochanej i jednocześnie znienawidzonej — z drugiej zaś dotkliwie i trwale obrażona na nią, więc i na mnie. Płaczliwa irytacja! Tak, to chyba najlepsze określenie stanu, w którym się teraz znajdowała. W przeciwieństwie do Emilki, która trwała w irytacji lodowatej. A Paweł? Co czuł Paweł?

III. PIERWSZE CZYTANIE

1

W najstarszym zeszycie, na pierwszej stronie, w lewym rogu widnieje data: „11 października 1935 roku, wieczór". Dziadek Maurycy wówczas zanotował: „Kupiłem ten pamiętnik przedwczoraj. Panna Aleksandra zostanie w nim opisana przede wszystkim. Ona i słodkie wieczory, które z nią mam nadzieję spędzić. Ona i gwiazdy, które zawsze nam towarzyszą..."

Przerzucałam pożółkłe kartki wypełnione pochylonym i niewyraźnym pismem dziadka. Jego zapiski urwały się nagle w marcu 1979 roku. Dalej jest jedna pusta kartka, a potem już twoje, babko, równe i kaligraficzne pismo. „13 kwietnia. Tydzień temu, w nocy umarł Maurycy. Odszedł we śnie. Wieczorem rozmawialiśmy o dzieciach. Martwił się, że w rodzinie nie ma zgody. Cały Maurycy! Machnęłam ręką na to jego gadanie i poszłam do siebie, niczego nie przeczuwając. Dlaczego mi nie powiedziałeś, że zamierzasz umrzeć? Pewnie nie chciałeś, bym przy tobie siedziała i męczyła się, odganiając śmierć. Może i miałeś rację. Łudzę się teraz, że spokojnie przeszedłeś ze snu codziennego w wieczny. Nie męczyłeś się, to najważniejsze. Czuję nareszcie spokój".

Następnego dnia napisałaś: „Irena dziwi się, że tak dobrze

znoszę twoje odejście. Sama nawet przez chwilę nie mogła zostać z tobą w pokoju. Bała się, jakby śmierć była zakaźną chorobą, której można się nabawić przez dotyk albo powietrze. To wszystko, na co ją stać! W świetle pełgających świec widziałam jej bladą twarz. — To dobrze, że nie cierpiał! To dobrze... — powtarzała bezmyślnie, trzymając się kurczowo łokcia Tadeusza. Emilka też stała przy nich, blada i wystraszona. Tylko Paweł patrzył na ciebie z dziwnym, zagadkowym uśmiechem. Uderzał przy tym bezwiednie w bok trumny, jakby wygrywał jakieś pożegnalne requiem — jakie to do niego podobne".

Od pierwszych zapisków mówiłaś wyłącznie do Maurycego. Pomyślałam sobie, że będzie zabawnie, jeśli ja też zostawię jedną pustą kartkę, a na następnej zacznę rozmawiać... z tobą. Tyle że to nie będzie rozmowa tak przyjacielska i spokojna jak ta, którą prowadziłaś z dziadkiem. Czuję się dostatecznie częścią ciebie, częścią tej przewrotności, która w tobie mieszkała, by cię nie zadowalać.

Nie liczyłaś zresztą na to, bo inaczej zniszczyłabyś pamiętnik. Pochylam się teraz nad nim i studiuję twoje zadziwiające, niezrozumiałe okrucieństwo. „Na pogrzebie była Krystyna. Nie chciałam z nią rozmawiać. Po co? Dla mnie twoja śmierć, Maurycy, nie jest żadną granicą. Kim jest ta utuczona, zaniedbana kobieta, która uważa się za moją córkę? Czy urodzenie dziecka skazuje nas na nie po wsze czasy? Zresztą, to przecież ona zdecydowała o przecięciu pępowiny. A teraz patrzy wilgotnymi, krowimi oczyma. Doprawdy, nie wiem, kto to jest. Na pewno ktoś obcy i nudny. Dlaczego miałabym rozmawiać z tą obcą i nudną kobietą?!"

Nie, babko, nie znienawidzę cię. Jeśli na to liczyłaś, pozwalając mi na przeczytanie tych wszystkich słów o mojej matce, to się zawiedziesz. Nienawiść to podlejsza forma przynależności. Patrzę na te zdania obojętnie, jakby były bursztynami, które uwięziły przeszłość. Zaglądam nieczuła do tego dziwnego

świata. Matka jest w nim tłustą muchą, groteskowo prze-
giętą, z twarzą zastygłą na pograniczu śmiechu i płaczu. Za
późno, babko! Za późno! To już nie boli. To nic, że miałaś
wtedy ostatnią szansę pogodzenia się z córką. To nic, że wyrzekłaś się wówczas nie tylko jej, ale także i mnie. W mio-
dowym pigmencie jasne i ciemne żyłki — nacieki światła
i mroku. Bez emocji przypominam sobie tamten czas. Gdy
matka wróciła z pogrzebu, dużo młodsza ode mnie Paula
pytała, czy zaprosiłaś ją na wakacje. Pamiętam zmieszanie
i wilgotną strużkę na twarzy matki. Od tej pory nie mówili-
śmy już o tobie. Przestałaś dla nas istnieć. Przestało też dla
nas istnieć Zawrocie i miasteczko, bo ciotka nie chciała nas
zapraszać bez twojej zgody. Ale to już nie boli. Za późno na
nienawiść. Słoneczny bursztyn. Owad. Kropla powietrza imi-
tująca zastygłą dawno temu łzę.

2

Szukałam w pamiętniku wzmianek o sobie. Nie jest ich
zbyt dużo. To Maurycy zapisał datę moich urodzin. Dowiedział się o nich tydzień później od ciotki Ireny. „Moja pierwsza wnuczka!" — napisał z wykrzyknikiem. Nie znał wówczas jeszcze mego imienia.

Paweł miał już wtedy prawie rok i przynajmniej raz na
tydzień jego imię pojawiało się w zapiskach dziadka. Pierwszy ząbek! Pierwszy samodzielny kroczek! Pierwsze słowo!
Pierwsze zdanie! Pierwsza melodia zagrana na fortepianie
dziecięcą, pulchną ręką! I tak dzień po dniu, tydzień po tygodniu, aż do śmierci Maurycego. Ty, babko, pisałaś o Pawle
rzadziej, ale działo się tak pewnie dlatego, że w ogóle prowadziłaś pamiętnik niesystematycznie, czasami zapominając
o zapiskach na długie tygodnie.

Rok później urodziła się Emila i nie mniej zajmowała waszą uwagę — w jej biografii dużo było różnych pechowych przypadków, niefortunnych zachowań, które bawiły zwłaszcza Maurycego. „Mila wrzuciła dzisiaj do kałuży wszystkie swoje lalki, twierdząc, że są na wakacjach i właśnie się kąpią". „Moja wnusia urządziła dzisiaj przyjęcie. Głównym daniem były własnoręcznie przez nią pokrojone dżdżownice. Aleksandra omal nie zwymiotowała". „Ach ta Emilka! Wczoraj znaleźliśmy Pusię wystrzyżoną do gołej skóry. Nasza wnusia bawiła się we fryzjera. Pawełek nigdy nie miał takich dzikich pomysłów!"

No właśnie! Pawełek nigdy nie miał takich dzikich pomysłów. Można by rzec, że urodził się od razu mądry i utalentowany. Taki stary-malutki i w dodatku zbyt zamknięty w sobie, by cieszyć się życiem. W wieku pięciu lat wymyślił swój pierwszy wiersz. Niewiele później ułożył pierwszą melodię. „Ma takie smutne oczy — napisał wówczas Maurycy. — Chciałbym, żeby był szczęśliwy".

Ty, babko, miałaś co do Pawła inne plany. Szczęście zawsze wydawało ci się czymś miałkim i miernym. „Nie pozwolę, by był nikim! Nie pozwolę! — pisałaś rok po śmierci Maurycego, gdy twój ukochany wnuk dorastał. — Zrobię wszystko, by wykorzystał swój talent!" Dużo wcześniej pisałaś: „Jest taki, jaki chciałam, żeby był mój syn!" A gdzie indziej dodałaś: „Teraz już mogę zapomnieć o Krystynie — los nagrodził mi tę stratę".

Maurycy nie zapomniał. Tęsknił. Świadczyły o tym krótkie wzmianki o imieninach, urodzinach, świętach bez Krystyny. „Widziałem zdjęcia. Matylda jest chuda jak pajączek. Przydałyby jej się wakacje poza miastem". Tylko tyle, czy aż tyle odważył się napisać. Czytałaś to pewnie z zaciśniętymi zębami, twarda jak kamień, prawie zadowolona z tej mojej chudości, która była dowodem winy i głupoty twojej córki.

No proszę! A nie mówiłam! Tak musiało być! Nie chciała mnie słuchać, więc sama musi znosić swój idiotyczny los. Nie obchodzi mnie ten chudy, bezimienny potworek!

Nie napisał, że czasami przysyłał matce pieniądze — zwłaszcza na początku i po śmierci mego ojca. Nigdy też nie wspomniał w pamiętniku o tym, że nas odwiedzał. Ile było tych wizyt? Dwie, trzy, pięć? Nie więcej! I zawsze były bardzo krótkie, wykrojone z czasu przeznaczonego na co innego — a więc ukryte, poboczne, ledwie istniejące — parę godzin, które wyprowadzały matkę z równowagi na kilka dni, czasami na kilka tygodni. Byłam zbyt mała, by zapamiętać dokładniej te spotkania. Zostały mi tylko strzępy obrazów i wrażenie dobroci i ciepła, które przynosił ze sobą Maurycy. Wysoki, ładnie pachnący pan porywał mnie do góry, całował, a potem sadzał na kolana i nie puszczał aż do końca wizyty. Czasami zasypiałam w jego ramionach. A potem jeszcze góra prezentów, którą odkrywałam już po jego wyjściu. Przez długie lata byłam przekonana, że tak właśnie wygląda i zachowuje się święty Mikołaj — żadnych srebrnych wąsów i długiej brody, tylko uśmiechnięta, gładko wygolona twarz, lekko szpakowate włosy i ten zapach — na zawsze skojarzony z niespodzianką, świętem i radością. Inni znali falsyfikaty, podróbki, maski — tylko ja znałam prawdziwą twarz świętego Mikołaja, bo tylko mnie kochał naprawdę i dlatego nie krył się za tanimi gadżetami, nie żądał wierszyka czy piosenki, tylko tulił jak mógł najdłużej.

Mit dzieciństwa! Maurycy na zawsze zostanie jego częścią. Zasługuje na to, by być kimś niezwykłym w mojej biografii. Tak niewiele osób mnie kochało. Wystarczy palców jednej ręki, by ich policzyć. Maurycy jest wśród nich — jestem tego pewna.

Wizyty dziadka skończyły się po kolejnym ślubie matki. Nie przyjechałaś na wesele mimo zaproszenia. Nie przyjechał także Maurycy, co drugi mąż Krystyny uznał za obraźliwe.

Nie życzył sobie ukradkowych i pośpiesznych spotkań. Matka po paru kłótniach przyznała mu rację.

Najmniej szczęścia miała więc moja przyrodnia siostra. Paula nigdy nie widziała ani ciebie, ani dziadka. Maurycy znał ją tylko z fotografii. Ty, babko, może nawet nie spojrzałaś na jej zdjęcie. Była nikim, cieniem wyłaniającym się z opowieści kuzynów, które we fragmentach docierały do ciebie zza uchylonych drzwi. Przy tobie przecież nie wymawiało się nawet naszych imion, a o moim ojcu nie mówiło się nawet szeptem — Janek. Mówiło się o nim — On, Ten, a czasami mąż Krystyny, ojciec Matyldy, a może w ogóle się o nim nie mówiło? Aż tak wielka i silna była twoja nienawiść? Dlaczego?

3

Wertowałam pośpiesznie drugi zeszyt. Tak niewiele pisał o tym Maurycy. Pozwolił ci wysłać Krystynę do Warszawy, gdzie ciotka Lusia, dziesiąta woda po kisielu, w dodatku o usposobieniu chorej na nerwicę osy, miała dopilnować, by ćwiczyła gamy nie tylko w szkole muzycznej, ale i w domu. Muzyka zabrała mojej matce dzieciństwo, odebrała Zawrocie i poczucie bezpieczeństwa. Godzinami siedziała przy fortepianie i powtarzała te same melodie. Grała. Grała coraz lepiej i z coraz większą niechęcią — pieśni, etiudy, poematy… Grała i próbowała powstrzymać koszmarne wyobrażenie, że fortepian jest rodzajem czarnej trumny, która wciągnie ją do środka i nigdy nie wypuści. Słyszała trzask drewnianego wieka nad sobą i czuła, że oczy zalewa jej pot zmieszany z czernią. Wszystkie barwy świata gasły, a ona dusiła się i po paru ptasich, nieporadnych gestach spadała na podłogę.

Nie, babko, nie od matki o tym wiem. Ona nigdy nie mówiła o swoim dzieciństwie. Opowiedziała mi o tym wczoraj, na

stypie, córka tej przyszywanej ciotki Lusi, Karina. Była dużo młodsza od Krystyny i nie interesowała się „jej bębnieniem".
— Talent?! To był chyba wymysł babki Aleksandry! Co?! Ale histeria była prawdziwa. Najprawdziwsza, artystyczna histeria! W domu trzeba było zawsze mieć jakieś leki czy sole trzeźwiące, jak w starym filmie. Byłam mała i za każdym razem wydawało mi się, że Krystyna umarła. Bałam się jej później, gdy wstawała taka blada i przezroczysta. Wyobrażałam sobie, że jest straszną marą, która zmartwychwstała tylko po to, by mnie ze sobą zabrać do piekła. — Karina zaśmiała się. — No wiesz, takie dziecięce wymysły. W każdym razie przez te omdlenia nigdy nie polubiłam twojej matki, chociaż starała się być dla mnie miła. Jak ona się ma teraz? Co robi? Gra?

Nie od razu uwierzyłam Karinie. Mogła mieć wówczas najwyżej sześć, siedem lat. Cóż wie takie małe dziecko, cóż może zapamiętać?! Ale to nie była dziecięca fantasmagoria. Maurycy mniej więcej w tym samym czasie zapisał sen Krystyny, straszny sen, który opowiadała mu wilgotna od łez, ufna, że on jeden może pokonać demony. Była to jakby inna wersja jej wyobrażeń. Śniło jej się, że jest w środku fortepianu i nie może się stamtąd wydostać. Nie może się także poruszyć, bo każdy gest wywołuje zgiełk, którego nie da się wytrzymać. Dźwięki zaczynały krążyć w niej zamiast krwi, pulsowały w głowie, tworzyły potworną muzykę, która rozrywała ją na strzępy. W końcu budził ją własny krzyk. Czy wiedziałaś o tym, babko? Musiałaś wiedzieć! Co odpowiedziałaś Maurycemu, gdy ci to rano opowiedział? Czy w ogóle chciałaś go wysłuchać? Wątpię. Spokój i poczucie bezpieczeństwa też wydawały ci się wartościami miałkimi i mało ważnymi. Ale to przecież nie ty miałaś być ich pozbawiona!

To chyba ten sen prześladował matkę przez całe życie. Słyszałam czasami w nocy jej krzyk. Ojciec tulił ją i uspokajał. Mijały lata, a ona krzyczała może rzadziej, ale z nie mniejszym przerażeniem. Ojczym na początku też tulił ją jak przestraszone dziecko, z czułością, cierpliwie, ale z biegiem lat nocne pobudki coraz bardziej go denerwowały. Wybudzał ją szarpnięciem, potrząsał i odwracał się tyłem, mieląc w ustach słowo wariatka.

Tak, to musiał być ten sen. Teraz jestem tego pewna. Mnie również obudził kiedyś jej krzyk. Miałam wówczas piętnaście lat. Ojczym był poza domem, w delegacji. Matka wpadła do mego pokoju rozdygotana i lepka od zimnego potu. Wtuliła się z przerażeniem w moje ramiona. Czarny fortepian to część bełkotu, który usłyszałam, zanim oprzytomniała. A miała wówczas trzydzieści siedem lat. Pomyśl tylko, babko, trzydzieści siedem lat i ten sam, dziecięcy koszmar, przeżywany zawsze z tą samą intensywnością.

„Może geniusz muzyczny i absolutny słuch to za mało — zanotował Maurycy zaraz po tym, gdy matka poznała w górach — w Rymanowie, gdzie leczyła ową histeryczną astmę — swego Jasieczka i po raz pierwszy, nieśmiało nadmieniła rodzicom, że wielka kariera chyba nie stanie się jej udziałem. — Może trzeba do tego innego Ducha niż ten, który mieszka w naszej Krysi — wielkiego Ducha, bezwzględnego, widzącego tylko jeden cel?!"

Ty, babko, byłaś pewnie mniej dyplomatyczna. — Kura, prowincjonalna kura, która rozgląda się za miejscem na wysiadywanie jaj! Talent geniusza, a dusza karlicy! I to moja córka! Moja własna córka, dla której tyle zrobiłam! Gdyby jeszcze związała się z właściwym człowiekiem! Nie! To byłoby dla niej za proste! Musiała zakochać się w przybłędzie, który nigdy nie znał rodziców, wychowywał się w domu dziecka i w dodatku zachłysnął się budowaniem nowego, najlepszego ze światów. Blichtr, miernota i półinteligencja! Na jednej szali wagi wszystkie dźwięki świata, a na drugiej owłosione ramiona chama, który nawet nie wie, że nie trzyma się łokci na stole!

Widziałaś swego zięcia dwa razy w życiu. Po raz pierwszy wtedy, gdy przyjechał do Krystyny zaraz po ich pobycie w sanatorium. Prześwietliłaś go swoim bystrym wzrokiem. Lekkomyślny i leniwy — powiedziałaś córce. — Nigdy niczego nie osiągnie.

Nie wierzyła ci. Dla niej był zdobywcą świata, tym, który ten świat własnymi rękami przekształca. Na razie wprawdzie dopiero studiował, ale matka nie wątpiła, że tak właśnie będzie.

Dla ciebie, babko, też był symbolem nowych czasów, ale ty nienawidziłaś tego tandetnego świata i oddzieliłaś się od niego wysokim parkanem swojej posiadłości. Ojciec był dla ciebie hochsztaplerem i pozorantem. Zewnętrznie świeży i atrakcyjny, z zasobem wzniosłych idei i słów, z tysiącem planów, które urzekły matkę, a których, twoim zdaniem, nigdy nie zrealizuje.

W tym jednym miałaś rację. Nie zrealizował ich. Może nie zdążył, a może nie był do tego zdolny. Cóż — tak właśnie odbywała się wówczas wymiana społecznych sił. Matka oddała mu subtelność, wrażliwość, kulturę, a w zamian za to dostała uwielbienie i poczucie bezpieczeństwa. Po raz pierwszy w życiu czuła się naprawdę potrzebna i kochana — nareszcie była sobą, a nie materiałem na geniusza.

— Nigdy! — powiedziałaś, widząc go po raz drugi. Stał z bukietem piętnastu róż i prosił cię o rękę Krystyny. Nawet na niego nie spojrzałaś. — Albo ja, albo on! — zażądałaś od córki, nie przypuszczając, że wybierze jego, a ty nigdy nie odwołasz swoich słów.

W naszym domu nie było fortepianu, babko. Matka natomiast przez wiele lat uczyła grać dzieci na pianinie w osiedlowym domu kultury. Nigdy jednak nie grała na nim dla przyjemności. Lubiła za to słuchać płyt. W ten sposób mogła mieć wszystkie dźwięki świata...

Nie wiem, czy cena, jaką zapłaciła za szczęście, była zbyt wielka. Byłam za mała, by to wiedzieć. Mnie te lata wydają się nierealną, kolorową, piękną bajką, a ten wysoki mężczyzna, który czasami nosił mnie na barana, to mag, umiejący wyczarować niezwykłe wydarzenia, prezenty i kaskady matczynego śmiechu. Nie wiem, czy to była prawda, czy dziecięcy sen. Kilka cudownych lat, a potem bezsensowna śmierć ojca... Jego służbowy samochód wpadł w poślizg i zatrzymał się na olbrzymiej topoli. Kierowca i pasażer zginęli na miejscu. Obaj byli pijani — wracali z pierwszej samodzielnej budowy ojca. Był to wprawdzie tylko mały, prostokątny i ponury blok, pełen usterek i niedociągnięć, w dodatku mieszczący się w zagubionym wśród pól pegeerze, ale dla ojca było to wielkie osiągnięcie. Ostatnie osiągnięcie.

IV. PLAGIAT

1

Odwiedziłam ciotkę Irenę. Jakże wspaniale udaje, że sprawa testamentu jej nie obchodzi. Niechęć do mnie miesza się u niej z ciekawością, irytacja z chwilami prawdziwego cierpienia, ale wszystko to umie schować za uprzejmym, wystudiowanym wyrazem twarzy, którego nie znoszę i który powoduje, że nie mogę powstrzymać się od drobnych złośliwości. Tak, babko, czuję nieprzepartą potrzebę prowokowania ciotki Ireny. Bawi mnie czekanie na tę chwilę, gdy na ułamek sekundy spada maska dobrego wychowania i widać na jej twarzy albo w jakimś niecierpliwym geście prawdziwe uczucia.

Nie lubię jej. Nie lubię jej przede wszystkim za to, że nigdy nie była sobą, a zawsze tylko twoim cieniem, babko. Twoje słowa były dla niej rozkazem — zwłaszcza w sprawie mojej matki. Także twój styl życia był dla niej wzorem — z pietyzmem, choć przez wiele lat w ukryciu, starała się go wcielać w życie. Oczekiwałaś tego od niej, ale wzór okazał się dla Ireny niedościgły, a całe jej życie skażone odrobiną pospolitości. Zastanawiałaś się, jaka była tego przyczyna, czy to epoka zainfekowała ją nieuleczalnie, czy też było to już w niej samej w chwili poczęcia. Rzadko czułaś się za kogoś odpowiedzialna — to nie było w twoim stylu — więc i w sprawie Ireny odżegnywałaś się od winy. Czy nie zrobiłaś wszystkiego, by ją odpowiednio wychować?! Czy nie świeciłaś przykładem?! Czy nie byłaś niezłomna?! Czy nie pokazałaś, jak pogardzać czerwonym motłochem, tandetą, całym tym potwornym pięćdziesięcioleciem?!

Ale dla niej, dla Ireny, to był jedyny świat, jaki znała. Ten, o którym ty mówiłaś, był światem wyblakłych fotografii. Bała się, że zostanie w nim na zawsze jak ty, na obrzeżach, w martwych strefach czasowych, w przechowalni, gdzie nigdy nie tętni najwspanialszy z możliwych czasów — czas teraźniejszy. Szukała więc jakiegoś kompromisu. Jednak jednocześnie nie można być i tu i tam. Można tylko udawać, że się jest. I ciotka Irena udawała — przed tobą i przed tamtymi, aż w końcu wszystko się w niej przemieszało i została gdzieś pośrodku — nijaka, zakłamana i zagubiona. Nie lubiłaś jej za to, babko. W tej jednej sprawie zgadzamy się ze sobą zupełnie.

2

Poszłam do niej w pstrej, kusej sukience, w dodatku w słomkowym kapeluszu ozdobionym wiechciem kwiatów z twojej–mojej łąki, babko. Wiedziałam, że ciotce Irenie nie spodoba się mój wygląd. Rzeczywiście, spojrzała na mnie wzrokiem pełnym oburzenia.

— Nie nosisz żałoby, Madziu? — spytała w najwyższych rejestrach i z poświstem. Sama była czarna jak wrona — czarna sukienka, czarne pantofle, czarny pasek od zegarka. Nawet srebrne kolczyki miały czarne oczka. Niestety, w tym kolorze było jej wyjątkowo nie do twarzy. — Tyle babci zawdzięczasz — dodała karcąco. — Chyba możesz okazać jej trochę szacunku.

Wzruszyłam ramionami.

— Jakoś nie mogę sobie wyobrazić, by babka Aleksandra życzyła sobie mojej żałoby. To byłoby co najmniej dziwne, gdybym roniła łzy po zupełnie nie znanej mi osobie. Żałoba jest oznaką smutku, a ja bynajmniej go nie czuję. Przeciwnie, mam doskonały humor.

Ciotka pociemniała na twarzy.

— Ale ludzie, ludzie! Oni nie muszą wiedzieć, że cieszy cię śmierć własnej babki.

— Nie powiedziałam, że mnie cieszy jej śmierć. Nie czuję natomiast z tego powodu smutku. To zupełnie co innego.

Ciotka, blada z oburzenia, zajęła się parzeniem herbaty. Moja obojętność i niewdzięczność widocznie przyprawiły ją o ból głowy, bo po chwili lodowatej ciszy zażyła ostentacyjnie tabletkę.

A ty, babko, co sądzisz o moim stroju? Myślę, że powinien ci się podobać zarówno mój dzisiejszy wygląd, jak i kolorowa sukienka, w której odprowadzałam cię na cmentarz. Myślisz, że włożyłam ją z przekory? No, może trochę… Zważ jednak, że zazwyczaj ubieram się na czarno. Taki mam styl. Noszę nawet czarne majtki. A w dniu twego pogrzebu chciałam być odświętna. Wątpię, by właściwie ocenili to inni, ale ty masz chyba w tej chwili wieczny dystans i ponadczasowe poczucie humoru…?

Może ci się wprawdzie wydawać, że kwiaty na mojej sukience były kolejnym pacnięciem w ten sam weselny tort i swoistym zaproszeniem do konsumpcji — bo przecież plotki są rodzajem wzajemnego zjadania się. Czy ja wiem? Teraz już nie pragnę, by ludzie zwracali na mnie uwagę. Może jedynie boję się być absolutnie taka sama jak inni — syndrom taśmy produkcyjnej, kompleks seryjnego produktu. Znasz to, prawda? Ciotka Irena nigdy tego nie zrozumie — przecież przez całe lata usiłowała wtopić się w tłum. Nie chciała być inna, chciała być trybikiem w doskonałej, socjalistycznej machinie — a raczej przypominać zewnętrznie taki trybik. Ubierać się jak inni, mówić jak inni, zachowywać się jak inni — przynajmniej tam, na zewnątrz, za progiem domu, tam... Kontrola. Stała wewnętrzna kontrola. Doskonalenie zewnętrznego wizerunku. Poprawianie maski.

I teraz, gdy wszystko się zmieniło, ją dalej paraliżuje strach. Już nie przed TAMTYMI, ale przed wyimaginowaną opinią społeczną, przed bliżej nie określonymi ludźmi, którzy wydają wyroki w różnych sprawach, małej wagi i dużej. Oni wszystko widzą, nie sposób się przed nimi uchronić. Tym razem nie mają nic lepszego do roboty, tylko patrzą, w jakiej kiecce chodzę po miasteczku.

3

Do domu wrócił Paweł i zapatrzył się na rumianki sterczące na moim kapeluszu.

— No widzisz! — wymknęło się ciotce. — Ona myśli, że tu jest wielkie miasto! Ludzie powiedzą, że twoja cioteczna siostra ma nierówno pod sufitem. Zaszkodzi nie tylko sobie, ale i nam wszystkim. Całej rodzinie!

Paweł wzruszył ramionami i zniknął w korytarzu. Był ubrany na czarno — wyglądał w tym kolorze zresztą doskonale — ale sam problem zdawał się go nie interesować. Trzasnęły drzwi na górze. Po chwili usłyszałam wygrywane na pianinie dźwięki — najpierw powtórzoną parę razy gamę, a potem wyłaniającą się z muzycznego chaosu nie znaną melodię, coraz bardziej wyrazistą i harmonijną... Paweł grał pięknie i jednocześnie przejmująco. Jakby miał w sobie jakieś źródło, z którego ulewa się smutek, bezbrzeżny smutek. Nie chciałam być smutna, a ta muzyka docierała do trzewi, dręczyła. A potem zaczęły się frazy coraz pogodniejsze, aż do ekstatycznych, rozsypanych dźwięków.

Poczułam się śmiesznie w tym swoim jaskrawym stroju. Teraz mnie ogarnęła irytacja. Za to ciotka zastygła i ze łzami w oczach wsłuchiwała się w płynącą z góry melodię.

— Gra — szepnęła szczęśliwa. — Gra po raz pierwszy od paru miesięcy. Coś się musiało stać dobrego... Tylko co...? Nie rozumiem...

To było zdumiewające, jak muzyka Pawła przemieniła matkę. Nagle spadła z niej maska paniusi z pretensjami, znikęła podskórna irytacja, a na jej twarzy pojawił się wyraz uduchowienia. Umiała słuchać — nie udawała zachwytu, a była zachwycona i po brzegi wypełniona dźwiękami.

— Kiedyś chętnie grywał na fortepianie Maurycego — powiedziała, gdy przepiękne frazy urwały się, a Paweł zaczął znowu powtarzać gamy. — Tu ma tylko pianino.

Spojrzała na mnie przelotnie, chcąc sprawdzić, czy rozumiem, co ma na myśli.

Rozumiałam.

— Teraz też może na nim grać. — W jej oczach rozbłysła nadzieja. — Może przychodzić do mnie, kiedy tylko zechce.

Nadzieja zgasła. Ciotka przygryzła wargi. Gdyby poprosiła mnie o fortepian, dałabym go Pawłowi. Nie zdobyła się jednak na to, a ja nie mogłam wyrzec się przyjemności ranienia jej.

Musiałam zresztą zastanowić się nad tym wszystkim, co usłyszałam i zobaczyłam w domu ciotki. Choćby nad owym fortepianem. Dlaczego właściwie nie dałaś go Pawłowi, babko? Przecież był i jest mu potrzebny. Rozumiem, oczywiście, dlaczego nie chciałaś go oddać przed śmiercią — dzięki temu instrumentowi miałaś Pawła codziennie u siebie. Nawet jeśli gdzieś w głębi czułaś niepokój czy żal, że przychodzi raczej dla muzyki i instrumentu niż do ciebie, to przecież był w zasięgu twego wzroku, słuchu i dotyku.

„Siedzę na werandzie. Z salonu dobiega gra Pawła. Próbuje znaleźć jakąś melodię, ale ona mu się ciągle wymyka. Lubię, gdy trochę zły podchodzi do mnie, obejmuje z tyłu za szyję, przyklęka za sofą i pyta, czy wytrzymam jeszcze jego brzdąkanie. Potem zapomina o mnie, zapala papierosa i chodzi po werandzie tam i z powrotem, jak Maurycy przed ważną operacją. Chciałabym, żeby tak było zawsze. Do końca moich dni".

A potem? Dlaczego nie zapisałaś fortepianu Pawłowi? Choćby tylko fortepianu? Bo nie mogłaś mu dać tak mało? To dlaczego nie dałaś mu wszystkiego?

Trzasnęła klapa pianina — w domu zaległa cisza. Ciotka po chwili ocknęła się z gorzkich myśli i powiedziała jakby w odpowiedzi na moje pytania:

— Twoja babka była zawsze jak sól w oku. Pewnie taki już los był jej przeznaczony. Drażniła ludzi w młodości, gdy była najpiękniejszą i najdumniejszą dziewczyną w okolicy, drażniła po wojnie, gdy była jedyną damą, a jeszcze bardziej na starość, gdy w końcu wyszła zza parkanu i roztrącała tą swoją laską ludzi i zdawała się wytykać nią brud i bylejakość. Sól w oku. Zawsze pod prąd. Zawsze inaczej niż wszyscy. — Spojrzała na rumianki więdnące na kapeluszu. — Gdy cię zobaczyłam z tymi kwiatami… — urwała. — A, nie ma o czym mówić… — W jej oczach przyczaiła się dziwna obawa pomieszana z odrobiną podziwu.

4

Zrozumiałam, co miała na myśli, dopiero w domu. W gabinecie Maurycego, w nie zbadanej dotychczas komodzie, znalazłam przedwojenne albumy pełne pożółkłych fotografii. Na jednej z nich stałaś wśród kwiatów, w lekkim, słomkowym kapelusiku ozdobionym rumiankami. Wyciągałaś do fotografującego rękę z koszykiem do połowy napełnionym dorodnymi truskawkami. To pewnie ta fotografia przypomniała się ciotce Irenie.

Stanęłam przed lustrem i uśmiechnęłam się uśmiechem dziewczyny z fotografii. Nawet mnie przeraziło na chwilę to niezwykłe podobieństwo. Poczułam się tak, jakbyś chciała mi ukraść tożsamość. To, co brałam za własną, przekorną pozę, nagle okazało się zwykłym plagiatem, powtórką sprzed lat. Ciotka mogła myśleć, że grzebałam w zdjęciach i na siłę staram się do ciebie upodobnić, by uzasadnić objęcie w posiadanie Zawrocia.

Czy naprawdę podpowiedziałaś mi ten strój? Jeśli tak, to po co? By przekonać mnie, jak bardzo jestem od ciebie zależna? A może to zwykły zbieg okoliczności, który teraz usiłuję mitologizować? Bo cóż w tym dziwnego, że wnuczka jest podobna do babki? Cóż dziwnego, że ma podobny gust i takie same dziwactwa?! — A jednak stałam przed lustrem i nie mogłam oderwać od siebie wzroku, jakbym, babko, zobaczyła ciebie z przeszłości, sekundę po odłożeniu koszyka z truskawkami, radośnie uśmiechniętą. Czas zapętlił się i nie chciał mnie wypuścić z twojej skóry, a może ciebie nie chciał wypuścić z mojej. Przez chwilę byłyśmy jednością. Zdarłam kapelusz, zmyłam grymas uśmiechu z twarzy i znów stałam się sobą. Tak więc gra, twoja gra, zaczęła się na dobre. W porządku, babko, wygrałaś tę partię. A teraz mój ruch. Zobaczymy, kto zwycięży!

V. SUFLERKA

1

Mam przy sobie Untę. Leży przy moich nogach na werandzie i dyszy po szalonym biegu wyzwolenia — wychudzona i tęskniąca za tobą, babko, pojękująca cicho przy tych miejscach, gdzie twój zapach jest najsilniejszy, ale także szczęśliwa, bo nareszcie oswobodzona. Kotka wygrzewa się na poduszce leżącej na wiklinowej sofie. Ja usiadłam na drugiej poduszce, nie mając wątpliwości, że zajęłam twoje miejsce.

„Lubię siedzieć na werandzie — pisałaś pięć lat po śmierci dziadka. — Zwłaszcza po południu i o zmierzchu. Przynoszę sobie karafkę z porzeczkowym winem, kieliszek, a czasami dwa kieliszki, gdy zapomnę, że ty, Maurycy, jesteś niematerialny i bezcielesny. Oglądam kolejny zachód słońca i zastanawiam się nad sensem mego długiego życia. Stojąca obok werandy lipa na pewno ma tyle lat co ja. Dwie brzozy rosnące naprzeciwko zostały posadzone w dniu urodzin Krystyny i Ireny. Na kolanach mam kota, któremu ze starości wychodzi sierść. Gładzę go ręką, która przypomina odłupany kawałek kory. Po co jest ten kot, drzewa i stara kobieta? Po co?"

A teraz ja dobrałam się do porzeczkowego wina. Rocznik któryś tam… No, no! Co za smak! To jedna z przyjemniejszych pokus, które dla mnie przygotowałaś! Przeciągam się w popołudniowym słońcu i tak jak ty czekam na zmierzch. Nie ma ciebie i tamtego kota. Zostały tylko drzewa. Patrzę na ten sam krajobraz — w tej chwili równie samotna jak ty. Starość chyba nie ma tu nic do rzeczy. Ty miałaś w takich chwilach przy sobie Maurycego — niematerialnego, ale jakże obecnego. Ja, babko, mam w tej chwili... ciebie.

Jestem jak ważka utopiona w falującym, letnim dniu, a ty przyglądasz mi się z okien innego świata. Masz do dyspozycji całą swoją wiedzę, wszystkie twoje zwycięstwa, klęski i nieśmiertelną obojętność. Oto przed tobą zlepek genów — twoich, Maurycego i tych nieznanych, przekazanych przez człowieka bez imienia. Patrzysz na mnie jak na mutanta, swoistą hybrydę, po której można się spodziewać pewnej puli określonych reakcji i tyle samo niespodzianek. A jednak zaryzykowałaś i siedzę teraz w środku twego dawnego, niedostępnego królestwa, ululana porzeczkowym winem, pełna wewnętrznego chichotu i przekory. Czy naprawdę jesteś pewna tego, że spełnię twoje oczekiwania? Przecież nie możesz być aż tak naiwna. A więc liczysz raczej na to, że stanę się nieświadomym narzędziem w twojej grze ze światem... To jeszcze naiwniejsze... Jak mało mnie znasz. Bardzo mało. Jedynym moim bogactwem jest dociekliwość. I obojętność. Nie spodziewałaś się takiego chłodu i dystansu?! To są moje asy, a ty myślałaś, że siedzą w twoim rękawie! — Unta patrzy zdziwiona na butelkę, która strącona jednym moim gestem toczy się po werandzie, wypluwając resztki rubinowej cieczy. Przez chwilę wącha jej zawartość i zlizuje czerwone plamy z desek. Popiskuje potem, jakby rozumiała moją samotność, bezradność i nagłą złość, jakby znała już ten schemat!

2

Tak. Mało mnie znasz! Na pewno jednak słyszałaś, że zajmuję jednopokojowe mieszkanie ze ślepą kuchnią. Musiałaś wiedzieć od ciotki Ireny, że prawie nic w tej mojej dziupli nie ma. Materac, półka na książki i kompakty, wieża... Byt kształtuje świadomość — pomyślałaś sobie zapewne. — To jest ten rozmiar duszy i rozumu, którego potrzebuję! Pewnie zadławi się nadmiarem, bo przecież gdzieś na dnie jej jestestwa jest ta pazerność, która kazała jej rozsiąść się na torcie! Kompleks maślanej róży! To może być nawet interesujące!

Zrobiłaś słuszne założenie, ale wyciągnęłaś fałszywy wniosek. Nie wyobrażasz sobie, jak niewiele potrzeba do życia. Nikt nie wie tego lepiej ode mnie, a jednak spokojnie patrzę dziś na własną łąkę, która jest większa od parku na moim osiedlu. A może myślałaś, że przestraszę się jej wielkości albo poczuję wyrzuty sumienia i będę chciała podzielić się wszystkim z rodziną, że nocami będę się zastanawiała, co i komu oddać, by nie dać za mało bądź za dużo...

Nic z tego, babko! Jeśli sądziłaś, że zrobię to za ciebie, to się przeliczyłaś! Mogłaś mieć wszystko ty, mogę mieć i ja. To jest nawet dosyć przyjemne... Mój dom! Mój park i sad! Moja ziemia! Mój staw! Mój brzozowy lasek! Moje wszystkie przedmioty i sprzęty, które gromadziłaś latami! Właściwie, niewiele z nich potrzebuję do życia. Do mego życia. Lubię spać na materacu i mieć złudzenie, że nie zależę od zbyt wielu rzeczy. Nie potrzebuję sekretarzyka, by napisać list, biurka, by przy nim pracować, stołu, by przy nim jeść, i jeszcze ławy dla gości. Zapewniam cię, babko, że do tych wszystkich czynności wystarczy mi mały, rozkładany stolik. Jestem zachłanna, ale inaczej, niż myślisz. Zachłanna na życie! Jednak nie zamierzam pozbyć się ani jednej rzeczy z Zawrocia — przynajmniej w tej chwili. Piję i czuję się tak, jakbyś to nie ty mnie wybrała, ale jakby wybrała mnie ta ziemia, sad, psy, jakby wybrał mnie ten dom. Wybrał i oczekiwał.

Spodziewałaś się większej pokory? Wątpię. Nigdy nie byłam pokorna i ty o tym musiałaś wiedzieć. Miałaś w oczach nie tylko dziecko siedzące na biszkoptowej papce — pewnie dotarły do ciebie także szeptanki ciotki Ireny, która chciała cię ostatecznie przekonać, że tylko ona dobrze wychowała swoje dzieci. Ja stanowiłam doskonałe tło dla Emili i Pawła — kilkakrotnie zmieniająca szkoły, a potem kierunki studiów, żona świra w dziewiętnastym, a nieutulona wdowa w dwudziestym roku życia, która w dodatku koniecznie chciała się znaleźć tam, gdzie on, po drugiej stronie lustra, po drugiej stronie czasu... A potem? Suflerka w teatrze, żyjąca z coraz to innym facetem, grywająca czasami służące, damy dworu albo paziów — bezsłowne role, które pozwalały przyglądać się scenie od tyłu — z miejsca, gdzie było widać krzywe szwy w kostiumie głównego bohatera i pot perlący się na skroni trzydziestokilkuletniej Julii. Po tych latach pozostało mi, babko, nieładne przyzwyczajenie — zawsze zastanawiam się, jak dana scena wygląda z drugiej strony. I jeszcze jedno złe przyzwyczajenie — wyobrażam sobie twarz pod maską, tę zmęczoną, szarą, zwykłą twarz.

Co jeszcze o mnie wiedziałaś? Do tego portretu nie bardzo pasowało to, że jednak skończyłam teatrologię i zostałam kierownikiem literackim w nie najgorszym teatrze. Irena, raz o tym nadmieniwszy, później zapewne umiała zgrabnie pomijać te niewygodne fakty. Musiałaś za to wiedzieć o wszystkich ciemniejszych stronach mojej egzystencji. Oczywiście, ciotka nie odważyłaby się opowiedzieć ci o moich sprawkach bezpośrednio, ale zapewne zostawiała otwarte drzwi, gdy mówiła o nich, niby w tajemnicy, wujowi Tadeuszowi albo którejś z kuzynek. Czyż nie tak? A poza tym czy nie lepsze są półsłówka, aluzje, wzmianki, napomknięcia, niedomówienia... Tak, ciotka jest mistrzem sugerowania. Nigdy nie kłamie, za to zawsze daje do zrozumienia. Nawet jeśli przypuszczałaś, że przesadza, to i tak zapewne mówiłaś sobie w duchu, że musi być w tym wszystkim ziarno prawdy, choćby małe, najmniejsze... Zresztą, czego mogłaś się spodziewać po mutancie spłodzonym przez TAMTEGO człowieka!

3

A więc taka ci jestem potrzebna! Takiej mnie dałaś Zawrocie! Nikt z rodziny nie jest w stanie tego zrozumieć. Nie mówiąc już o akceptacji. Złośliwość starej czarownicy! — twierdzą jedni. Patrzą na mnie tak dziwnie, jakbym była wychowanką wiedźmy. Świdrują oczyma, szukają piętna. — Ona musi mieć w tym swój udział, bo jakże inaczej... — Próba odkupienia win! — mówią inni. Ciotka patrzy na mnie tak, jakbym ciągle jeszcze miała przyklejoną do tyłka biszkoptową papkę. Matka boi się zapewne, że przetracę swój majątek, rozdam albo zniszczę. Kuzyni, a zwłaszcza Emilka, nienawidzą, bo znowu zabrałam nie tylko kawałek tortu, ale cały weselny placek, nie zostawiając nawet okruszynki. Paula zjada z zazdrości swój ogon, bo przyzwyczaiła się, że to dla niej są lepsze i smaczniejsze kąski. A Paweł? Co czuje Paweł? Do diabła, dlaczego nie wiem, co on może czuć i myśleć?!

Dlaczego ona?! — zastanawiają się wszyscy. Najmniej z nas przygotowana, by opływać w dostatki! Najmniej zasłużona! Najmniej godna! Paweł ma talent i absolutny słuch. Emilka tak jak dziadek Maurycy jest dobrym lekarzem. Paula będzie prawnikiem, a już teraz jest młodą i piękną żoną wziętego adwokata. A Matylda?! Kim jest albo kim może być Matylda?!

Kim jestem? — sobą. A w tej chwili gąsiorem porzeczkowego wina. Mam wrażenie, że moje nogi zapuszczają niewidzialne korzenie. Właśnie tutaj — w moim Zawrociu. To dosyć osobliwe uczucie. Rozpiera mnie podskórna radość. Cały świat też się cieszy. Coś obok werandy radośnie cyka. Świerszcz gra na skrzypcach przejmującą suitę. Żaby kumkają w najniższych rejestrach. Unta i Remi też zaczynają swój wieczorny, psi koncert. Gałązki drzew podrywają się do lotu. Płachta fioletu spada na łąkę i sad. Odrobina nostalgii. Tęsknię za czymś nieokreślonym. Otwierają się we mnie jakieś dziwne przestrzenie, których dotychczas w sobie nie zauważyłam. Księżyc, chudy jak zakrzywiony pręt, wisi nad lipami. Po obu stronach werandy czai się mrok. Jestem sama jak nigdy dotąd. Przeraźliwie sama. Unta popiskuje przy mojej nodze. Jeszcze jeden słodki kieliszek i można wejść do środka snu.

VI. KONCERT FORTEPIANOWY

1

Zaskoczyła mnie wizyta Pawła. Dotychczas prawie się do mnie nie odzywał. Wydawało się, że jestem dla niego czymś pośrednim między przeszkodą, którą trzeba ominąć, a ciekawostką, na którą można, ale niekoniecznie trzeba zwrócić uwagę. Tak jakoś. Cały był przy tym skierowany do wewnątrz, zamknięty, otorbiony... Wydawało się, że absolutny słuch odebrał mu umiejętność patrzenia. To wrażenie potęgowały jeszcze okulary z przyciemnionymi szkłami, które zakładał na dworze. Tak, od początku miałam wrażenie, że Paweł patrzy na zewnątrz tylko czasami — krótkimi, kontrolnymi spojrzeniami, pozwalającymi iść bezpiecznie i nie obijać się o sprzęty i ludzi.

Na twoim pogrzebie nie uronił ani jednej łzy. Stałam naprzeciwko i widziałam dokładnie jego bladą twarz. Zauważyłam też gest obrony, gdy ciotka Irena wskazała mu ziemię, którą należało posypać trumnę. Wzdrygnął się i mimo surowego, nakazującego spojrzenia matki, rzucił w głąb grobu czerwoną różę oderwaną od wieńca. Ja wrzuciłam drugą, ale tego już Paweł nie widział, bo ciotka Irena zawisła na jego ramieniu, półprzytomna, przelewająca się jak worek nie do końca wypełniony wodą. Może to była chwila obezwładniającej rozpaczy, a może taktyczne posunięcie ciotki, która w ten sposób skutecznie starła z pamięci pogrzebowych widzów niezrozumiały postępek Pawła.

Patrzyłam na to wszystko z odrobiną zawodowej ciekawości — w końcu chowano zupełnie obojętną mi osobę, a każda tego typu uroczystość jest niewątpliwie spektaklem, lepiej lub gorzej wyreżyserowanym...

Paweł grał z godnością i wyczuciem. Przybrał przy tym pozę raczej opiekuńczego syna niż zrozpaczonego wnuka. Ciągnął potem matkę przez cmentarz. Z drugiej strony pomagała mu Emilka, rozzłoszczona tymi manifestacyjnymi omdleniami, sama przy tym gotowa zemdleć. Większość potencjalnych aktorów nie dopisała. Wujek Tadeusz był od wielu lat w Ameryce i ani myślał o przyjeździe na twój pogrzeb, babko. Nigdy się nie lubiliście. Nie było także mojej matki, bo ojczym leżał akurat w szpitalu, czekając na operację woreczka żółciowego, więc matka uznała, że opieka nad nim jest ważniejsza od twego pogrzebu. Zgadzałam się z jej zdaniem. Paula opalała się właśnie na południu Francji i też nie miała zamiaru przerywać podróży, by żegnać babkę, której nigdy nie widziała. Z jej punktem widzenia także się zgadzałam.

Dlaczego więc sama zjawiłam się tutaj po otrzymaniu telegramu? Przecież nie wiedziałam wtedy nic o twoim testamencie. Czy to nie dziwne, babko? Przyjechałam z własnej woli. Może z ciekawości. Może z przekory. Może po to, by zobaczyć twoją martwą, bezbronną twarz i być tu w chwili, gdy ostatecznie zamknie się w życiu rodziny pewna epoka, twoja epoka...

Tak, faktem jest, że mogłam tu przyjechać z wielu powodów. Ale mam teraz wrażenie, że nie mogło być inaczej. Przyjechałam. Przybyłam. Niespodziewanie dla samej siebie. Jakbym przeczuła, co zechcesz zrobić. Albo jakbym musiała być tu w tej chwili.

2

Na stypie Paweł mnie unikał. Ale unikał właściwie wszystkich. Ciotka Irena jakoś się pozbierała i zajmowała się gość-
mi. Emila z wdziękiem modelki rozlewała kawę i herbatę
na czarne stroje żałobników, a Paweł zniknął w głębi domu.
Poszłam za nim z ciekawości. Siedział przy pianinie w swoim pokoju, patrzył na instrument tępym wzrokiem i pociągał
z butelki. Co opijał? Twoją śmierć? Twój testament? Muzykę,
która się nagle w nim zamknęła?

I ten dziwny pokój — trochę podobny do mego! Właściwie
było w nim tylko łóżko, szafa i pianino. I jeszcze w kącie
obok okna trochę płyt i kaset rozsypanych w pobliżu wieży.
Zupełna asceza. Gdzie były partytury? Gdzie książki, obrazki,
drobne przedmioty, które zwykle tyle mówią o właścicielu?

Paweł kolejny raz pociągnął z gwinta. Postawił butelkę na
pianinie i przez chwilę markował grę na opuszczonej klapie.
Ale nawet w tej niby grze nie wychodziła mu jakaś fraza.
Uderzał w wyimaginowany klawisz z pijackim uporem —
coraz bardziej zły i nieszczęśliwy.

Wycofałam się bezszelestnie, a za drzwiami wpadłam na
złośliwie uśmiechniętą Emilkę.

— Wycieczka po cudzych pokojach? Szukasz czegoś czy
kogoś? — spytała ironicznie. — Może ci pomogę?

Na pewno nie żywiła do mnie żadnych siostrzanych uczuć.
To ona pierwsza uświadomiła mi, że chłód, który czuję wokół
siebie, wiąże się ze spadkiem.

— Udało ci się. Dostałaś Zawrocie. Już wkrótce je zobaczysz — powiedziała, sycząc jak nadepnięta żmija. — Ale
tutaj jest mój dom, więc nie zaglądaj w każdy kąt, jakbyś i do
niego miała prawo!

Patrzyłam na nią, nie rozumiejąc.

— Że niby co? — spytałam głupio.

— Że gówno! — odpowiedziała jeszcze bardziej pogardliwie. Za chwilę trzasnęła w głębi domu drzwiami, które prowadziły do jej pokoju.

Zdumiona tym, co usłyszałam, a zwłaszcza tą jawną, niezasłużoną agresją, wycofałam się w kierunku gościnnego pokoju, gdzie powitały mnie ukradkowe spojrzenia o różnych uczuciowych odcieniach. Ciotka Irena miała kamienną, nieprzeniknioną twarz. Gdzieś z boku błyskało parę przyczajonych uśmieszków. Przez chwilę byłam głównym aktorem, trochę zdumionym tym nagłym awansem. Jeszcze wszystko wydawało mi się czyimś absurdalnym żartem, prowincjonalną intrygą, częścią jakiejś gry, ale powoli docierało do mnie, że to nie fikcja, że rzecz dzieje się naprawdę, a ja tym razem nie jestem ani widzem, ani suflerem, ani statystą.

3

Paweł stał na werandzie i rozglądał się, jakby chciał zauważyć wszystkie zmiany, które zaszły tu od momentu, gdy był w Zawrociu ostatni raz. Był pierwszym moim gościem tutaj, w dodatku nie zapowiedzianym, ale zdawał się o tym nie pamiętać. W milczeniu przekroczył próg salonu i stanął przy fortepianie, wodząc przy tym wzrokiem po klawiszach, jakby grał na nich w myślach. Wyglądało na to, że przyszedł odwiedzić instrument, a ze mną nie miał zamiaru rozmawiać. Wykrztusił jedynie zdawkowe pozdrowienie. Miałam wrażenie, że dla niego to fortepian miał duszę i rozum, a ja byłam niepotrzebnym sprzętem, który nie chciał się sam usunąć w kąt. Ty, babko, w takich momentach pewnie szłaś do kuchni, by zrobić wnukowi kawę, albo wychodziłaś na werandę. Ja jednak nie miałam ochoty na przejście w sferę przedmiotów. Zwłaszcza z woli Pawła. W twoim życiu był ważny, może najważniejszy, ale cóż mnie to mogło obchodzić. Nie miałam zamiaru traktować z nabożeństwem ani jego, ani jego talentu.

— Zagraj, jeśli masz ochotę — powiedziałam, by mu „pozwolić". — Temu gratowi przyda się trochę ruchu. Boję się, że przy mnie zardzewieje.

Paweł rzucił w moim kierunku krótkie spojrzenie, chcąc sprawdzić, czy mówię poważnie. Odpowiedziałam mu chłodnym i prowokacyjnym uśmiechem. Zapatrzył się w ten uśmiech z dziwną ciekawością.

— Miło, że mi pozwalasz — powiedział po chwili, przeciągając ostatnie słowo, by dać mi do zrozumienia, że doskonale pojął moją głupią zaczepkę. W odpowiedzi uderzyłam w kilka przypadkowych klawiszy, by do reszty pozbawić instrument znaczenia, dostojeństwa i tajemnicy.

Skrzywił się nieznacznie:

— Nie umiesz grać? — bardziej to stwierdził, niż zapytał.

— A powinnam umieć?

— Nie. Oczywiście, że nie…

— Umiem za to doskonale grać na nerwach — nie wytrzymałam. — To też sztuka.

Uśmiechnął się po raz pierwszy. Potwierdził ten swój uśmiech w dodatku paroma wesołymi, srebrzystymi frazami. Trwało to jednak tylko parę chwil. Melodia porwała go i zapomniał o mojej obecności. Usiadł na stołku i po chwili kiwał się nad klawiaturą. Przez moment miałam ochotę spuścić na jego piękne, szczupłe dłonie wieko fortepianu, ale wzruszyła mnie bruzda między jego brwiami i tęsknota w twarzy. Był jak fakir, który sam uległ czarowi wydobywającej się z instrumentu melodii. Nie chciał być zbudzony. Pomyślałam, że ten jeden, jedyny raz wysłucham jego gry, by dowiedzieć się, kim jest naprawdę i po co tu przyszedł.

Usiadłam na werandzie. To było dobre miejsce do słuchania muzyki. To było także dobre miejsce do myślenia przy muzyce — dostatecznie oddalone od fortepianu, by frazy nie były zbyt nachalne i głośne. Przypomniały mi się zdania wyczytane w pamiętniku, a zapisane na początku października ubiegłego roku. „Nie wiem, czy Paweł przyjdzie tu jeszcze kiedykolwiek. Kroczy do tyłu jak rak. To prawie amnezja. Jakby nie istniał przedtem, jakby nie pamiętał niczego z przeszłości. Rozszarpuje fortepian i tłucze dźwięki jak zbuntowane dziecko. Nie mogę tego znieść. A on nie może znieść mego spojrzenia!"

Te twoje zdania, babko! Zawsze pomijasz w nich istotę rzeczy. Coś się wówczas stało. Coś najistotniejszego w życiu Pawła, a może i w twoim, a ty zapisujesz parę niewyszukanych metafor. Nie wiadomo, jakie kryją się pod nimi fakty, nie zdradzasz przyczyn. Zaciekawiasz tylko opisem rozpaczy, tak jakbyś pisała pamiętnik dla osób wtajemniczonych, zdolnych rozszyfrować twoje zagadkowe akapity. Przyszło mi nawet do głowy, że pisałaś go dla Pawła, bo tylko on mógł zrozumieć twe pokrętne zdania. Dlaczego więc pamiętnik trafił w moje ręce? Czy z powodu tego, co zdarzyło się wówczas, na początku października? A może coś stało się wcześniej, a wtedy tylko jakaś kropla dopełniła naczynie i przelało się, rozrywając ten zdawałoby się nierozerwalny związek dwojga rozumiejących się istot — babki i wnuka, stwórcy i stworzonego!

Paweł grał teraz coś przeraźliwie smutnego, zupełnie nie pasującego do letniego popołudnia, do tej bujności, która pieniła się wokół mnie. Przyszedł, babko. Jednak przyszedł. Może dlatego, że już cię tu nie ma. A może dlatego, że ciągle jeszcze tu jesteś i jest tu ten czarny potwór na trzech nogach. Przyszedł po paru miesiącach i zaczarował się własną melodią. Nie bębnił, nie tłukł dźwięków, nie rozszarpywał muzyki. Grał, jakby płakał do środka. Przejmująco! Tak, że opuściłam wygodną sofę i uciekłam przed muzyką w głąb sadu. Powietrze zmieniło się w olbrzymie organy, które trochę łagodziły dźwięki. Usiadłam pod papierówką — Zielonooka jak zwykle poczęstowała mnie olbrzymim jabłkiem, rajskim, słodkim. Smakowałam jego kawałki wraz z grzesznie smutną melodią Pawła. I wtedy przez chwilę wydawało mi się, że wiem, kim jest i po co przyszedł.

VII. SÓL W OKU

1

Przypuśćmy, że ciotka ma rację — byłaś solą w ich oku i żeby o tobie nie zapomnieli, musiałaś im podarować — rodzinie i temu miasteczku — równie słony okruch. I to ja, babko, mam być tą drażniącą drobiną? Słonym paprochem? Tak. To wydaje się prawdopodobne. Paweł i Emilka wyrośli tutaj — są znajomymi z tej samej ulicy i szkoły. Wszyscy pamiętają zarówno ich zalety, jak i wady. Może nie do końca są samo-swoi, ale też nie są obcy i nie znani. A tobie potrzebna była tajemnica. I odrobina inności, która przyciąga i jednocześnie irytuje. Jestem inna od ludzi żyjących tutaj, mogę stanowić dla nich zagadkę i nieświadomie drażnić.

Czarci plan! Coś takiego mogła wymyślić tylko złośliwa starucha. W twoim wypadku wydaje się to jednak możliwe. Przynajmniej większa część rodziny tak właśnie sądzi. Czy to jednak prawda? Czy rzeczywiście aż tak bardzo obchodzili cię ludzie? Czy faktycznie nie mogłaś znieść myśli, że po twojej śmierci będą pławić się w tępym zadowoleniu? Że o tobie bezpowrotnie zapomną?! O tobie!

Oni! Inni! Tamci! Ludzie zza parkanu! Latami zazdrościli ci może nawet nie domu i ogrodu, lipowej alei, stawu i altan oplecionych dzikim winem, ale tego starczego szyku, którego nie mógł zniszczyć nawet brzozowy kij, częściej służący do odpychania zbyt blisko przechodzących ludzi, niż do podpierania się. Zawsze byłaś panią, a oni plebsem faszerowanym socjalistyczną papką, drepcącym wokół swoich małych spraw. Jak to robiłaś, że udało ci się do końca utrzymać w nich to przekonanie? A może to było w twojej krwi i nie musiałaś nic robić? Gorzej — byłaś skazana na tę inność i samotność!

Nie mogli zapomnieć tego, że przetrwałaś. Innych, tobie podobnych, zmiótł wiatr historii. A ty wczepiłaś się w to miejsce i tkwiłaś jak egzotyczny kwiat, który nie może przestać kwitnąć i pachnieć drażniąco. Opowiadano sobie o tym różne historie, ale zawsze powtarzały się w nich te same motywy — to Maurycy ocalił was oboje. Więcej, ocalił Zawrocie, ochronił tę inną czasoprzestrzeń, inną jakość życia, otulił wielkim, bezpiecznym kloszem skrawek raju i nie pozwolił go zniszczyć. Rodzinna legenda mówi, że podczas wojny dziadek leczył różnych dziwnych ludzi, którzy przychodzili, nie wiadomo skąd i nie wiadomo dokąd odchodzili. Nigdy nie pytał, kim są, czemu służą, jakie wyznają ideały. Wyjmował kule, zszywał rany, dostarczał lekarstwa. Leczył wszystkich, bo złożył przysięgę Hipokratesa. Miał przy tym szczęście — zoperował rozlany wyrostek robaczkowy przejeżdżającemu przez miasteczko niemieckiemu oficerowi i to być może po raz pierwszy ocaliło Zawrocie.

Kim był ten drugi człowiek, który chronił Zawrocie przez kilka najgorszych lat po wojnie? Może był tylko fikcją, sprytnym wymysłem Maurycego, jedynym sposobem, by przetrwać, ujrzanym w chwili strachu i rozpaczy. Ten ktoś — prawdziwy czy też wymyślony — uczynił go ordynatorem na oddziale chirurgicznym miejscowego szpitala i pozwolił spokojnie żyć. Maurycy był jednym z nielicznych ludzi na tym stanowisku, którzy nie należeli do partii. Żadne przemiany nie zachwiały jego pozycji. Może dlatego, że był także genialnym lekarzem i dobrym, mądrym człowiekiem.

Ty, babko, byłaś dla ludzi z miasteczka paniusią przyczepioną do jego niezwykłego fartu. Zawiść, irytacja, niepokój lub choćby psychiczna niewygoda — to uczucia, które w nich wzbudzałaś. I to nie tylko w pierwszych latach po wojnie, gdy wrzał w niektórych słuszny, klasowy gniew. Nienawidzili cię przez całe twoje życie. Zmieniały się powody tych uczuć, czasami zmieniało się ich natężenie, ale one same były równie trwałe i niezniszczalne jak ty i twoja odmienność. Sól w oku, ziarno zła w złotej oprawie — nie umieli tego nazwać, ale musieli się ugiąć.

Właśnie tego zazdrościli ci najbardziej, ty jednak wiedziałaś, że już wkrótce unicestwi cię śmierć. Chodziłaś wyprostowana ulicami miasteczka, w czarnym ubraniu z materiałów, których nazw nikt nie pamiętał, a niewielu w ogóle je znało. Widziałaś, jak ci ustępują, jak obchodzą, jak się czasami zapatrzą z niechęcią, a za sobą czułaś oddech śmierci. To ten chłód, który — jak mówili w miasteczku — ciągnął się za tobą jak tren starej sukni.

2

Właściwie nie interesuje mnie to, co o tobie myśleli i myślą inni. Chcę wiedzieć, co ty myślałaś i jaka naprawdę byłaś, zwłaszcza w ostatnich latach życia.

Szłaś zawsze tymi samymi uliczkami w kierunku kościoła i cmentarza. Ta droga pełna była lepszych i gorszych doznań. Park na chwilę dawał ci chłód, ale nie spokój. Patrzyłaś na rosnące w nim drzewa i zawsze przypominały ci się tamte, które rozstrzelano tu wraz z ludźmi i kolorowymi kramami. Wniebowstąpiły potem razem z płomieniami niszczonego getta. Czasami zatrzymywałaś się na głównej alejce, by popatrzeć na róże i sprawdzić, czy żadne dziecko nie tratuje kwiatów. Potem złym wzrokiem obrzucałaś sylwetkę niedawno wybudowanego dworca autobusowego — żółtą, pokraczną i prymitywną — wczesny postsocjalizm, gorszy nawet od wczesnego socrealizmu. Skręcałaś obok niego w przyjemną i zadbaną uliczkę z małymi ogródkami.

Tu od lat nic się nie zmieniało — budynek na rogu ozdabiał fioletowy klematis pnący się aż do balkonu na pierwszym piętrze, potem był niski dom z irysami, następny ozdabiały malwy, dalej pyszniły się dwa srebrne świerki, a za nimi była posesja z pąsowymi różami. Oglądałaś z zadowoleniem starannie przycięte trawniki i wypielęgnowane klomby, jakby należały do ciebie i świadczyły o dobrej pracy twego ogrodnika. To było w końcu twoje miasteczko — patrzyłaś na nie kilkadziesiąt lat i wydawało ci się, że masz prawo oceniać żyjących w nim ludzi.

Następna ulica nie była tak przyjemna. Przez chwilę zatrzymywałaś wzrok na brzydkim, murowanym budynku, a pod powiekami miałaś żydowską bożnicę, która tu stała przed wojną. Przed nią, w głębi czasu, to samo miejsce ozdabiała siedemnastowieczna synagoga, ta, którą w poprzednim stuleciu rysował zachwycony Gloger. Pięć domów dalej stał przed wojną dom mecenasa Kłasińskiego. Teraz straszył w tym miejscu mięsny sklepik, odrapany i brzydki. To prawda, że cały środek miasteczka wypalili Niemcy. Poszły z dymem żydowskie wszy i wspaniałe kamienice — ogień był sprawiedliwy, strawił wszystko. Dlaczego jednak na miejscu tamtych różnorakich dekoracji powstały tylko brzydkie, bez stylu i smaku?! Nie mogłaś zrozumieć tej zgody na tandetę ani pędu za bylejakością. Jakby już nikt w tym miasteczku nie wiedział, co jest piękne, a co brzydkie. Nikt!

Tak rozmyślając, dochodziłaś do przedwojennej plebanii, przypominającej wyglądem staropolski dworek, z pięknym gankiem i witrażami. Zdobiły ją w dodatku stare, majestatyczne świerki. Potem stawałaś przed nową plebanią, wybudowaną parę lat temu, gdy nie obowiązywały już nakazy tępogłowych decydentów. Mimo to była równie brzydka jak większość nowych domów w tej okolicy. Ponure gmaszysko, wielkie i niezgrabne, w dodatku postawione na pustym, pozbawionym drzew placu. Twój Bóg, babko, nie mógł zgodzić się na to pstre pudło i przez twoje usta przemawiał ostro i krytycznie. Żaden z księży nie śmiał wychylić głowy. Czasami ze starej plebanii wychodził znajomy ksiądz, by cię pozdrowić i podprowadzić do drzwi kościoła albo na cmentarz. I pewnie on jeden rozumiał cię i tak samo jak ty z bólem patrzył na tandetę wkradającą się na kościelną posesję, zwłaszcza na miejsca po starych drzewach, które dawały kiedyś chłód i sklepiały się w górze jak przedłużenie kościelnych naw, z ukrytymi, ptasimi chórami. Wycięto je — tak samo jak księży sad, zamieniony na parking, który przypominał opuszczony węglowy plac. Brzydota, pustka i zaniedbanie.

Wnętrze świątyni znowu cię uspokajało. Lubiłaś chłód grubych, eklektycznych murów. Rozmawiałaś tu z Bogiem, tak jak w domu rozmawiałaś z Maurycym. Każdy z nich miał oddzielne i ważne miejsce w twoim życiu.

Z Bogiem rozmawiałaś bez słów. Może nawet nie należało tego nazywać rozmową, bo przecież oboje milczeliście. Ale był. Był tu na pewno. Czułaś jego obecność. Nie emanował miłością, bo ta wydawała ci się zawsze człowieczą dziedziną. Nie było to także dobro, Bóg bowiem, twoim zdaniem, nie był dobry. Było to raczej przeczucie doskonałości, niepojętej doskonałości.

Może dlatego wydawało ci się, że jest tylko jedna droga, by przemówić do niego bezpośrednio — piękno. Zawsze wierzyłaś, że więcej jest modlitwy w dobrym wierszu niż w wyklepanym pacierzu, w harmonijnym tańcu niż w siedzeniu w kościelnej ławie, w koncercie fortepianowym Czajkowskiego niż w źle odśpiewanej kolędzie. Dlatego najczęściej przychodziłaś na długo przed rozpoczęciem mszy, by obejrzeć zawsze ten sam obraz, jedyną naprawdę piękną rzecz w tym kościele.

Płótno przedstawiało jakąś świętą — nie podałaś jej imienia, babko. Nie ma to zresztą znaczenia. Widziałam ten obraz. Jest rzeczywiście niezwykły. Święta ma pomarszczone ręce, zgarbioną, starczą sylwetkę, zgrzebny strój i rozpadające się buty. Ma także piękną, czy może raczej uduchowioną, młodą twarz, zapatrzoną w niebo. Jakieś dziwne światło pada na jej oblicze i to światło zdaje się je przemieniać.

Takimi widzi nas Bóg — myślałaś przy obrazie. — Boski czas jest inny od ludzkiego, Boskie oko też jest inne, przenikające na wskroś, wydobywające spod zapomnianych warstw czasoprzestrzeni choćby jedną, jedyną chwilę doskonałości w ludzkim życiu — słodki uśmiech, wzniosłą myśl, zachwycający gest, uduchowioną miłosną chwilę i równie pięknie odegrany spazm nienawiści. Nie mogę być doskonała, bo nie jestem Tobą, ale Ty znajdziesz tę jedną chwilę i weźmiesz ją, bym mogła w niej istnieć. Nie wątpię, że jesteś tutaj i patrzysz na świętą. Nie wątpię także w to, że ten obraz jest w Tobie, zatopiony w boskości razem z bezimiennym malarzem. Ja też powrócę do Ciebie razem z moją różą. A może będzie to coś innego — jakaś zapomniana, z pozoru nieważna minuta! Fraza złożona z bezwstydnego, młodzieńczego śmiechu? Łza, w której przejrzał się księżyc? Jęk usunięty w kąt pamięci, rozpisany w dole pięciolinii?

Tak, babko. Inni wierzą w dobre uczynki, ty wierzyłaś w sztukę i piękno. Przez całe życie zajmowałaś się swoją różą. Chciałaś wyhodować własnoręcznie różę błękitną. Obok biurka Maurycego wisi kilka akwarelowych szkiców — ledwie rozwinięte, jasnoniebieskie pąki. Jakie to do ciebie podobne. Byłam dzisiaj rano w oranżerii. Kiedyś musiały w niej rosnąć piękne kwiaty. Teraz zostało trochę zdziczałych roślin. Nie ma wśród nich róży błękitnej i pewnie nigdy nie było. Ale skłonna jestem myśleć, że jest z tobą, gdzieś tam, w błękitnych błękitach, czymkolwiek one są.

3

Widzę, jak się zmieniałaś, babko. Wyniosłą, chłodną obojętność, którą wyznawałaś przez wiele lat, nagle zastąpiła żarliwość. Nie wystarczyło ci już kochać piękna i celebrować je w Zawrociu, z dala od ludzi, niemal w ukryciu. Trzeba jeszcze było o nie walczyć — choćby tylko opuszczeniem kącików ust albo pogardliwym gestem! I to nie tylko o piękno zaklęte w porcelanowych filiżankach, w srebrnej cukierniczce, w lichtarzu i gładkiej lasce, utopione w zwieńczającym ją bursztynie, zastygłe i martwe, ale także o to, które było zaklęte w brzozowym kosturze, w załamaniu światła w koronce drzew, w linii horyzontu, w pleśni, w rwącej rzece, w zeschłych trawach.

To dlatego nie mogłaś już obojętnie przechodzić obok tandetnych domów, placów pozbawionych drzew. Najbardziej denerwowała cię jednak nowa plebania, bo to miejsce było szczególne — centrum prowincjonalnego świata. Jej budowniczowie zapomnieli, że stawiają ją nie dla siebie, tylko w imię Boga. Tak, im bliżej kościoła, tym bardziej drażniła cię bylejakość i brzydota. Prawie całe miasteczko było bezbożnie brzydkie, ale najbrzydsza, a więc najbezbożniejsza była ta koszmarna budowla.

„Jak to się mogło stać? — pytałaś siebie w pamiętniku, gdy po raz pierwszy dostrzegłaś ponure zarysy plebanii. — Dlaczego im na to pozwolono? Dlaczego ja im pozwoliłam? Wybacz mi Boże! Wybacz mi Maurycy! Wybacz mi, że tyle lat spędziłam zamknięta za parkanem. To ty, tylko ty, miałeś rację!"

Czy to właśnie wtedy z damy oddzielonej od plebsu wysokim parkanem postanowiłaś zmienić się w starą czarownicę? Stawałaś przed amboną i wpatrywałaś się pilnie w usta przemawiającego księdza. Musiał mówić wyraźnie, logicznie i do tego jeszcze prosto, inaczej fukałaś jak rozzłoszczona kotka albo stukałaś laską i ostentacyjnie wychodziłaś z kościoła. Czułaś na sobie zdziwione, rozbawione, a najczęściej oburzone spojrzenia. Ale w ich właścicielach zostawała kropla podejrzliwości. Wydobywałaś z nich choćby tylko prymitywne pretensje. — Jeśli rzucam co tydzień setkę lub dwie — myśleli — to nie po to, by ksiądz jąkał się na ambonie. W końcu człowiek przychodzi po słowo Boże, nie?!

Tak więc byłaś im solą w oku. Najpierw z przeznaczenia, a potem także z własnego, nieprzymuszonego wyboru, jakbyś się przyzwyczaiła do tej roli i nie mogła z niej zrezygnować. Czytam w pamiętniku twoje krótkie zapiski i widzę, jak dojrzewała w tobie ta absurdalna idea. Moment, gdy kazałaś skrócić Jóźwiakowi znalezioną w lesie, mocną brzozową gałąź, był chyba przełomowy. Ludzie oglądali się za tobą ze zdumieniem, kiedy szłaś z nią po raz pierwszy przez miasteczko. Jeszcze tylko do kościoła brałaś czasami poprzednią laskę. Niektórym nawet zdawało się, że zwariowałaś. Pani doktorowa z sękatym kosturem! A to numer! Odbiło babie na starość! Bóg ją pokarał za próżność, pychę i egoizm!

Jeszcze bardziej przestraszyła się ciotka Irena. Przez pierwsze tygodnie nie wiedziała, gdzie oczy podziać ze wstydu. Cóż, starość! — powtarzała, gdy ktoś ośmielił się o tym wspomnieć. Błagała cię, byś wróciła do starej laski, ale ty tylko wzruszałaś ramionami.

„Myślą, że jestem szalona. To nawet lepiej. Wariatom uchodzi więcej!" — pisałaś w pamiętniku z chłodną kalkulacją, obojętnie, sprawozdawczo, jakby to nie ciebie dotyczyły ukradkowe spojrzenia, uśmieszki i drwiny. Właściwie było ci obojętne, co oni wszyscy myślą, bo przecież i tak nie byli w stanie pojąć i ocenić twego postępowania. Nigdy nie robiłaś niczego dla nich, nie oni byli celem i sensem. Co najwyżej czasami stawali się przedmiotem gry. Byłaś solą, gdyż porządek rzeczy tego wymagał. Bo musi istnieć także sól — piekąca, drażniąca drobina.

VIII. ZAMIANA

1

Wypuściłam Remiego, babko. Nie jest tak przyjacielski jak Unta, ale słucha moich poleceń. Trzymam jeszcze przy sobie, w razie czego, twoją brzozową laskę, ale nie musiałam jej dotychczas używać. Remi czuje zresztą respekt przed Untą, bardziej zadomowioną i pewniejszą siebie. Nie ma odwagi wchodzić do domu — buszuje po posesji albo leży na trawie obok werandy, z pyskiem na pierwszym stopniu. Tak jest dobrze. Oswajamy się powoli, ostrożnie, z odrobiną nieufności. Każdy pilnuje swego terytorium — ja i Unta domu, Remi reszty. Na razie nie poruszam się zbyt gwałtownie, gdy schodzę z werandy. Wołam Untę i gdy już jest przy mojej nodze, wołam także Remiego. Idzie za nami posłusznie, ale w pewnej odległości, z boku lub z tyłu — nie tak blisko jednak, by można było go pogłaskać albo dosięgnąć końcem kija. Zatrzymuje się jednak posłusznie, gdy ja staję, i rusza, gdy zaczynam iść.

Mam więc dwa psy, bezimienną kotkę i te wszystkie zwierzęta, które żyją w obrębie mojej posiadłości bez meldunku — ze sto żab, tysiące pasikoników, biedronek, os, żuków, ważek, mrówek, komarów, motyli w różnych fazach rozwoju i jeszcze kolonie ptaków, myszy, szczurów, kretów… Remi zaaprobował moje zjawienie się tutaj — wprawdzie nie od razu i bez entuzjazmu, ale zaaprobował. A reszta zwierzyńca? Przechadzam się z psami po Zawrociu i podglądam podległe mi życie. W jakimś sensie zależy ode mnie. Mogę ściąć drzewo, na którym od lat gniazdują bociany. Łąkę — raj pasikoników — mogę zmienić w wypalony ugór albo pole. Brzozowy lasek przepuścić zimą przez komin. Zaniedbaną gęstwinę przy parkanie wyciąć. Mogę. Wszystko mogę! Tyle tu chaszczy, gęstwin, zarośli — a w nich próżniaczy, wolny świat, który może nawet nie wie, że na górze nastąpiła zmiana. Rośliny wydają się czujniejsze. Lipy plotkarsko szeleszczą, gdy przechadzam się pod nimi, stare jabłonie i śliwy wysilają się, by wydać jak najwięcej owoców i udowodnić swoją pożyteczność, brzozy tańczą na wietrze, jakby wiedziały, że lubię piękny, harmonijny taniec. Tylko, że to złudzenia. Nic się nie zmieniło z moim przybyciem. Nikt się tym nie przejmuje — lipy i przedtem szeleściły, jabłonie i śliwy rodziły, a brzozy pląsały na wietrze. Ten świat nie zna linearnego czasu i nie zna pana. Nawet jeśli zniknie, to do końca będzie wolny, do ostatniej minuty, do ostatniej sekundy. Do ostatecznej zagłady i przemiany.

Świat oswojony i świat dziki. Remi został oswojony. Oswojony przez ciebie, babko. I zostawiony przez ciebie. A teraz potrzebuje nowego pana. Kładę na ścieżce twój kostur i po raz pierwszy odważam się biec. Unta! Remi! — wołam, zbiegając w dół ku brzezince. Tratujemy wysokie trawy, rozrywamy pajęczyny, przecinamy bezpieczne dotąd powietrzne korytarze pszczół i motyli. Psy wyprzedzają mnie i rwą do przodu — gonią chimerę, gonią letni, upalny dzień, tętni w nich krew i psia radość. Gonić! Gonić! Gonić do końca świata! Gonić!

Zakręcają przy ścianie lasu i wracają do mnie, zmęczonej i leżącej w trawie. Kładą się blisko i dyszą. Po raz pierwszy mam obok siebie pysk Remiego. Nie cofa go, gdy wyciągam w jego kierunku rękę i klepię po wielkim łbie.

— Szukaj, szukaj laski! — mówię do niego, a on mimo zmęczenia rusza w górę i po chwili przynosi ją i kładzie obok mnie. Czuję się tak, jakby ostatni, najbardziej krnąbrny poddany, uznał moją władzę. Dokonało się, babko. Mam w ręku twoje brzozowe berło. Miałam i przedtem, ale dopiero teraz jest naprawdę moje. Siedzę obok psów i oglądam ten zdawałoby się zwykły kawałek drewna, na którym od dawna nie ma śladów kory. Może nawet było ich kilka — tych twoich kosturów. Najdziwniejszy rekwizyt w historii twojego życia!

2

Dlaczego wcześniej nie zwróciłam na to uwagi? Daty! Te znaczące daty. Jakie to logiczne! I jakie do ciebie podobne! Zaopatrzyłaś się w swój czarci kostur właśnie wtedy, gdy wybuchła kolejna niepodległość. Przez chwilę wszystkim się wydawało, że można zetrzeć pięćdziesiąt lat, jakby były napisane ołówkiem, i wejść do innego, lepszego czasu, spinającego jakimś mistycznym mostem czas przedwojenny z tym nowym, jeszcze nie nazwanym. Złudzenia.

Musiał cię ogarnąć wtedy diabli chichot, jeśli wybrałaś się do lasu po brzozowy kij. Laska pasowała do zgrzebnego, tandetnego komunizmu, była jak wyzwanie — teraz, gdy wyrosły nagłe fortuny, gdy wróciły do mody kapelusze i dobre materiały, już nie musiałaś być, babko, przedwojenna! Ale nie tylko o to chodziło, nieprawdaż? Z laską czy z kijem byłaś ciągle sobą, tak jak właściciele owych fortun ciągle byli prostakami. Im bardziej oni zapatrywali się na ciebie i tobie podobnych, tym bardziej ty odrzucałaś zewnętrzne oznaki swojej pańskości. Zostało jeszcze tylko Zawrocie, ta twoja ślimacza skorupa — doskonała architektura małego dworku, w pięknej, zielonej oprawie. Została twoja wyprostowana sylwetka, zostało poczucie honoru i chłód, została siła, która płynęła z nie znanego im źródła — z wielowiekowej kultury traktowanej nie jak skarbczyk błyskotek do przypięcia, ale jak obowiązek.

Tak, babko. W jakiś sposób oni to pojęli. Uśmieszki zniknęły, a twój brzozowy kij, noszony przez ciebie z dawną gracją, niedługo potem przypadkowo otrzymał jeszcze inną funkcję — stał się narzędziem kary bożej — choć niektórzy uznawali go raczej za znak diabelskiej pychy! Tak czy owak twoja intuicja podpowiedziała ci, że sensowniej będzie uznać za takowe narzędzie kawałek drewna niż zbyt elegancką laskę.

Pierwszy raz miałaś okazję go użyć którejś soboty, kilka lat po upadku komuny, gdy brała ślub Joasia Molendakówna, córka jednej z sąsiadek Ireny. Organista źle zagrał marsza Mendelssohna. Wdrapałaś się po drewnianych schodach na górę. Nawet się bardzo nie zmęczyłaś. Pchnęłaś ciężkie drzwi i otworzyła się przed tobą błyszcząca, biało-złota konstrukcja doskonałych, zeszłowiecznych organów.

Chciałaś mu tylko pogrozić — temu człowiekowi, który z zadowolonym wyrazem twarzy wygrywał jakieś mutacje tonów — ale kiedy beztrosko, dziarsko i kłamliwie zakończył kolejną frazę, nie wytrzymałaś. Podeszłaś do niego i popatrzyłaś jak bazyliszek. Chórzystki zamarły, a grający, może nawet ze zdenerwowania, znowu uderzył w zły klawisz. Wtedy skończyła się twoja cierpliwość — jednym zdecydowanym ruchem brzozowej laski uderzyłaś w klawisze tuż obok jego palców, mówiąc z oburzeniem:

— Tak źle już nigdy nie graj! Tak źle już nigdy nie graj! Bo ty człowieku grasz dla Boga!

Twoje słowa mikrofon przeniósł do wszystkich zakamarków kościoła. Zaraz potem podniósł się szum. Niektórzy chichotali, ale większość była oburzona, że swymi starczymi i sklerotycznymi wyskokami zakłócasz uroczystość. Chórzystki zgromadzone na secesyjnym balkonie, purpurowy organista, ludzie zadzierający do góry głowę — oni wszyscy byli przeciwko tobie.

Nie mogło być inaczej. Najpierw musieliby znać nutowy zapis melodii tak, jak ty go znałaś — nuta po nucie — zapis, który nawet na papierze wygląda jak harmonijna i przemyślana kompozycja. Potem musieliby mieć tę muzykę we krwi — fraza po frazie, aż do cudownej kulminacji. Ci na górze raz na zawsze musieliby przekreślić swoje prymitywne śpiewanie, pełne fałszywych nut i wokaliz. A ci na dole, którzy zadzierali głowy i patrzyli w twoim kierunku, mrużąc oczy od jaskrawego światła wielkiego kandelabru, ci wszyscy wyrzec by się musieli owego uniesienia, którym napełnił ich dusze dźwięk znanej melodii, gorzej lub lepiej wykonywanej, ale dla nich istniejącej niejako doskonałe piękno, lecz jako czynnik sprawczy owego wzruszenia i pasma obrazów, które w nich przepływały za jej przyczyną. Może nawet te dźwięki — bardziej żywe, mniej dostojne, zafałszowane — były im bliższe, bo przyzwyczajali się do nich przez długie lata.

Musiałaś o tym wiedzieć, a jednak wdrapałaś się na górę. To była walka z wiatrakami, wyrywanie ludziom ich zatęchłego, niedoskonałego szczęścia, ale nie umiałaś, nie chciałaś z niej zrezygnować. Przynajmniej ten jeden, jedyny raz. Musiałaś im uświadomić prawdę: oto czym się zachwycacie — zlepkiem fałszywych akordów. Tym są wasze marzenia — obrazami skażonymi złą muzyką!

I tego ci, babko, nie mogli darować, bo nikt łatwo nie godzi się na odbieranie mu własnego ciepełka. W dodatku wydawało im się, że są bez winy. Może jeszcze organista... trochę, ale oni? Tyle kłopotów, trosk, takie ciężkie życie, więc jakie ma znaczenie, czy ta melodia jest prawdziwa, czy zafałszowana. Czego chce ta stara wariatka całe życie siedząca przy fortepianie, która miała służącą i która nie ma pojęcia o prawdziwym, znojnym życiu? Ty znasz nuty, a my trudną codzienność, ty masz doskonały słuch, a nam do niczego nie

jest on potrzebny, bo ani karmi, ani poi, ani ogrzewa. Prze-
jadły się nam już te twoje starcze fanaberie! Zabieraj się za
płot i siedź tam tak, jak siedziałaś tyle lat, brzydząc się świata
na zewnątrz. Nie potrzebujemy cię! Nigdy nie potrzebowa-
liśmy! I ciesz się, że w ogóle przetrwałaś — na obrzeżach
prawdziwego bytu, poza czasem, poza historią...

Tak właśnie musieli myśleć, chociaż nikt nie odważył się
tego wyartykułować. Sam organista zaczął grać od tego czasu trochę lepiej. Kiedy przechodziłaś obok niego, spuszczał
wzrok. Może on jeden pojął, że w końcu wyczerpała się twoja cierpliwość tego słonecznego dnia, kiedy wkroczyłaś do
kościoła po to, by przeżyć obrzęd połączenia dwojga ludzi,
obrzęd wzniosły, mistyczny, a tak bardzo popsuty zapachem
przepoconych ciał, zająknieniami i sapnięciami księdza, sil-
nym blaskiem elektrycznego światła. I ta fałszywa muzyka
stała się kroplą, która zerwała tamy. Nie mruczałaś pod nosem, nie wyszłaś z kościoła, nie patrzyłaś ze zgorszeniem ku
organom, ale właśnie wspięłaś się na górę.

Kiedy odwróciłaś się i wolno szłaś z powrotem wzdłuż
milczącego chóru, czułaś obok siebie chłodną taflę, napiętą
jak ściana, która ma runąć. Może wtedy bardziej niż zwykle
odczuwałaś osamotnienie, ową pustkę, która otworzyła się
wówczas, gdy umarł Maurycy, i już nikt nie chronił cię przed
światem i kiedy nagle okazałaś się nikomu niepotrzebną, starą kobietą. Po raz kolejny odważnie przyjęłaś samotność.

Pożegnał cię szmer niezadowolenia i gdyby nie nieugięta postawa starego księdza, może nie rozstąpiłby się przed
tobą tłum, który zastałaś następnej niedzieli w kościelnych
drzwiach. Stałaś długo za zwartymi, nieruchomymi plecami
kobiet i mężczyzn, aż przeprowadził cię twój przyjaciel i zostawił pod amboną, byś jak zwykle mogła parskać i krzywić się na
kazanie — jego kazanie. Następnego dnia kamień wybił szybę
w oknie gabinetu Maurycego. To wówczas kupiłaś Remiego,
a Unta zaczęła chodzić z tobą wszędzie, także do miasta.

3

Jeszcze raz, na krótko darowali ci, babko, twoje winy — wówczas, gdy broniłaś drzew. Mały park chciano zmienić w plac z drewnianymi budami pełnymi szmacianej tandety. Tym razem wasz gniew był wspólny, a swoją laskę obróciłaś przeciwko ludziom, którzy niszczyli to, co kochali wszyscy. Ty jedna nie przestraszyłaś się i nie szeptałaś do najbliższej sąsiadki, że trzeba by coś zrobić i gdzieś pójść — ty poszłaś. Nie do kierowcy spychacza, nie do robotnika, który nosił piłę, ale do Gabinetu, a kiedy twoja laska spadła na biurko Urzędnika, a robotnicy dalej zabierali się do wycinania drzew, to ty poszłaś do innego Gabinetu i wymachiwałaś w nim kosturem aż do skutku. Parku wówczas nie wycięto, a potem nie dali go już zniszczyć ludzie stojący z kijami wokół drzew. Wybrali nawet delegatów i wysłali do jeszcze wyższego Urzędnika.

Wtedy pomyślałaś o broniących parku ludziach trochę cieplej, patrzyłaś w ich oczy, a w ich źrenicach odbijało się światło rozproszone przez ciężkie, kasztanowe gałęzie. Studiowałaś lekkość, która na krótko zagnieździła się w ich twarzach i gestach. Podrzucali kasztany jak złote monety, młodzi trzymali się za ręce, a mężczyźni stali w rozkroku, gestykulując szeroko i śmiało, dyskutowali, ćmiąc klubowe lub sporty. Myślałaś o nich odrobinę cieplej, ale bez złudzeń — wiedziałaś, że gdyby nagle przyjechał ten Urzędnik i tupnął na nich nogą, to wszystkie zapalone papierosy wypadłyby z drżących rąk, a oni cichutko wycofaliby się za drzewa, by bezszelestnie zniknąć w bramach zagraconych podwórek. W myślach widziałaś rozsypane bezładnie kasztany na pustej ulicy pełnej słońca.

Przyjechali delegaci, za nimi kontroler, odkryto jakieś niedociągnięcia i matactwa. Potem odjechały maszyny — park ocalał. Wydawało się, że można coś zrobić, gdy zadziała wspólna wola i solidarność. Wydawało się nawet, że coś się w ludziach zmieniło na trwałe. To było jednak tylko złudzenie.

Pewnego dnia ze zdumieniem zobaczyłaś, że plac, na którym stały drzewa, jest pusty. Zniknęły w ciągu jednego popołudnia. Nikt nie zdążył zaprotestować. Nikomu już nie chciało się protestować. Ludzie zrozumieli, że w gruncie rzeczy dalej nic od nich nie zależy. Bezradni i pokonani pomyśleli, że ktoś potężny, może nawet ten sam, co zawsze, jakiś przefarbowany decydent, znowu może robić, co chce.

Na pustym placyku szybko zbudowano drewniane budy, w środku umieszczono na półkach tandetę, blichtr, taniochę, badziewie... Po paru miesiącach nikt nie pamiętał grubych pni, potężnych konarów i zielonych kopuł nad nimi. Nikt nie pamiętał chłodu i spokoju, które drzewa dawały. Zostało wprawdzie parę niskich wierzb, ale nie było tu dla nich miejsca — kopane butami wyrostków, obdrapywane kapslami od piwa, dziobane kozikami czekały na zagładę. Patrzyłaś, jak ogień niedopałków wgryza się w korę obok serc przebitych strzałami i inicjałów. Zamordują je sami — pomyślałaś któregoś dnia, patrząc na obłamaną gałąź. Ostatecznie odżegnałaś się wówczas od jakiejkolwiek wspólnoty z tymi ludźmi i z tym, co stworzyli albo przyjęli za swoje. Czasami tylko, gdy ktoś bezpośrednio stawał na twojej drodze, obrzucałaś go pogardliwym spojrzeniem i odsuwałaś niecierpliwie kijem.

Ci, którzy przez krótki okres zaczęli ci się kłaniać, teraz odwracali w milczeniu twarze w drugą stronę. Było to zrozumiałe, jeśli pani S. — która nie wpuściła cię do sklepu, chociaż było jeszcze dziesięć minut do zamknięcia — powiedziałaś, że wprawdzie niedawno zmieniła wystrój sklepu, ale przyzwyczajenia zostały jej komusze, a to nie wróży dobrze jej biznesowi. Dodałaś także, że z nową, fioletową czupryną na głowie wygląda jak podsiniona, rozdeptana pieczarka, jakich było mnóstwo tego lata na łąkach niedaleko Zawrocia.

Było to zrozumiałe również z powodu pewnego dziecinnego postępku, którego nie mogłaś sobie jednak odmówić. Pan Z. kupił mercedesa i tym nowym samochodem, ale równie brudnym jak poprzedni, jeździł z rajdową szybkością, opryskując przechodniów. Twoja czarna suknia, tym razem z aksamitu, ozdobiona łasiczką z brylantowymi oczkami, została obryzgana pewnego dnia od góry do dołu wodą i błotem. Kiedy w niedzielę pan Z. zawiózł brudnym jak zwykle samochodem swoją rodzinę do kościoła, wypisałaś końcem laski dużymi literami, w miejscu dobrze widocznym dla wchodzących i wychodzących słowo: niechluj! Nie brudas, ale właśnie niechluj. Państwo Z. zabawili w kościele dostatecznie długo, żeby wszyscy sąsiedzi mogli obejrzeć nowy wóz i pęknąć z zazdrości. Wyszli krokiem posiadaczy auta, które i tak zawiezie ich szybciej do domu niż fiaciki i stare graty innych marek. Wyszli i oniemieli. Uśmiechy, które w kościele brali za maski przykrywające najbardziej zapiekłą zazdrość, okazały się kpiną. I to z nich — posiadaczy jedynego mercedesa w tym obrzydliwym, małym miasteczku! Nigdy jeszcze chyba pan Z. nie jechał tak szybko do domu, a potem długo i może po raz pierwszy w życiu mył swój samochód.

Było to zrozumiałe również z powodu jeszcze jednego nieprzyjemnego incydentu. Kiedy parę dni po owym samochodowym żarcie zobaczyłaś, że dziesięciolatek kopie psa i to w obecności mamy, pani W., spytałaś ją bez ogródek: — Ten cham to pani syn? — I dodałaś: — Gratuluję dobrego wychowania! — Mogłaś być pewna, że stosunki z miasteczkiem powróciły do dawnego stanu.

4

Nawet ci ulżyło. Oddzielenie od nich dawało poczucie komfortu psychicznego. Powracał ci spokój na myśl o tym, że się przecież nie ugięłaś pod ich powierzchowną, okazjonalną uprzejmością i nie musisz milczeć. Za mało ich jednak nienawidziłaś, by te drobne i w gruncie rzeczy mało znaczące incydenty przyniosły ci ukojenie.

Odchodziłaś z miasteczka boczną drogą, wsłuchiwałaś się w szczeknięcia psów czujących cię z daleka i witających radośnie. Przekraczałaś bramę Zawrocia i wiedziałaś, że tutaj jest twoje właściwe miejsce. Otwierałaś drzwi domu. Odkładałaś laskę. Przez chwilę patrzyłaś na perspektywę korytarza i tak dobrze ci znany rozkład cieni. Czy warto trwonić resztkę sił na wyprawy do tego zapyziałego miasteczka? Czy warto roztrącać siły na cokolwiek, co nie jest piękne? Zapalałaś ogień na kominku i czekałaś na Pawła. Chciałaś, by zagrał jakąś nie znaną ci jeszcze melodię. Chciałaś widzieć, jak pieszczotliwie dotyka palcami klawiszy, a potem czuć, że jego muzyka płynie w kierunku okna, unosi się w górę i miesza z wiatrem. Gdzieś tam, w przestworzach musiały być, według ciebie, niebiańskie organy, które przekształcały i udoskonalały każdy dźwięk. Gdzieś tam istniała ta niezwykła harmonia, muzyka sfer. Ta, która płynęła z fortepianu, była jej odpryskiem — ziemskim prawykonaniem. Byłaś tego naiwnie pewna.

Czego więc szukałaś poza bramą Zawrocia? Dlaczego tam jednak szłaś? Dlaczego stukałaś uparcie i złowieszczo po betonowych trotuarach? Przecież po pewnym czasie musiałaś zauważyć, że stajesz się anachroniczna, że nawet twój brzozowy kij nie zwraca już uwagi, że czas zwariował i pędzi, nie zważając na twój upór. Mało kto zwracał już na ciebie uwagę. Były przecież inne obiekty zazdrości, nienawiści, niechęci. Znudziłaś się temu miasteczku. Znudziłaś się teraźniejszości, odeszłaś w przeszłość za życia — zbyt długiego życia.

Tak. Musiałaś to czuć. Czyż mogłaś jednak poddać się i zostawić ich bez niewygody pamięci o tobie? Nie zadowalało cię to, że zostaniesz pochowana w pięknym grobowcu rodziny Milskich — odnowionym przez ciebie po śmierci Maurycego. Muszą go omijać ci wszyscy, którzy chcą wejść na cmentarz główną bramą. Przyzwyczają się — myślałaś. — Będą przechodzić obojętnie, z twarzami wtulonymi w chryzantemy. Później, nawet jeśli ich wzrok przyciągnie rzeźba Matki Boskiej albo draperia szaty, która kamiennie zsuwa się ze szczytu grobowca, nawet jeśli zachwyci ich naiwna płaskorzeźba przedstawiająca człowieka zapatrzonego w stopy Świętej Panienki, nawet jeśli przypadkiem ktoś przeczyta nazwisko i przypomni sobie kilka anegdot na temat ostatniej z rodu, to przecież i tak przepadnie to wszystko, czym ty sama byłaś.

Sól w oku. Byłaś nią tak długo, że musiałaś przyzwyczaić się do tej roli. Czy aż tak bardzo, że nie chciałaś zdjąć maski do końca? Więcej — postanowiłaś mnie w nią ubrać — podstępnie, bez pytania o zgodę, na trwałe?

IX. KĄPIEL W SŁOŃCU

1

Dziś po południu przyjechał niespodziewanie Michał. To było w jego stylu — zjawić się bez zapowiedzi. Na jego widok zrozumiałam, jak bardzo dałam się wciągnąć w twoją grę, babko. Bo czyż to nie dziwne, że ani razu o nim dotychczas nie wspomniałam? Mam wrażenie, że myślałam o Michale też niewiele, a jeszcze mniej tęskniłam. Zapomniałam o wszystkich sprawach, z których składa się moje życie tam, poza Zawrociem. A przecież tyle lat spędziłam gdzie indziej, z innymi ludźmi, w innym pejzażu. A teraz nagle dałam się zamknąć w tej kryształowej, powietrznej bańce, z pszczołami, pasikonikami, otoczona parkanem, skazana na kilka, zaledwie kilka dróg.

Więcej — przez chwilę patrzyłam na Michała jak na zjawę ze snu, która zaplątała się w realne życie. Szłam ku niemu, chcąc i nie chcąc, by był prawdziwy. Zdziwiła mnie ta podwójność, rozdarcie uświadomione po raz pierwszy, ta odrobina tęsknoty za poprzednią jednością i nagłe przeczucie bólu...

Michał zjawił się w wyjątkowym momencie. Byłam wypełniona upalnym dniem. Pierwszy raz wybrałam się twoją ulubioną drogą, babko, do lasu. Pszenica, żyto, owies, jęczmień — powtarzałam, przekładając z ręki do ręki kolejne kłosy i przyglądając się im dokładnie. Odkrywałam antypody! Nie były jednakowe — kłosy, ziarna, łodygi, ich kolory, kształty, ciężar i smak. Ziarna przetaczały się w zagłębieniu mojej dłoni, między palcami zdziwionego mieszczucha, pastelowe i bursztynowe, jak pomniejszone migdały, jak wyrzeźbione w glinie łzy. Złote pola falowały w rozgrzanym, zmęczonym powietrzu. Unta wlokła się przy mojej nodze, zbierając na wywieszony jęzor pył piaszczystej drogi.

Wydawało mi się, że po raz pierwszy wchodzę w sam środek lata i odczuwam je całą sobą. To nie był tylko upał, ale przede wszystkim otaczający mnie świat, uświadomiony po raz pierwszy w takim kształcie i natężeniu. Żeby jednak naprawdę go przyjąć i zrozumieć, trzeba go było nazwać. Nade mną błękitniało wysokie niebo, po którym czasami przelatywały ptaki — dla mnie były to bezimienne, czarne kreski. Deptałam jakieś trawy i zioła, ale były to tylko zielone strzępki. Kwiaty co najwyżej mogłam nazwać polnymi. Moja wiedza wydobywała z bezładu łąki rumianek, koński szczaw i kobylak. Poczułam się, babko, jak ślepiec i niemowa otoczony nieprzebranym bogactwem barw i kształtów. A były jeszcze przecież smaki, wonie, dźwięki. Wokół toczyło się zupełnie nie znane mi życie. Łąka była jak wielkie, rojne miasto, jęczmienne pole jak rozległa prowincja, a ja nic z tego nie rozumiałam — ot, kawałek ładnego landszaftu. Ty, babko, być może znałaś i rozumiałaś ten świat, ale nie podzieliłaś się ze mną swoją wiedzą. Stoję w jego środku, bezradna jak Ewa w raju, szukająca w głowie nazw — tych jedynych, właściwych, wydobywających świat z nicości…

Po powrocie do domu, przerażona tą swoją niewiedzą, wyciągnęłam atlasy dziadka Maurycego. Biurko uginało się wkrótce pod stosami grubych ksiąg. Stałam naprzeciwko, wbijając w nie wzrok, gotowa je zjeść, wchłonąć, wessać, a jednocześnie gdzieś w środku byłam pewna, że nie uda mi się zgłębić zawartej w nich wiedzy. Do gabinetu wleciał pstry motyl, więc zaczęłam od owadów. Po kwadransie wiedziałam, że odwiedził mnie modraszek lazurek, mogłam także odróżnić pazia królowej od bielinka kapustnika. Wiedziałam też, że do gabinetu Maurycego najczęściej wlatuje tęczowiec, a z mniej ponętnych owadów przypominająca zeschły liść barczatka dębolistna. Świat, który był obok mnie, na wyciągnięcie ręki, świat, którego dotychczas nie widziałam, mimo że śpiewał, mienił się, drżał — ten świat nagle uchylił kilka zasłon. Zaglądałam za nie ostrożnie, pełna zdumienia i oczarowania.

2

Zajmowałam się rozmnażaniem chrabąszcza majowego, gdy psy podniosły wściekłe larum. Przed bramą stał samochód Michała. On sam przyglądał się z dystansem zwierzakom, domostwu i mnie, ubranej w dresy, z niedbałym kokiem na głowie. Schodziłam z werandy, tupiąc bosymi nogami.

Zamknęłam Remiego w klatce i dopiero wtedy otworzyłam bramę. Michał wjechał do środka. Wysiadł z samochodu wolno, patrząc nieufnie na Untę, która stała obok mnie napięta, gotowa w każdej chwili na mój znak skoczyć mu do gardła.

— Masz niezłych opiekunów — powiedział. — Czy jesteś pewna, że ten cholerny pies pozwoli mi pocałować cię na powitanie?

Roześmiałam się.

— Unta, idź na werandę — zadysponowałam i suka niechętnie, ale posłusznie poszła we wskazanym kierunku. — Leżeć! — dodałam. Położyła się, ale tak, by mieć Michała na oku.

— Wygląda na to, że nie tylko ciebie słucha, ale i rozumie, co do niej mówisz — dziwił się Michał. Nigdy nie miał w domu żadnego stworzenia ani rośliny, więc moja rozmowa z psem wydała mu się czymś niezwykłym.

— Przyjechałeś tu studiować przyrodę? — spytałam kapryśnie, bo był tuż obok, a jeszcze mnie nie przytulił. W odpowiedzi musnął moje czoło, a potem znacząco zlustrował wygląd. — Czy mogłabyś umyć nogi, a potem zamknąć gdzieś tego potwora, by mnie nie zagryzł, gdy będę się do ciebie dobierał!

Nie zamknęłam Unty — została na zewnątrz, popiskująca pod drzwiami. Szłam do łazienki, rozbierana po drodze przez Michała. Nie doszliśmy tam. Moje spocone ciało, zakurzone nogi, potargane włosy — inność od tej, którą widywał w mieście, wyperfumowanej i zadbanej kobiety — a może skóra dzika leżąca w salonie, podziałały na niego jak afrodyzjak. Nie mógł się mną nasycić.

— Jesteś inna — powiedział wreszcie zdziwiony. — Nawet pachniesz inaczej... — Zrobił się nagle zły. — Baby zwykle odmienia nowy facet. Co ciebie odmieniło? Chyba nie to miejsce?

— Jesteś zazdrosny o Zawrocie? — roześmiałam się. — To coś nowego.

Wstałam i weszłam w strumień światła. Udawałam, że się w nim kąpię. Michał lubił patrzeć na nagie kobiety. Palił teraz papierosa i przyglądał mi się wzrokiem konesera. Sam też pozwalał mi patrzeć na swoje mocne i dobrze zbudowane ciało.

Pomyślałam sobie wówczas, że ten dom może po raz pierwszy oglądał takie sceny. Maurycemu wydałaś się, babko, bezcielesna. Przed nocą poślubną odważył się tylko parę razy dotknąć twoich włosów i uścisnąć dłoń. Pierwszy pocałunek to był pewnie ten w kościele przed ołtarzem. Nie zdziwiłabym się, gdyby przez kilka pierwszych lat wasz związek był białym małżeństwem. Dopiero cztery lata po ślubie Maurycy zapisuje ekstatyczne słowa: „Jest moja! Teraz już naprawdę jest moja. Jaki jestem szczęśliwy! Chciałbym przynieść jej księżycowy róg, który świecił dzisiejszej nocy na niebie! Chciałbym!... Czuję się jak mocarz, zdobywca, książę!"

Jeśli tak długo skąpiłaś Maurycemu swego ciała, to cóż mówić o nagości? Może czasami udawało mu się o świcie zobaczyć twoje nagie ramię albo nawet odkrytą pierś. Wstając, pewnie specjalnie zrywał pościel, by móc patrzeć chociaż przez chwilę na twoją jasną skórę. Czasami może nawet udawałaś sen, by mu na to pozwolić. Najczęściej jednak spałaś zapięta pod szyję, w koszuli haftowanej na piersiach, by nie prześwitywały przez nią brodawki. Wolałaś nie kusić Maurycego, bo miłość fizyczna wydawała ci się trochę zwierzęca, bezrozumna, jakby niegodna człowieka. Akt seksualny za bardzo kojarzył ci się z rozmnażaniem, z pęczniejącym ciałem, z wydalaniem płodu, z niańczeniem. Miłość była związkiem dwóch dusz, a ciało tylko czyhało na to, by wszystko zwulgaryzować i zniszczyć. Fizyczne zbliżenie wydawało ci się aktem ingerencji, a nawet męskiej dominacji.

Gdzieś w głębi być może czułaś się upokorzona faktem bycia kobietą. W dodatku urodziłaś dwie córki. Maurycy cieszył się, a ty byłaś na siebie i na niego wściekła. Może odesłałaś Krystynę do ciotki także i dlatego, że nie mogłaś patrzeć, jak rosną jej piersi i wypełniają się biodra. Gdy przyjeżdżała na ferie, czułaś w sobie rosnący gniew, że tak bujnie rozkwita i coraz szybciej zmienia się w uległą, gotową do rodzenia kobietę.

Irena od wczesnych lat nie budziła twoich wątpliwości — jej ulubioną zabawą była ta w dom, w mamusię, tatusia i dziecko. Robiłaś zatem wszystko, by przynajmniej w tej roli była doskonała — gotowała, szyła, haftowała, robiła na drutach, uczyła się ogrodnictwa, sztuki dbania o męża i dzieci. Pewnie dostawała nawet lekcje, jak radzić sobie ze służącą, chociaż służące wyszły właśnie z mody. Grała na fortepianie, co też było niebezpieczną oznaką pańskości, pewnie wstydliwie ukrywaną w czasach panieńskich ciotki.

Tak więc na kobiecość Ireny byłaś przygotowana — sama ją nawet kształtowałaś. Krystynie najchętniej zmieniłabyś

płeć. Krzyczałaś na nią, że się pindrzy, stroi, że wkłada ob-
cisłe rzeczy, że kręci tyłkiem, że się modzi. Przy fortepianie
garbiła się, zapadała w sobie, zmieniała w pająka o wielu
niezwykle ruchliwych kończynach. Dopiero wtedy, przez
chwilę, patrzyłaś na nią z życzliwością.

Nigdy nie widziałam matki nagiej. Ojczym chodził w domu
w podkoszulkach, a mama zawsze ubrana starannie, od stóp do
głów, jakbyś miała za chwilę wejść i sprawdzić, czy dobrze się
sprawuje. Wszystkie jej nocne koszule były z nieprzezroczystej
kory, zapięte pod szyją. Takie same koszule dostawałam ja
i Emila. Ubierz się, okryj, zapnij...

O tym właśnie myślałam, kąpiąc się w słońcu. Tak krótko
nasze ciało jest piękne. Drzewo nie wstydzi się własnej nagości, kwiat otwiera swoje wnętrze i kusi. Czy ciało ludzkie
jest gorsze albo brzydsze? Nagość w raju jest, babko, czymś
naturalnym. Więc jednak Zawrocie nie było twoim rajem.
Raczej jakimś wygnaniem, miejscem tymczasowym, wyspą
w czasie, z której miałaś wyruszyć do tego właściwego, du-
chowego edenu. Może pod koniec życia przyszło ci do głowy
co innego, ale byłaś już stara, a Maurycy odszedł, więc lepiej
było trzymać się dawnych myśli.

Teraz patrzysz na moją nagość. Podchodzi do mnie Michał, błądzi ustami od szyi do stóp, jakby był jeszcze jednym
promieniem. Nie wiem, czy mnie kocha, ale na pewno mnie
pożąda. Trzymam się słonecznego światła, gdy przebija mnie
na wskroś. Lecimy w powietrzu jak dwie pijane muchy. Krzy-
czę. Opadamy na podłogę. Przybija mnie do niej i rozgniata.
A potem odpoczywamy w słonecznej kałuży. Nie czuję się,
babko, jak wykorzystywany przedmiot. Nie jestem tylko ko-
łyską. Nie myślę o nasieniu. Myślę o energii, którą mi podaro-
wał. Myślę o spełnieniu, które ja mu dałam. Oboje jesteśmy
spokojni i syci. Podnosimy się leniwie i jak nasycone zwierzęta idziemy ramię w ramię obmyć się w wodzie. Przydałaby
się rzeka. Lilijka niestety sięgnęłaby nam zaledwie do kolan,

staw jest zarośnięty rzęsą. Stoimy w prysznicowej strudze. Myjemy nawzajem swoje ciała. Michał najbardziej lubi myć moje piersi i brzuch. Ja długo krążę palcami po jego plecach i pośladkach. Nie ma ciała greckiego efeba. W przeciwieństwie do ciebie, nie lubię zbyt idealnych form. Nie kocham doskonałości. Jest duży i zwalisty. Po plecach spływają mu teraz długie, czarne włosy. Układam je w dwa strumienie. Przenoszę jeden przez ramię i przesuwam ku prawie niewidocznemu puchowi na piersi. Wygląda teraz jak Indianin pod wodospadem, a ja jestem jego kobietą i własnością. Tak mu się przynajmniej w tej chwili wydaje.

3

— Wracasz ze mną — zdecydował następnego dnia.

— Nie.

— Mówiłaś o dwóch dniach. Wiesz, ile czasu już tu jesteś?

— Wiem.

— Więc?!

Pocałowałam go czule.

— To nie jest odpowiedź.

— Owszem. To mój dom. Mój! Podoba mi się tutaj. Czemu nie miałbyś tu ze mną teraz zostać?

— Zwariowałaś?! To jest koniec świata! Paskudna, nudna prowincja! Diabeł tu mówi dobranoc!

— A może ja chcę mieszkać na końcu świata? Przynajmniej przez jakiś czas?! Po raz pierwszy mam okazję zastanowić się nad tym.

— Co tu można robić? Oprócz pieprzenia się, oczywiście.

To było w jego stylu. Zatrzymał się z papierosem na środku sypialni i patrzył na mnie przenikliwie.

— Zawsze byłaś narwana. To mi się nawet w tobie podobało. Ale miałaś też trochę zdrowego rozsądku. To też mi się podobało. Chyba nie przewróciło ci się w głowie z powodu tych muzealnych eksponatów? Żyłaś bez nich do tej pory, to i teraz możesz się obejść. A może lubisz codziennie ścierać kurz z dębów i mahoni?

Kpił. Zawrocie oddaliło nas od siebie. Był z innego świata — tego tutaj nie rozumiał. I był tu właściwie na razie niepotrzebny. Milczałam.

— Zrobisz, jak zechcesz — dodał chłodno. — Ja muszę wracać do miasta. Zaczynam pracę nad nowym spektaklem.

— To dobrze.

— Nie będę czekał długo.

— Wiem.

4

Wyjechał po południu, by projektować scenografię do sztuki, która miała rozpocząć następny sezon teatralny. Nie musiał robić tego w tej chwili, miał na to dużo czasu, ale zatęchłe zaplecze teatru, pełne manekinów i starych tkanin, przesycone tytoniowym dymem wnętrze teatralnej kafejki i równie zagracone m-3, to były jedyne interesujące go dekoracje. Jedyne zrozumiałe i bliskie. Nie obejrzał dobrze domu. Drzewa, łąka, rzeka, staw pozostały poza zasięgiem jego wrażliwości. Do miasteczka zajechał pewnie po papierosy, ale dla niego było to jedno z wielu takich samych, nudnych miejsc na trasie. Tak, to był jeden z końców świata, z przyczyn dla niego niezrozumiałych obdarzony przeze mnie uwagą. Kaprys — pomyślał. — Droczy się — dodał. — Może chce, bym się z nią ożenił? Nie. To nie ten typ. Więc kaprys. Babski kaprys. Przejdzie jej.

Nie jest głupi ani niewrażliwy. Przyzwyczaił się do tego, by spychać na bok wszystko, co nie jest pracą i sztuką. Z mężczyznami pracuje. Kobiety bierze do łóżka. Kiedyś, dawno temu, pomyślał, że są podobne do manekinów albo aktorek — w środku puste, z wymienialnymi psychikami. W dodatku jest ich tak dużo — pół rodzaju ludzkiego — w tym kilka powtarzalnych typów. Odchodził od kobiety nie dlatego, że znudził się jej ciałem, ale dlatego, że ona usiłowała zainteresować go swoją psychiką. Nie miał na to czasu. Nie chciał mieć. Nie było mu to do niczego potrzebne. Używał radia, ale nie czuł potrzeby zaglądania do jego wnętrza. Tak samo było z kobietami.

Michał odjeżdżał, a ja patrzyłam zza bramy, jak wsiąka w rozedrgane powietrze. Zniknął za brzozami, a ja poczułam tęsknotę. Czy to nie dziwne, że tęsknię za tym obcym człowiekiem, który nie usiłuje mnie poznać i zrozumieć? Mieszkamy w innych światach, mówimy innymi językami, łączy nas jednak ta tęsknota rozpychająca się we wnętrzu, której w tej chwili nie można nakarmić innym ciałem, innym głosem i zapachem. Na krawędzi naszych światów stoi łóżko — czasami jest to łóżko w jego mieszkaniu, czasem w moim, może to być stół w jego pracowni, skóra dzika, olbrzymi i miękki tapczan w twojej, babko, sypialni. Nasze ciała pasują do siebie jak formy robione na miarę.

Michał roześmiałby się, gdybym mu wyjawiła, że odkąd mnie dotknął, nie pozwoliłam na żadne poufałości innemu mężczyźnie. Byłby to jego zdaniem niebezpieczny objaw, chorobliwy konserwatyzm. Ale to tylko słowa. Nigdy nie czuł się zdradzony, bo odchodził pierwszy. Ja też nigdy nie czułam się zdradzona, bo odchodziłam pierwsza. A teraz? Kto przegra?

Póki co, Michał snuje różne, zazwyczaj fałszywe koncepcje na temat ludzkich uczuć. Przede wszystkim oddziela seks od miłości. Seks jest dla niego potrzebą tak zwykłą i naturalną jak jedzenie i oddawanie moczu. W gruncie rzeczy nie ma więc, jego zdaniem, znaczenia, z kim się śpi, byle było to higieniczne, zdrowe i dające satysfakcję. W końcu to wszystko jedno, które jabłko się zjada — trzeba tylko wybrać ulubiony gatunek, umyć, obrać, sprawdzić, czy nie jest nadgniłe i robaczywe. Miłość to zupełnie co innego. Jest związkiem, którego nie może zniszczyć czas, przestrzeń, śmierć. Miłość i seks niekoniecznie muszą mieć coś wspólnego z małżeństwem, do którego wystarczy wspólny interes, zgodność charakterów i tolerancja. Owszem — dodałby — jeśli się kocha, pożąda i czuje dobrze przy jednej kobiecie, to świetnie, ale to się zdarza raz na sto lat i niekoniecznie nam, więc po cóż się upierać i męczyć?!

A jednak przyjechał tu za mną. Po raz pierwszy przyjechał za jakąś kobietą. Może tylko udawał, że nie obchodzi go Zawrocie. A jeśli przyglądał mu się z okna sypialni rano, gdy myślałam, że bezmyślnie pali papierosa? Może patrzył na brzemienny sad i oczko stawu zaróżowione świtem, chcąc zrozumieć, co mnie tu trzyma z dala od niego. Najpierw pomyślał o mężczyźnie, a potem dopiero o tym miejscu. Kiedy indziej zauważyłby najwyżej, że opaliłam się albo zeszczuplałam. Zmieniłoby się ciało, ta foremka, która tak dobrze do niego pasuje. Patrzyłby na biały, nieopalony pasek w miejscu, gdzie był zegarek albo ramiączko stroju kąpielowego. Ładnie ci w tym makijażu! Czym pachniesz, kochanie? O, świetna kiecka — dobre opakowanie dobrego towaru. To lubię.

Bezpieczniej byłoby już się rozstać. Może właśnie nad tym Michał zastanawia się podczas podróży. Za chwilę zjawi się zazdrość, niepokój, strach, ból. Miłość? Boję się, babko, miłości. Nie chcę jej. W tym jednym chyba jesteśmy do siebie podobne. Ty uciekłaś od miłości w małżeństwo, ja chowam się w przelotne związki. Ten sam strach przed uzależnieniem, przed rozpłynięciem się w drugim człowieku, przed bólem utraty... Już tego zaznałam. Parę lat temu. Wystarczy.

Michał dotychczas zdawał się idealnym dla mnie facetem. Myślałam, że raz na zawsze określił miejsce uczuć w swoim życiu, że rozpoznał, nazwał i nauczył się radzić z niedosytem, na który cierpi większość z nas. A dziś wydał mi się równie bezradny jak większość proroków postmodernizmu, tych wszystkich piewców Boga-Intelektualisty, Boga-Samotnika, Boga-Androgyne. Jest w jego postępowaniu coś z żałosnych działań medycyny — rozpoznać, otępić lekami albo wyciąć i, w ostateczności, zastąpić czymś sztucznym. Sztuczna szczęka, sztuczne serce, sztuczna miłość, plastikowa, doskonała, wymienialna, z paroletnią gwarancją. Jeśli jeszcze do tego nie doszedł, to tylko przez, czy może dzięki niskiemu poziomowi techniki. Dlatego na razie pozostał w teatrze, gdzie codziennie Julia na nowo przeżywa te same pierwsze uczucia. Jutro znajdzie sklep, gdzie będzie mógł kupić swój ideał wraz z miłością. W zależności od potrzeby i okoliczności będzie regulował poziom zakochania i miłosnego napięcia. Czasami doda trochę miłosnego cierpienia albo tęsknoty, ale niewiele, szczyptę, jak parę ziarenek pieprzu do zupy.

Dziś jedzie zapyloną drogą wśród napęczniałych kłosów zboża. Patrzy na prowincję jak na zagraniczny pejzaż. Konie ciągnące furmanki dziwią go nie mniej, niż zdziwiłyby go wielbłądy na pustyni. Jedne i drugie zwierzęta widział w telewizji. Wielbłądy zna trochę lepiej, bo kiedyś oglądał je w zoo. Otwarta przestrzeń budzi w nim niepokój — nigdy nie lubił wyjeżdżać z miasta. Pejzaż wydaje mu się monotonny i nudny. Włącza radio, by oddzielić się od świata na zewnątrz szczelnym kokonem muzyki.

X. BURZA

1

Klosz prowincji zamknął się, babko, nade mną. Bezchmurne dotychczas niebo zmieniło się w brudną, nasiąkniętą wilgocią ścierkę, którą rozrywają zygzaki błyskawic. Ulewny deszcz otoczył mnie i uwięził w domu. Patrzyłam na werandę, od której odbijały się głośnymi plaśnięciami strugi ulewy. Tuż obok schodów powstała niesforna rzeka, spływająca w dół, ku łąkom. Lipy naprzeciwko szarpały się z wiatrem. Drżały rosnące pod domem świerki i brzozy.

Ja też się bałam. Nie miałam pojęcia, czy dom, stojący samotnie na pagórku, ma piorunochron. Tkwiłam naprzeciwko okna i patrzyłam na zagadkowe rysunki błyskawic. Przyszło mi do głowy, że to tajemniczy język nieba — hieroglificzna awantura ocierających się mas powietrza. Rozumie ją cała przyroda i tylko ja myślę, że to bezsensowne szlaczki. Któryś z nich może być skierowany do mnie i sygnalizować: — Schowaj się! — albo — Baw się razem z nami! — albo — Uderzymy zaraz w tę lipę z prawej! Patrz, to będzie pyszna zabawa! — A ja tylko kulę się przy ponurym pomruku grzmotu i szukam w myślach zaklęć przeciwko nawałnicy.

Zapaliłam w końcu świecę i postawiłam w oknie. Dawno temu ktoś mi powiedział, że ogień świecy chroni od uderzenia pioruna. Zabobon? A może odprysk dawno utraconej, ludzkiej mądrości? O dziwo — z pełgającym w oknie ognikiem poczułam się bezpieczniejsza.

Nagle Unta rzuciła się do drzwi, popchnęła je i wyskoczyła w środek płynącej drogą rzeki. Po chwili wyłoniła się obok idącego pod parasolem Pawła i obskakiwała go, wzbijając błotniste fontanny. Paweł nie odganiał jej — i tak cały był przemoczony. Schował się na werandę i pozwolił ociekać wodzie. Unta otrzepywała się obok niego.

Patrzyłam na to wszystko z ciekawością. Paweł! Znowu Paweł! Miał w dodatku w oczach coś dziwnego. Jego źrenice płonęły, jakby utrwaliły się w nich odblaski błyskawic. A teraz jeszcze wchodził w ich głąb płomień świecy.

— Mówiłaś, że mogę zawsze korzystać z fortepianu — powiedział. Nie czekał na odpowiedź. Poszedł w jego kierunku. Na podłodze zostały mokre ślady. Siadł przy nim i grał chaotycznie, próbował, łapiąc zapewne sobie tylko znaną melodię. Skrobał coś w czarnym notesiku. Pod stołkiem błyszczała powiększająca się z minuty na minutę kałuża. Miałam wrażenie, że krople skapują do niej w rytmie dzikiej, poszarpanej melodii, która wychodziła spod palców Pawła.

Próbowałam się temu nie poddać. Przyniosłam z łazienki ścierkę i rzuciłam pod stołek, zakręciłam nią nawet, by lepiej zebrać wodę. Paweł nie zauważył tego — płynął nad fortepianem podobny do lip za oknem. Melodia znosiła go ku dolnym rejestrom, a on próbował wrócić — siłą bezwładu leciał w drugą stronę, a potem wracał porwany nagłym szarpnięciem dźwięków.

Nie chciałam tego słuchać ani widzieć. Zaczęłam wygarniać popiół z kominka. Rozpaliłam ogień, ale nawet fioletowe płomienie zdawały się drgać równie niespokojnie jak melodia. Miałam wrażenie, że Pawłowi udało się zaczarować wszystko w tym domu i już nic nie było tu moje. Zacisnęłam palce na poręczy fotela i czekałam, aż jeden rozbłysk błyskawicy pochłonie całe to rozedrgane szaleństwo.

Zamiast tego ucichła muzyka. Paweł śmiał się, zdmuchując płomień świeczki.

— Ten dom ma piorunochron. Nic ci w nim nie grozi. A poza tym burza przechodzi bokiem.

Przybliżył do ognia szczupłe, długie palce. Potem popatrzył na mnie inaczej niż zwykle — uważnie, prosto w oczy, jakby mnie widział po raz pierwszy i jakby chciał wniknąć w moją duszę. Czy przewidywałaś, babko, taką chwilę?

Odpowiedziałam takim samym, poważnym i skupionym spojrzeniem. Paweł nagle potrząsnął głową, jakby coś go poruszyło czy zdumiało.

— To dziwne... — powiedział zamyślony. — Nagle poczułem się tak, jakbyśmy się kiedyś znali, dawno temu, w jakiejś niepojętej przeszłości... — roześmiał się. — Ale to przecież nieprawda...

— Dam ci szlafrok... albo coś z ubrań dziadka. Przeziębisz się — przerwałam mu chłodno.

— A tak... — Dopiero teraz zauważył, że jest zupełnie przemoczony. Skulił się i przysunął bliżej ognia. Powoli opadała z niego radość natchnienia. Już po wszystkim. Pustka. Wilgoć. Jeszcze jedno spojrzenie, a w nim może koniec zdania pomyślanego przedtem, a może początek rozczarowania, że siedzę obok niego obojętna i nic nie rozumiejąca, a raczej nie chcąca rozumieć.

To, babko, łatwiej było ci przewidzieć.

— Nie rób sobie kłopotu — powiedział już z odrobiną roztargnienia. — Wpadłem tylko na chwilę. Byłem na spacerze — kłamał. — Za daleko od mojego pianina... W dodatku ta burza... A teraz się przejaśnia.

Schował do kieszeni notes, jakby chciał ukryć jawny dowód oszustwa.

— Wstawiłam wodę.

— Może innym razem.

Wyszedł na werandę. Na dworze siąpił już tylko drobny kapuśniaczek. Pawłowi nie chciało się nawet rozkładać parasola. Zniknął za drzewami odprowadzany przez Untę. A we mnie został jakiś niepokój, może niezadowolenie, coś, czego nie da się nazwać. Zadra. Zadrapanie. Coś niewygodnego w głowie. I jeszcze ta myśl szalona, że tu, w tym pokoju, jest jednak to źródło muzyki, o którym pisałaś w pamiętniku, i tylko ode mnie zależy, czy pozwolę Pawłowi z niego czerpać. Patrzę na stary instrument z odrobiną nienawiści — jestem strażniczką krystalicznego źródła, ale nie jestem źródłem. To trochę upokarzające.

Czy właśnie to, babko, czułaś najboleśniej? A może wystarczała ci rola strażniczki? Może cieszyłaś się, że przypadła właśnie tobie. A potem musiałaś tę funkcję przekazać. Mnie? Dlaczego mnie? Czy strażniczka źródła musi mieć jakieś szczególne zdolności? A poza tym, babko, dlaczego miałabym przejmować od ciebie tę funkcję? Muszę cię rozczarować — nie obchodzi mnie talent Pawła, jego muzyka i samopoczucie. Pobawię się nim, a potem oddam mu to stare pudło.

2

Sól w oku? Jeszcze wczoraj, przedwczoraj tak myślałam. Tydzień temu zdawało mi się, że moje przybycie tutaj było twoim starczym kaprysem. Byłam pewna, że jesteś wiedźmą mieszkającą na uroczysku, która chce wymierzyć komuś, a może wszystkim, prztyczka w nos. Sól w oku? Strażniczka tajemniczego źródła?!

Teraz już, babko, niczego nie jestem pewna — dziwaczne, niepokojące wizyty Pawła i ten deszcz, który zamknął mnie w wielkim domu, skrzypienie okiennic pod naporem wiatru każą mi inaczej patrzeć na twoje życie tutaj. Siadam przy ogniu i myślę o reumatyzmie, który lizał twoje kolana w takie dni. Wchodzę po stopniach na górę i myślę o pętli, która zaciskała się wokół twego starego serca.

— Uparta była — twierdzi ciotka Irena. — Twarda. Nie można z niej było wycisnąć ani jednej skargi. Trzeba się było domyślać, że może jej coś dolegać. A i temu zaprzeczała.

Tak, to do ciebie podobne. „Nienawidzę tego ich ciągłego narzekania. To komunistyczna modlitwa. W sklepie, na rodzinnych uroczystościach, na spacerze, przed sumą w kościele — wszędzie i zawsze narzekają. Żałosna litania karłów, upierających się, by nazywać to, co powinni schować na dno pamięci". Wierzyłaś w energię słów, a w owym monstrualnym narzekaniu widziałaś przyczynę klęsk. Kto patrzy w przeszłość i wydobywa z niej same ochłapy i strzępy, nie może zbudować przyszłości, bo nie ma czasu, by ją wymyślić. Nie ma też sił, by cieszyć się teraźniejszością, tą kroplą czasu — jedyną, która jest nam dana naprawdę.

— Powinnaś iść do lekarza — mówiła do ciebie ciotka Irena.

Sarkałaś.

— Pójdę. I to bardzo chętnie. Pobiegnę. Polecę. Tylko pokaż mi takiego, który ujmie mi co najmniej czterdzieści lat. Nie znasz? Ja też nie znam. Więc już o tym nie rozmawiajmy, bo to strata czasu. Ze starości leczy tylko kostucha.

Po wyjściu Ireny zapisywałaś: „Jest jak małe dziecko wierzące w moc zastrzyku, witamin czy aspiryny. Krzywi się, gdy mówię kostucha. Kuli się, gdy mówię śmierć. Od razu rzuca się w kierunku kominka, poprawia polana albo nastawia samowar... i już nie pamięta, co ją tak przed chwilą przestraszyło. Zapomnieć. Wyprzeć ze świadomości. Zdusić ten paraliżujący lęk. Obok mnie żyją ludzie przekonani o swej nieśmiertelności, zupełnie nie przygotowani na starzenie się i umieranie. Żeby podleczyć serce, niszczą lekami wątrobę i nerki, potem osłabiają serce lekami na wątrobę i nerki.

Potem wszystko mają chore, a najbardziej duszę niszczoną pigułkami złudzeń. Irena zapomina, że jest córką lekarza, doskonałego lekarza, który zawsze powtarzał, że najlepszymi lekarstwami są miłość i radość. No może jeszcze… zdrowy rozsądek".

Ubawiłam się tym ostatnim zdaniem. Doszłam do wniosku, że czarownice to nie są osoby, które mają nadprzyrodzony dar i kontakt z mocami piekielnymi, one tylko wiedzą to, co powinni wiedzieć inni. Głupota ogółu robi z mądrych kobiet wiedźmy. Tak właśnie się stało z tobą, babko. Całe życie ten chłód i obcość. Nie mogłaś się wtopić w tłum, bo i tak wyplułby cię przerażony tym, że prześwietlasz ich myśli, wiesz o grzeszkach, przewidujesz intrygi i odgadujesz najskrytsze plany. Zazwyczaj czuli się przy tobie mali i śmieszni, a tego się nie wybacza. Może zresztą wybaczyliby ci tę twoją mądrość, gdybyś była naprawdę starą jędzą — brzydką, obszarpaną i bezzębną. A ty nie mogłaś się zestarzeć. Oglądam twoje fotografie. Gdy stałaś nad trumną Maurycego, wyglądałaś bardziej na jego córkę niż żonę. Twoja własna śmierć wygładziła ci ciało tak, że wyglądałaś jak lalka — lekka, krucha, spokojnie zapatrzona w niebyt. Byli nawet tacy, którzy podejrzewali cię o operacje plastyczne, inni o jakąś diabelską kurację. Wspominali twój i Maurycego pobyt za granicą i twierdzili, że wróciłaś stamtąd z nową twarzą, która się nigdy naprawdę nie zestarzała.

Śmiałaś się z tych opowieści, ale nawet ciotka Irena nie mogła wybaczyć ci twojej twarzy. Zawsze była brzydsza od ciebie i nie zaznała satysfakcji, gdy widzi się matkę starą i bezradną, gdy można wyzwolić się nagle z wszystkich kompleksów albo przynajmniej przez chwilę być górą. Może dlatego gdzieś w środku jest pełna dziecięcego buntu i żalu. Sadzi na twoim grobie żółte róże, których nie znosiłaś. Wykarczowała krzak bzu — obok którego lubiłaś siadać i opowiadać w myślach Maurycemu wydarzenia ostatnich dni. Myślę czasami, że mniej by ją dotknęła strata Zawrocia, gdyby i tutaj mogła coś zmienić.

— Te okropne lipy! — mówi za każdym razem, gdy ją widzę. — Zasłaniają widok na całą okolicę. Powinnaś je wyciąć. Kto dziś hoduje w ogródku malwy i forsycje! — dodaje. — Dam ci wiciokrzew. Posadzisz go zamiast nich.

— Dobrze, ciociu — odpowiadam. — Pomyślę o tym. Narazie podoba mi się tak, jak jest.

Po tej uwadze ciotka zawsze zagryza wargi.

— Skąd ona wiedziała — mówi z podejrzliwością i zdziwieniem — że ten dom tak ci się spodoba? Nigdy tego nie zrozumiem! — Patrzy przy tym ze strachem, gdy sięgam po papierówkę. — Mama także lubiła te jabłka i zawsze przed jedzeniem jeszcze raz wycierała je w serwetkę, mimo iż przedtem własnoręcznie je myła. Ty też tak robisz. Te same gesty. Jakie to dziwne…

Ja już się nie dziwię i nie zastanawiam nad podobieństwem do ciebie. Obchodzą mnie raczej różnice — to wszystko, czego w tobie nie jestem w stanie przeczuć i zrozumieć. Jestem młoda, ty byłaś stara — być może to różni nas najbardziej. Dzieciństwo jest jak półsen, a starość? Czym jest starość?

Siedzę naprzeciwko kominka i patrzę na koc z wielbłądziej wełny, którym przykrywałaś się w takie dni jak dzisiaj. Częściej niż zwykle wrzucałaś wówczas do ognia pocięte przez Jóźwiaka kawałki drewna. Jednak i tak czułaś chłód. Już nic nie mogło cię rozgrzać. Nic!

Na podłodze obok fotela jaśnieje kilka rys. Jak to, babko, jest, gdy kubek wysuwa się nagle z niepewnych, drżących rąk i rozpryskuje się na tysiące kawałków? Jak to jest, gdy trzeba trzymać się kurczowo śliskiej poręczy, by się nie wymknęła razem z życiem? Wiem, że zaznałaś piekła starości, gdy się wszystko rozlewa, rozsypuje i gubi, gdy żyły zmieniają się w zasupłane sznurki, oczy mętnieją, siwe włosy wypadają na poduszkę jak słabe, pajęcze nici. Czy wówczas ma się siłę projektować przyszłość? Ty jednak projektowałaś ją — jestem tego pewna! Skąd czerpałaś tę siłę, babko? Z miłości? Z nienawiści? Bo przecież skądś ją czerpałaś!

XI. PORA DESZCZOWA

1

Pada już trzeci dzień. Mam wrażenie, że niebo opiera się ciężkim brzuchem aż o rynny domu, trze nim, napiera, tak że czasami metal rozpruwa szary jedwab i wówczas chlusta bez umiaru woda, podobna bardziej do nagle spadającego z góry wodospadu niż do deszczu. Lilijka przybrała i stała się nagle rwącym potokiem — jeszcze chwila i zaleje łąkę. Staw ledwie mieści się w swoich brzegach.

Znalazłam się w środku kataklizmu, deszczowego kataklizmu. Stoję na werandzie, przed szarą, mokrą ścianą, dotykam palcem jej faktury, drążę dłonią, a potem wchodzę w sam środek deszczu i stoję pod biczami wody, zmoczona do ostatniej nitki. Nieopodal, przyczepiona do listka ostatkiem sił, trwa gąsienica. Nie jestem ważniejsza od niej, może mam tylko solidniejszy dom — mogę się do niego wycofać w każdej chwili, ale nie robię tego. Kataklizm nie jest aż tak wielki, by trzeba było uciekać. A więc to tylko, babko, taki deszczowy eksperyment, może jeszcze jedna niespodzianka, którą dla mnie przygotowałaś — przynosząca dreszcz niepokoju, ale przecież nie niebezpieczna. Jestem tego pewna.

Kolejna fala nawałnicy strąca gąsienicę w dół. Spada na oderwany wcześniej liść, a potem razem z nim zagarnia ją kapryśny deszczowy potoczek. Ruszam za nią. Ruszam już drugi raz. Pamiętasz, babko? To ona poprowadziła mnie kiedyś w głąb sadu, do Zielonookiej. Teraz jednak nic nie zależy ani od gąsienicy, ani ode mnie. To rwący potok wybiera drogę.

Biegnę za nim w głąb deszczu, bez parasolki, otwarta wszystkimi porami. Rozdeptuję samotne wysepki piasku, zwiedzam bosymi stopami dno kałuż. Wiatr okręca postronki włosów, szarpie przylepioną do ciała sukienkę. Kocham ten psotny wiatr. Kocham ulewę. Coraz mniej jestem kobietą, a coraz bardziej deszczową dziewczynką. Ulewa przycicha. Wiatr uspokaja się. Stoję w środku piaszczystej drogi, na skraju brzezinki, która oddziela mnie od miasteczka. Gąsienica zniknęła gdzieś w dole. Ja nie mogę iść dalej, chociaż gdzieś w środku budzi się we mnie chichotliwe, diabelskie pragnienie, by jednak tam pobiec i brodzić lekkomyślnie w ulicznych kałużach.

Tyle rzeczy jest jeszcze do poznania. Czy tam, w dole, w asfaltowych rynsztokach płynie równie ciepła woda? Jak rozpryskują się krople na gładkiej tafli szyb? Jak mkną po peryferyjnych kocich łbach, a jak po kostce na rynku? Czy deszcz ma tam ten sam zapach co tutaj? Jakbym nagle, babko, zmieniła się w to dziecko, które — gdybyś chciała — mogłoby się tu kiedyś, dawno temu, bawić. Jakby wrócił czas, czas przeszły możliwy, który się jednak, z twojej woli, nie wydarzył.

A teraz ta dziwna pora deszczowa pomieszała czasy, otworzyła jakieś przestrzenne furtki i stoję z kucykiem na głowie i kokardą, przemoczona, choć nie wolno mi się moczyć, z tą chichotliwą myślą, że jesteś w tym samym czasie i czekasz z lipową herbatą i ogniem leniwie trawiącym sosnowe szyszki. Czekasz na mnie, a nie na Pawła, który tak właśnie znikał na długie kwadranse w strugach deszczu. Bo deszcz to dźwięki, więc zatapiał się w nim, by wysłuchać wszystkie frazy. Koncert deszczowy, sonata, symfonia! Plaśnięcia, bębnienia, pacnięcia, szumy, cieki, dzwonienie, dudnienie, muzyczne onomatopeje, wariacje rozpisane na krople, wiatr i tysiące różnych dźwięków. Wielka, wilgotna muzyka.

Wracam. Stoję na progu domu. Nasłuchuję. Pustka. Chłód. Wilgoć. Cisza. Z włosów i sukienki skapują leniwie krople — miarowo, monotonnie. Pustka. Chłód. Wilgoć. Cisza. Nie czekasz. Nikt tu na mnie nie czeka.

2

Wybacz tę chwilę słabości. Wszystko, co nas łączy, to tylko ten dom i brak odpowiedzi na pytanie, dlaczego mi go dałaś. Nic od ciebie nie chcę, a zwłaszcza tej niemożliwej przeszłości. Bo cóż mogłaby mi ofiarować kobieta, która wierzyła, że Bóg jest doskonałością. Co za chłód, babko. A dziecko potrzebuje miłości. Chce nią oddychać, pławić się w niej, czerpać, nadużywać! To lek na wszystko. Jedyny lek! Nie umiałaś kochać, więc cóż mogłaś mi dać? Nic ważnego.

Szukam więc tylko odpowiedzi. Niczego więcej. Jest gdzieś tutaj, w tym domu, rozrzucona w przestrzeni jak strzępy zdania. Przechodzę obok nich i nie rozumiem ich treści. Jeszcze za mało cię znam. Ale poznam cię, babko! Tak postanowiłam.

Czas zatem obejrzeć dokładniej cały dom. Pora deszczowa doskonale się do tego nadaje. Zakamarki. Ten dom jest pełen zakamarków. Na górze dawno nie używane dziecięce pokoje. W jednym zapomniany pluszowy miś i papierek po krówce. W drugim, tym, w którym teraz mieszkam, mały grzebyk na dnie szuflady, skarpeta bez pary w szafce, kilka kartek zarysowanych biedronkami, różowa kredka, patyczek od lizaka. Jakże tego niewiele. I jeszcze jeden pokój, najmniejszy i zupełnie pusty, w którym kiedyś najprawdopodobniej mieszkała służąca, a który potem spełniał zapewne rolę gościnnej facjatki. Nie ma w nim nic prócz kurzu.

Jednak gdzieś tutaj muszą być szczeliny przeszłości, w każdym domu są — cóż dopiero w takim starym. Ruszam w górę, schodami na strych. Ulewa uderza w szybę korytarza. Wiatr szarpie okiennice. Nawet Koci nie ma teraz przy mnie. Śpi zwinięta na fotelu obok kominka. A pod fotelem goni senne zające Unta. Deszcz przewodzi niepokój — wzdrygam się, gdy gałąź uderza mocniej w szybę.

A po chwili cisza — wiatr zamiera, ulewa zmienia się w drobny kapuśniaczek. Pasemko tęczy na wschodzie. Jeszcze jedna przemiana. Bajkowo zamglone, prześwietlone słońcem popołudnie. Strych nie jest już wnętrzem rozśpiewanego bębna. Mogę wreszcie pchnąć drzwi i wejść do przeszłości.

Są! Są tutaj — stare meble, wiklinowe kosze, kufry, skrzynie, pudełka, walizki różnych kształtów i w różnym wieku, szkatuły, puzderka... Żeby zbadać ich zawartość, musiałabym, babko, siedzieć na strychu co najmniej tydzień.

Rozglądam się bezradnie — gdzieś tu, przesypany naftaliną, drzemie przeszły czas. Czas zupełnie mi nie znany. Do którego kuferka sięgnąć? Które wieko podnieść? Czy w tamtym wiklinowym koszu, schowanym za innymi, są ubrania Maurycego, o których pisałaś w pamiętniku — te ostatnie, z takim trudem i niechęcią wyniesione po jego śmierci na strych? A może są w nich nie ostatnie, a pierwsze, te sprzed wojny, gdy dziadek był jeszcze smukły i lubił jasne, lekkie materiały?

A rzeczy mojej matki? Czy w ogóle jest tu jakieś pudło do niej należące? Może ta najmniejsza skrzyneczka? Wciśnięta pod belki! Zastawiona koszami! Może w niej jest parę lalek, ubranek i bucików?!

Odsuwam kosze i wyciągam na środek zieloną skrzynkę. Nie chce się otworzyć. Jest zabita gwoździami. Znajduję metalowy pręt. Podważam wieczko. Odskakuje po chwili mozolnego mocowania. Nie możesz mi tego, babko, zabronić — wraz z Zawrociem oddałaś mi także swoje tajemnice.

Przynajmniej te, których nie chciałaś albo nie mogłaś zabrać ze sobą do grobu. Zajrzę, gdzie zechcę, otworzę wszystkie zabite gwoździami skrzynie i paki, obejrzę zawartość wszystkich zamkniętych szuflad. Sama sobie wezmę przeszłość i wybiorę z niej to, co będzie mi się podobało. Wezmę jak broszki twoje chwile i postępki, będę je sobie oglądać, gdy przyjdzie mi na to ochota. Przecież wiedziałaś, że tak będzie. Musiałaś się tego spodziewać!

A w tej skrzyneczce? Porywa mnie zduszony, męczący śmiech. Na samym wierzchu zżółkła kartka. Na niej — u góry — krzywa, rysowana odręcznie pięciolinia. Dziecięca, nieporadna ręka umieściła na niej niezdarny klucz wiolinowy i kilka rozrzuconych nutek. Ta sama ręka, równie, a może nawet bardziej niezdarnie napisała: „Kocia kołysanka — dla ukochanej babuni". Pod spodem plik podobnych kocich, ptasich, motylich melodii. Próbuję zaśpiewać jedną z nich. Zapis nie ma sensu, a może tak mi się tylko wydaje — nie za bardzo znam się na nutach.

Zamykam wieczko. Odkładam skrzynkę na dawne miejsce, zasłaniam wiklinowymi koszami. Może kiedyś odnajdzie ją w tym miejscu Paweł. Mnie do niczego nie jest potrzebna. Może tylko do tego, by wiedzieć, że nie zniszczyłaś tych zapisów. Jakże prosto byłoby je wrzucić w ogień i patrzeć, jak dziecięca miłość rozsypuje się w proch. A ty zbierałaś pieczołowicie zabazgrane karteczki i składałaś do skrzynki. Sentymenty, babko? Nie wierzę. Raczej początek archiwum. Czyż nie tak?

Dlaczego jednak zabiłaś je potem gwoździami? Dlaczego tak głęboko schowałaś? Przede mną? Bałaś się, że to ja wrzucę je do ognia? Nie, chyba nie. Przecież wiesz, że nie zajmowałabym się takimi rzeczami. To nie w moim stylu. Za wielki mam apetyt na życie, by bawić się w niszczenie przeszłości. Szkoda na to czasu. Szkoda energii. Przeszłość sama odchodzi, nie trzeba jej niszczyć. Sama potrafi także wrócić

— szukać ani ocalać też jej nie trzeba — bo jest tuż obok za ścianą czasu.

Zostawiam tam, babko, pierwsze bazgroły Pawła. Kurz szybko zatrze ślady moich palców. Pozostaje tylko to pytanie, ważne pytanie — przed kim je chowałaś?

3

Nie miałam czasu zastanowić się nad odpowiedzią. Nade mną rozpętało się piekło, jakbyś chciała mnie wyrzucić ze strychu. To był zaiste diabelski dzień i diabelska pogoda. Nagle znalazłam się w środku rozedrganego blaszanego bębna. Miękkie plaśnięcia deszczu zmieniły się w gradobicie. Wydawało się, że potężne, śnieżne kule przebiją dach. Uciekłam, by nie słyszeć huku.

Na dole nie było lepiej. Rozstrzeliwane lipowe liście oblepiły okno werandy. W kuchni pękła szyba, ale na szczęście nie wypadła, więc natychmiast skleiłam ją poloplastrem, na krzyż, a potem patrzyłam przez to zaklejone okno na niecodzienne widowisko, które zaprojektowała natura.

Ile trwało? Minutę, pięć minut? Nie więcej. Zawierucha w środku lata! Anomalia! Klimatyczna mutacja! Zimne w ciepłym! Białe w zielonym! Nigdy dotąd czegoś takiego nie widziałam. Wyglądało to tak, jakby nad Zawrociem pojawiła się wielka powietrzna trąba, która wysypywała ze swego brzucha kilogramy białych kul. A potem zapadła nagła cisza i wyszło słońce, jakby niebo wypadało się do końca. Tylko roztapiające się kule i półnagie drzewa za oknem przypominały miniony kataklizm.

Domowi nic się nie stało — jeśli nie liczyć jednej zbitej szyby. Okolica wyglądała okropnie. Twoje malwy, babko, leżały na ziemi, ubłocone i połamane. Wszędzie walały się strzępki kwiatów zmieszane z białymi kulkami. Pod lipą leżał martwy wróbel. Grad można byłoby zamiatać.

W sadzie, gdzie zapowiadała się w tym roku klęska urodzaju i gdzie jeszcze wczoraj zastanawiałam się, czy nie trzeba będzie podeprzeć ciężkich gałęzi, teraz sterczały bezlistne kikuty z nielicznymi ocalałymi owocami. Problem został rozwiązany gruntownie. Tylko drzewa w głębi sadu ucierpiały trochę mniej.

Zielonooka straciła prawie wszystkie liście i jabłka. Leżały pod nią, zmieszane z gradowymi kulami — co za niezwykła mieszanka. Już mnie nie ochronisz przed deszczem i słońcem, nie poczęstujesz słodkim owocem. Nie w tym roku. Naprawdę, bardzo mi przykro, jabłoneczko.

Co się stało, babko, z twoim rajem? Wiem, że przedkładasz piękno ponad pożyteczność. Tak, to było piękne widowisko, niezwykłe! Cóż tam utracone owoce, rozstrzelane malwy! Urosną, odnowią się — należą do nudnej powtarzalności. Prawda? Ale taka chwila już się w moim życiu nie powtórzy. Chciałaś, bym to zobaczyła. Na pewno chciałaś! Zniszczenie raju! Kruchość świata! Potęga kapryśnej natury! Można to zobaczyć także w mieście, ale nie można tego odczuć tak jak tu — całą sobą, dogłębnie. Nic tam zresztą nie wygląda tak jak tutaj. Wiatr ma zapach spalin i kurzu, deszcz jest brudniejszy i bardziej lepki, ziąb bardziej zimny, a upał skwarniejszy.

Jeszcze częściej jest to tylko widok z okna, podobny w realności do kadru w telewizorze. Wiatr jest tylko szarpaniną drzew. Śnieg znika z trotuarów po godzinie albo zmienia się w brunatną kaszę obserwowaną z perspektywy kilku pięter. Pogoda zawsze jest tam dodatkiem, zauważanym najczęściej jako niewygoda, którą być może kiedyś ludzie rozwiążą, rozciągając nad miastami klimatyczne klosze — szczelne, doskonale uśmiechnięte sztucznym słońcem, ozdobione niegroźnymi, malowniczymi chmurami.

Tak, chciałaś, bym to zobaczyła. Biorę teraz w rękę gradową kulkę — jest wielkości perliczego jajka. Rzucam ją w kierunku Unty, a ona łapie ją w locie, a potem oburzona wypluwa. Niespodzianka! Lodowa niespodzianka! Unta! Remi! Chodźmy! Trzeba obejrzeć tę wielką letnią lodówkę! Za chwilę słońce wszystko stopi! Spieszmy się! Zobaczmy, jak wygląda teraz brzozowy lasek! Nad łąkami wstaje gęsta mgła. Zobaczmy tę mgłę! Pobawmy się w niej w chowanego. Jesteś piękna, chwilo! Trwaj!

XII. MASKA ARLEKINA

1

Zaglądam dalej w twoją przeszłość, babko. Teraz wiem, że wszystko to, co chciałaś, bym poznała od razu, zostawiłaś tu, w pokoju Maurycego. Resztę wyniosłaś na strych. Niech tak będzie — nauczona wczorajszym doświadczeniem najpierw przeszukuję gabinet. Nie przez przypadek zostawiłaś na biurku otwarty pamiętnik. Myślę, że także specjalnie w pierwszej szufladzie umieściłaś kartki od tamtego człowieka. Leżały na samym wierzchu — nie mogłam ich przeoczyć. Feliks! Cóż za okropne imię dla romantycznego kochanka! Na wszystkich kartkach róże — na każdej inne. Jak wiele wyprodukowano pocztówek z różami — róże samotne, w koszykach, flakonach, miseczkach, bukiety róż małe i duże, ładne i kiczowate, fotografie i reprodukcje malarskich dzieł... Feliks musiał doskonale wiedzieć o twojej miłości do tych kwiatów. Czemu jednak te różane pocztówki wydały mi się mało oryginalne?

To dziwne, że dopiero teraz odkryłam tę waszą małżeńską tajemnicę. Chociaż nie — dotąd przerzucałam kolejne księgi pamiętnika niedbale, poszukując tych miejsc, gdzie mogły być wzmianki o mojej matce albo o mnie. Teraz zagłębiam się w wasze życie — i jestem pełna zdziwienia, jak było inne od moich o nim wyobrażeń.

„Jak to dobrze, że cię nie kochałam, Maurycy. A przynajmniej nie za bardzo. Miłość jest przynależnością, rezygnacją z siebie i cierpieniem — napisałaś parę miesięcy po śmierci dziadka. — Pragną jej ci, którzy nie mają odwagi zmierzyć się z samotnością".

Być może miałaś rację, ale te myśli wyglądały raczej na tworzenie nowej życiowej filozofii, mającej być parawanem zamiast Maurycego, który dotychczas chronił cię przed samą sobą. Wraz z jego odejściem dawne życie legło w gruzach, a człowiek, przeciwko któremu je zbudowałaś, ciągle jeszcze żył. Nie wiedziałaś gdzie, nie wiedziałaś z kim i jak, ale wiedziałaś, że żyje. Trzy razy w roku przysyłał ci kartki z różami — na Wielkanoc, Boże Narodzenie i na początku lata. Nie obchodziłaś wówczas imienin ani urodzin, zatem to była data znacząca dla niego albo dla was obojga. Na pieczątce były różne miejsca, ale najczęściej powtarzała się nazwa małej miejscowości. Wolałaś myśleć, że leży ona daleko, ale to była oczywiście nieprawda. Czasami, idąc na cmentarz, mijałaś autobus, który na tabliczce miał właśnie tę nazwę. Jechał wzdłuż kościelnej posesji i skręcał za rogiem w lewo. A więc gdzieś tam, na zachód od twego miasteczka mieszkał, a może tylko bywał tamten człowiek. Gdy oglądałaś z werandy kolejne zachody słońca, patrzyłaś w tamtą stronę świata. Ale nie chciałaś się do tego przyznać.

Maurycy w pamiętniku nie wymienił jego nazwiska. Na kartkach obok imienia stoi tylko zagadkowe K. Nie wiem też, kiedy i w jaki sposób go poznałaś. Był młodszy od dziadka, a może i od ciebie. Najprawdopodobniej widywałaś go jeszcze wtedy, gdy był dzieckiem, a może chłopcem mijanym prawie obojętnie na ulicy. Prawie obojętnie — bo miał dziwne, olbrzymie, zielone oczy, które musiały przykuwać uwagę takiej estetki jak ty. Na pewno znał go w młodości Maurycy. „Ten przybłęda! — napisze o nim w gniewie i doda małodusznie: — Ten kiedyś obszarpany wyrostek! Taki..." — nie kończy, szkoda, że nie kończy, szkoda, że w ogóle pisze o nim tak mało.

T a k i! To kluczowe słowo. Dręczyło nocami Maurycego. Być może także i ciebie. Ale żadne z was nigdy nie wyjaśniło, co się pod tym słowem kryje. Czy Feliks miał jakiś mankament fizyczny? A może był to typowy czarny charakter, który nie wiadomo jak cię opętał? Może związał się z komunistami? Czy ktoś z rodziny, oprócz ciebie i Maurycego, wiedział o jego istnieniu? Uciekałaś przed nim całe życie. Czy naprawdę musiałaś przed nim uciekać? Także i wtedy, gdy nie było już Maurycego?

Zapewne nigdy się nie dowiem, kim był, co robił i jak wyglądał. Wiem natomiast, babko, że zjawił się po raz kolejny w twoim życiu, gdy miałaś około czterdziestu lat. Krystyna odeszła kilka miesięcy wcześniej i zaraz los postanowił za karę przypomnieć ci, czym może być miłość, a raczej namiętność, i jaka jest jej siła.

Feliks pojawił się, gdy już nie pamiętałaś o tęsknocie za prawdziwą miłością i gdy ci się zdawało, że od dawna należysz tylko do Maurycego. Wiedziałaś wprawdzie, że to, co łączy cię z mężem, niezupełnie jest miłością, ale nie chciałaś tego nigdy zdefiniować. Maurycy był ci przeznaczony, jak los, który niekoniecznie się kocha, ale z którym nie sposób się rozstać. Po latach wspólnego życia stał się twoją częścią, przedłużeniem twego myślenia i odczuwania, ale częścią zewnętrzną, jak kokon, który chroni przed światem.

A Maurycy? Przez wiele lat był pewny, że darzysz go miłością. Gdy zrozumiał prawdę, było już za późno. Jak bolesne jest jego zdziwienie: „Ona kocha tamtego człowieka! Więc tak objawia się u Aleksandry miłość? Przecież ja nigdy tego nie zaznałem. Jak mogłem być taki ślepy? Tak potwornie ślepy?! Jak mogłem wierzyć, że jest mi dana raz na zawsze, do końca moich dni?!"

A jednak nie odeszłaś od Maurycego. Nie mogłaś odejść. Przygotowywał się na ostateczną klęskę, gdy przyszłaś, by wtulić się w jego ramiona jak zagubione dziecko i prosić o obronę przed tamtym. Próbowałam wyobrazić sobie tę scenę. Czy byłaś w tej cienkiej i jedwabnej koszuli, którą znalazłam w twojej szufladzie? Tak, byłaby odpowiednia na taką chwilę... A może byłaś naga — po raz pierwszy w życiu — by Maurycy nie mógł oprzeć się swemu pożądaniu tłumionemu miesiącami, by nie zwyciężyła w nim urażona ambicja i męska duma. Nie odtrącił cię. Wyciągnął te swoje opiekuńcze i silne ramiona. Kochaliście się ze zwierzęcą zachłannością, przekraczając wszystkie granice waszego dotychczasowego intymnego życia. I ty, i Maurycy chcieliście w barbarzyńskim zespoleniu zabić tę samą miłość. Powtarzaliście co noc ponury, dziki i namiętny rytuał, dopóki tamten człowiek krążył wokół Zawrocia, wydzwaniał, pisał listy i telegramy, w których były tylko dwa słowa: „Czekam, Aleksandro".

Nie doczekał się. Zabiłaś to uczucie z sobie tylko właściwą konsekwencją i uporem — systematycznie, perfekcyjnie, ostatecznie. Tak jak przedtem zabiłaś swoją miłość do Krystyny. Jeśli oczywiście kiedykolwiek ich kochałaś. Wydawało się, że wyjdziesz z tych dwóch zbrodni — popełnionych także i na sobie — martwa, martwa w środku. Maurycy obserwował cię z niepokojem. Wysychałaś. Robiłaś się lekka jak przekwitająca, jesienna roślina. Tylko twarz pozostała nie zmieniona, jakby twoja uroda za karę zastygła w tym jednym, raz na zawsze danym kształcie, by ci codziennie przypominać utraconą właśnie młodość.

Kartki od Feliksa przychodziły długo. Maurycy najpierw zapisywał: „Przyszła znowu kartka od Niego", potem już tylko: „Kartka od Niego". Kilka razy dopisał: „Z Chicago". Ty, babko, kontynuowałaś te zapiski w takiej samej formie. Na trzy lata przed swoją śmiercią dodałaś, że na kartce jest inny charakter pisma: „Czyżby nie mógł jej napisać sam?" Odtąd już zawsze zapis brzmiał: „Kartka od niego. Obce pismo". Ostatnią dostałaś latem ubiegłego roku. Na święta Bożego Narodzenia byłaś osamotniona podwójnie — kartka nie przyszła i nie odwiedzał cię już Paweł. Samotność zaciskała pętlę wokół twego kruchego życia.

To, że raniłaś innych, jestem w stanie zrozumieć. Dlaczego jednak zabijałaś siebie? Ból zadawany tym, których kochamy, jest jak bumerang — wraca i wbija się w nasze serce. Feliks nie był ostatnim i nie najboleśniejszym przykładem. Prawda? Wiele lat później zrobiłaś to samo z Pawłem i tym razem chyba naprawdę cię to zabiło. Czy to jakaś potworna skaza, babko? Czy twoje przeznaczenie?! Czego oczekiwałaś po sobie, czy może po nich, że nie mogłaś znieść tych miłości? Domyślam się, dlaczego odtrąciłaś moją matkę. Feliks pewnie już na zawsze zostanie tajemnicą. A Paweł — najukochańszy, wypieszczony wnuk?! Czym on zasłużył sobie na twoje odtrącenie? A może to on sam, z własnej woli czy kaprysu zostawił cię na pastwę samotności. Może ten jeden raz to ciebie zlekceważono i zraniono, a ty tylko zemściłaś się za to, oddając Zawrocie mnie. Nie wierzę w to, babko, ale nie mogę wykluczyć żadnej wersji. Dowiem się prawdy. Wcześniej czy później dowiem się jej.

2

Jednak nie jesteśmy do siebie podobne. Nigdy nie zniszczyłabym miłości. Żadnej — nawet najbardziej chorej i absurdalnej. Chyba że niechcący, przez nieuwagę, jak to w życiu bywa... Przecież była w tobie siła na każde życie, nie tylko to luksusowe i wygodne, które wiodłaś w Zawrociu.

Tak. Teraz jestem pewna, babko, że listy Feliksa zostawiłaś na wierzchu specjalnie. To jeszcze jeden twój podstęp. Chcesz mnie wciągnąć w swoją grę i wiesz, jak to zrobić. Widocznie znałaś moje życie lepiej, niż mi się wcześniej wydawało. Musiałaś także wiedzieć sporo o Świrze. Na początku pewnie cię ta historia brzydziła — tym bardziej, że usłyszałaś ją we fragmentach, które specjalnie opowiadano głośniej i częściej. Może brzydziła cię nawet do końca, ale była ci na rękę. Obecność Świra w moim życiu dawała gwarancję mojej nieobliczalności.

Podsuwasz mi teraz kartki z różami, by mi przypomnieć, że miłość Michała i do Michała jest zaledwie namiastką prawdziwych uczuć. — Świr to co innego! Feliks to też co innego! Przypomnij sobie tamten czas! Przebudź się! — Tylko do czego jest ci potrzebne moje przebudzenie? A może chcesz mnie tylko przekonać, że ty też potrafiłaś kochać — choćby tak niedoskonale...

Świr. Tak, zapomniałam, babko, o Świrze. Musiałam o nim zapomnieć, by samej nie zwariować. Świr także lubił... róże, ale dawał mi je żywe. Zawsze jedną, jak przystało na ubogiego Arlekina.

Łzy. Namalowane i te prawdziwe. Jak łatwo było Świrowi o łzy. Nawet śmiał się ze łzami w oczach... Jeśli jesteś, babko, tuż obok, za filarem powietrza, za fałdką czasu, to wiesz, dlaczego teraz maluję szminką na policzku dużą, różową łzę. Wiesz już wszystko. Gdy oddawałaś mi Zawrocie, znałaś tylko strzępki faktów. Teraz być może w niebiańskiej wideotece oglądasz po kolei wszystkie dni mego życia, nawet te, o których ja sama wolałabym nie pamiętać.

Filip... Też na F. Czy to dobre imię dla romantycznego kochanka? Tak samo niedobre jak Feliks...

Komuś muszę o nim opowiedzieć. Czemu nie tobie, babko. Teraz już nie mogę cię ani zgorszyć, ani poruszyć. Jesteś idealnym słuchaczem.

Filip... mój mąż Filip... był świrem! Kochałam świra! Ty nigdy byś się na coś takiego nie odważyła. Nie wiem, jaki mankament miał Feliks, ale odtrąciłaś go razem z tym czymś i zostałaś w świecie pięknych, mądrych, zdrowych, prawych, wykształconych i kulturalnych. Pokusa została odrzucona, zwyciężył zdrowy rozsądek.

A teraz wykorzystujesz jego listy w dialogu ze mną. Co chcesz mi powiedzieć? Bo przecież coś chcesz powiedzieć, tego jestem pewna. Jakby twój ból i mój ból był jedyną sprawą, która nas ze sobą łączy — a więc i początkiem rozwiązania zagadki — ową przysłowiową nitką od kłębka. Dwaj mężczyźni zapisani w tym samym rebusie — obaj zapisani po stronie braków, choć zapewne ten brak na czym innym polegał.

Mój Świr, babko, był prawdziwym świrem i w dodatku mnie nie kochał. Był psycholem, szajbusem, kopniętym alpinistą, który codziennie wspina się na szczyt i spada na samo dno. Nie kochał mnie, ale byłam cienką liną, która trzymała go przy życiu. Nie wiem, jak opowiedzieć ci to nasze wspólne życie. Nie znasz takiego świata.

Poznałam go na pierwszym roku studiów, a właściwie podczas egzaminów wstępnych. Nie można go było nie zauważyć — na twarzy miał wymalowaną maskę Arlekina. Oblewał wówczas z grupą przyjaciół kolejny nie zdany egzamin. Był wiecznym studentem, dwudziestopięcioletnim alkoholikiem i najlepszym mimem, jakiego widziałam. Siedział na klatce schodowej w akademiku i śmiał się idiotycznie.

Olgi też nie sposób było nie zauważyć. Opierała się szczupłymi łokciami o stopnie obok niego, a jej długie włosy spadały na schody i tworzyły czarną kałużę. Świr ocierał sobie nimi od czasu do czasu załzawione od śmiechu albo od smutku oczy.

Trzeci, chudy rudzielec, miał niezwykłe, malachitowe i rozmarzone oczy, a do tego brzydką, bladą twarz. Razem tworzyli trzyosobowy zespół teatralny, który oficjalnie nazywał się „Kosmogonia", a nieoficjalnie „Samogonia".

Przysiadłam się do nich i słuchałam, jak Olga gra na gitarze. Reszta nuciła. Podzielili się ze mną swoim półlitrem.

Tak bywało często — ktoś przysiadał się, pił z nimi, a jeśli była to dziewczyna, szła ze Świrem do łóżka. Nie byłam, babko, pijana, gdy wziął mnie za rękę.

— Świr, zostaw ją — powiedziała do niego Olga. — Dobrze ci radzę. To nie jest ten typ.

— Wiesz, że nie mogę jej zostawić — odpowiedział. Ja milczałam. Filip nie mógł mnie zostawić w spokoju, a ja nie miałam siły uciekać. Weszliśmy do brudnego pokoju. Stałam bez ruchu, a on rozbierał mnie, jak się rozbiera przykrytą pokrowcem rzeźbę. Każdą kobietę uważał za dzieło sztuki. Każda była dla niego interesująca. Niektóre zdumiewały go i zachwycały niezmiennie przez wiele miesięcy.

Zdziwił się, widząc rano krew na prześcieradle.

— To był pierwszy raz? — spytał z zamyśleniem.

Kiwnęłam głową.

— Zatem jesteś moją żoną. Należysz do mnie. Chcesz być żoną świra?

— Tak.

Zaczął się śmiać, jak to świr. Do pokoju wpadła Olga, by sprawdzić, czy nic mu nie jest, a on aż rzęził i kaszlał.

— Spadaj — powiedziała do mnie. Nie ruszyłam się. — No spadaj! Na co czekasz?!

Filip uspokoił się.

— Ożenię się z nią — powiedział i znowu skręciło go ze śmiechu.

Trzy miesiące później naprawdę zostałam jego żoną.

— Teraz ty za niego odpowiadasz — powiedziała mi w dniu ślubu Olga. — Pamiętaj, że on kocha tylko Śmierć. On już pieścił jej stopy. Jeśli nie wierzysz, to przyjrzyj się dokładnie jego nadgarstkom. A teraz jest przekonany, że ty go ochronisz przed tęsknotą za tamtą, jedyną i prawdziwą kochanką. Przez jakiś czas tak będzie. Potem zacznie szukać ratunku w ramionach innych kobiet. Nie radzę ci zabraniać mu tego. To jest naprawdę wariat. Gdyby ci się to kiedyś znudziło, zawiadom mnie. Pamiętaj, że on nie może być nigdy sam.

Olga znała go doskonale. Myślę, że kochała go bardziej niż ja. Oddała mi go bez jednego słowa protestu i w dodatku usunęła się z naszego życia. Przejęłam jej rolę w spektaklu. Świr wyreżyserował następny, za który dostał prestiżową nagrodę. Udało mu się nawet zaliczyć kolejny semestr. Zaczął też nowy kierunek, reżyserię. Wydawało się, że na zawsze ocaliłam go od lęku. Zasypiał zmęczony miłością, przytulony do mego ciała, spokojny.

Nie znudził mi się, ale jak w bajce zapomniałam o przestrogach Olgi. Pojechałam na obóz językowy, mimo że w oczach Filipa zobaczyłam niepokój.

To, babko, już prawie koniec mojej opowieści. Po tygodniu Olga przysłała telegram. Świr był w szpitalu. Jeszcze żył, ale nie odzyskał przytomności.

— Nie oddam cię Jej! Nie oddam! — szeptałam, ściskając jego rękę, ale on już nie należał do mnie. By się z Nią spotkać, wyszedł przez okno na czwartym piętrze akademika, w którym mieszkaliśmy. To było okno Olgi. Pewnie szukał u niej ratunku, ale gdy wyszła wziąć prysznic po miłosnym akcie, pchnął okienne ramy i pofrunął ze swoją prawdziwą oblubienicą. Nie minął nawet rok od naszego ślubu. Leżał w trumnie, a mnie się ciągle wydawało, że można jeszcze odwrócić czas. To nieprawda — myślałam. — To nie może być prawda! Nie świruj, Świr. Wiem, że potrafisz zagrać wszystko, ale teraz doprawdy jesteś przerażająco naturalny! Wstań, bo zwariuję! Słyszysz?! Świr! Nie świruj!

Na pewno słyszałaś o jego śmierci. Może wiedziałaś także i o tym, że przez parę miesięcy mnie również nie chciało się żyć, bo bez Filipa wszystko wydawało mi się nieistotne i absurdalne. Olga nie zabiła mnie tylko dlatego, że musiała się mną opiekować.

Trochę kiczowata jest ta moja opowieść o Świrze, ale cóż ja, babko, na to poradzę, że tak się wszystko odbyło. Równie świrowate były czasy — słodkie lata osiemdziesiąte. Ty, babko, siedziałaś wówczas jeszcze w swojej twierdzy i wszystko kupowała ci Jóźwiakowa. A Filip złościł się, że nawet prezerwatywy są na kartki — tylko strach i uległość rozdawano za darmo. Filip w dodatku nie wierzył, że to się może kiedykolwiek zmienić.

— Przyzwyczajaj się do roli Kolombiny, bo ja zawsze będę Arlekinem — mówił. — Maska przyrosła mi do twarzy. Sama zobacz! Nawet gdyby coś się zmieniło, nie mógłbym jej zetrzeć. Rozumiesz to, maleńka?

Ja jednak niewiele wtedy rozumiałam. Świr przy mnie rzadko świrował. Jego słowa były dla mnie przedłużeniem teatralnej roli. Wydawało mi się, że ją doskonali i ćwiczy. Nie dziwiło mnie, że w masce Arlekina gotuje zupę, a potem siada w niej do stołu. Życie było wówczas teatrem, a teatr życiem. Tak mi się przynajmniej wydawało. Bawiło mnie i jedno, i drugie. Bawił mnie świr. Nie wydawał mi się nigdy tragiczny, przeciwnie — myślałam, że mam obok siebie zabawnego faceta o odlotowych pomysłach i niesamowitej wyobraźni. Tak się wówczas o nim mówiło i tak ja o nim myślałam. Był świrnięty, ale wszyscy wtedy byliśmy trochę świrnięci...

Po jego śmierci przeklinałam swą naiwność i ślepotę. Teraz myślę, że Filip potrzebował mnie właśnie takiej — rozbawionej, dziecinnej i egoistycznej. Olga za dużo o nim wiedziała. Za dużo rozumiała. Za bardzo się bała tego, co może się stać. A przez to, samą swoją obecnością i czujnym wzrokiem, przypominała o strachu, który go wyjadał od środka. Przy mnie zapomniał o nim. Zapomniał na długie miesiące. Ale egoistyczne i rozbawione dziecko nie może być jednocześnie Cerberem. Odbiegłam na chwilę, by pobawić się gdzie indziej, by zachłysnąć się światem, by zobaczyć, co jest za widnokręgiem i straciłam Świra. To było nieuniknione. Myślę, że i on, i Olga wiedzieli, że tak się stanie. Było jeszcze inne rozwiązanie — mogłam stać się czujna jak Olga, powielić jej los. Wówczas także straciłabym Świra — znalazłby jakieś inne naiwne dziewczę, które śmiałoby się z jego wygłupów. To by przedłużyło jego życie, ale czy możliwe było prawdziwe ocalenie?

Olga twierdziła, że Filip prosił ją kiedyś, by po śmierci namalowała mu maskę Arlekina. Mnie tego nigdy nie mówił i nigdy już nie dowiem się, czy sobie tego nie wymyśliła. Chciała mu nawet tę maskę zrobić, a ja nie miałam nic przeciwko temu — po dawce silnych leków uspokajających człowiekowi jest w ogóle wszystko jedno. Matka Filipa nie pozwoliła jednak nam go pomalować.

A Świr i tak w trumnie nie wyglądał zbyt poważnie. Połamanych rąk i nóg nie było widać spod ślubnego garnituru, a on sam uśmiechał się do niebytu pogodnie. Może tylko dzięki temu nie zwariowałam.

Tak, babko, musiałaś o tym słyszeć, bo parę osób z rodziny było na pogrzebie. Nagle z dziecka siedzącego na torcie, zmieniłam się w twojej głowie w równie nieobliczalną i zachłanną dziewczynę, która chce się najeść życia do syta, a nawet jeszcze więcej, tak by wymiotować z przejedzenia. Ty wybierałaś przez całe życie najsmaczniejsze i najdelikatniejsze kąski, a ja pakowałam do buzi wszystko, co było w zasięgu ręki. Czy to cię jeszcze oburza? A może raczej przyciąga? Czemu jestem pewna, że czasami miałaś ochotę na wielkie, obrzydliwe, zachłanne żarcie?!

XIII. MIASTO

1

Dwa dni w Mieście. Musiałam wyjechać. Chciałam zyskać dystans wobec dziejących się tu spraw, wobec siebie zaplątanej w mnożące się pytania.

Michał czekał na mnie na dworcu.

— Gdzie torba? — spytał zdziwiony. Sądził, że wracam na stałe, a ja miałam ze sobą tylko koszyk z owocami i reklamówkę. Zacisnął zęby, bez słowa wsiadł do samochodu. Przez chwilę manewrował w tłumie podróżnych, potem wyjechał na równie zatłoczoną ulicę. Milczał ponuro i nie patrzył w moją stronę.

Nie wyglądał najlepiej — miał trzydniowy zarost, który jego twarzy nadawał wyraz zmęczenia. Dotknęłam ręką jego policzka. Cofnął się, sięgnął po papierosa i zasłonił się obłokiem dymu. Udawał, że interesuje go tylko kierownica. Wiedziałam, że lepiej go teraz nie zaczepiać. Musiał przetrawić zawód.

— Do ciebie czy do mnie? — spytał w końcu.

— Gdzie chcesz.

— U mnie jest żarcie — skwitował i skręcił w kierunku swego osiedla.

Na szóstym piętrze, w dwupokojowym mieszkaniu, po-

112

czułam się nagle jak w klatce. Z okna dużego pokoju widać było w dole ruchliwą jezdnię i takie same, wysokie bloki po drugiej stronie. Autobus wypluł z siebie na przystanku parę miniaturowych istot, połknął kilka innych i odjechał, by zrobić miejsce następnemu. Samochody wyglądały stąd jak dziecięce zabawki, a ludzie jak ruchliwe owady. Rozpełzało się toto na wszystkie strony, przeciskało przez zabrudzone powietrze pośpiesznie i bezładnie...

— Patrzysz na miasto, jakbyś je widziała po raz pierwszy w życiu — mruknął ponuro Michał.

— W ten sposób widzę je po raz pierwszy.

— Przestało ci się podobać?

— Myślę, że ten widok nigdy mi się nie podobał, tylko o tym nie wiedziałam.

— Może i ja nigdy ci się nie podobałem, tylko o tym nie wiedziałaś?! — rzucił wściekły.

— Tak. Przejechałam sto kilometrów tylko po to, by ci o tym powiedzieć!

— No to powiedziałaś.

— Idiota!

— Idiotka!

— W porządku. Odwieź mnie na dworzec. Jesteś gburem, egoistą i w dodatku impotentem!

— A! Więc o to ci chodzi?! Przyjechałaś, by pójść ze mną do łóżka?! — Wyrzucił zawartość reklamówki. — Nie masz nawet majtek na zmianę! Na ile przyjechałaś? Na dzień, na dwa? A może na jedną noc?! — wściekał się.

— Zapomniałeś, że ja też mieszkam w tym mieście, a to — otworzyłam szufladę ze swoimi rzeczami — wystarczy mi nawet na tydzień. Idę się kąpać, a ty zastanów się w tym czasie, o co ci chodzi. Nie zapomnij przy tym, że spędziłam parę godzin w podróży. Jestem głodna i chce mi się pić.

Schowałam się pod letni prysznic i poczułam wyrzuty sumienia. Wiedziałam, że Michał ma prawo mieć pretensje.

Prawie nie pamiętałam o nim w Zawrociu. Nie zadzwoniłam ani razu, nie napisałam listu. Tęskniło za nim moje ciało, ale umysł i dusza nie brały w tym udziału, opanowane obsesją przejrzenia twoich, babko, planów. Michał był w Zawrociu jak pionek od innej gry. Odkładałam go na bok i zapominałam o jego istnieniu.

A on nie lubił być kimś zapomnianym i pobocznym. To nie było w jego stylu. Czekanie też nie było w jego stylu. Zastanawianie się nad motywacjami innych ludzi, zwłaszcza swojej kobiety, też nie było w jego stylu. Tak, to wszystko musiało go nieźle wkurzać.

Ale nie tak bardzo, by nie skusić się moją mokrą skórą. Taką przynajmniej miałam nadzieję. Ciepłe strużki budziły moją krew. Pragnęłam Michała — tego obcego człowieka. Przyzywałam go w myślach. Przyzywałam jego ciało, bo dusza była chłodna i niepojęta.

Drzwi otworzyły się. Michał wszedł do łazienki nagi. Ugryzł mnie boleśnie w ramię i w ucho.

— Zgwałcę cię i wyrzucę stąd — powiedział jeszcze zły.

— Tak właśnie zrób — zgodziłam się.

2

Rano odwiózł mnie do mojego mieszkania. Teraz wydało mi się dziwnie obce — jakby mniejsze niż przedtem i niższe. I w dodatku to dziesiąte piętro! Zawsze przychodziło mi mieszkać na wysokościach — jeszcze jedna podniebna dziupla, z której widać było brzydkie osiedle, parę kominów i skrawek lasu za nimi. Urządziłam je tak, by w każdej chwili można je było porzucić bez żalu. I zawsze wydawało mi się, że jest dla mnie jeszcze za duże i za wygodne. Bocian zadowala się gniazdem o średnicy jednego metra. Jaskółce wystarcza pięciocalowa lepianka zawieszona wysoko pod okapem. Mrówki wydają się żyć jedna na drugiej, jakby same były cegiełkami maleńkiego, mrówczanego domu.

To egoizm popychał mnie do takich myśli. Tak, właśnie, egoizm. Człowiek zniewolony przez rzeczy wydawał mi się zawsze czymś żałosnym — niewolnikiem utopii pod tytułem CYWILIZACJA. Żeby zbudować cywilizację, potrzebna była wielka praca. Żeby ją podtrzymać, potrzebna jest jeszcze większa i w dodatku bezsensowna, bo już od dawna chodzi tylko o produkcję wielkiej, coraz większej góry śmieci. Nie chce mi się ich produkować. Nie chcę ich także posiadać. Nie pożądam następnego modnego śmiecia. Nie pożądam wielkiej przestrzeni, by postawić tam wiele przyszłych śmieci.

Sądzę, babko, że rozumiesz, co mam na myśli. Lubię zaglądać za granice norm, przyzwyczajeń, pozornych aksjomatów, konieczności i pewników. Tego nauczył mnie Świr. Człowiek zwariowany zadaje sobie zwariowane pytania. Taki ktoś, patrzący z dziesiątego piętra na przylepione do ziemi odrapane pudełka, zastanawia się, ile metrów kwadratowych potrzebuje człowiek do życia? Czy każdy potrzebuje tyle samo? Niektórym wystarczałaby zapewne tlenowa nisza do spania — mogłaby być wielkości trumny — fotel naprzeciwko telewizyjnego ekranu, telefon, mikrofalowa kuchenka odgrzewająca gotowe potrawy, szafa, prysznic, sedes. Potrzeba na to wszystko jakieś dwa metry sześcienne. A gdyby zbudować telewizory wbudowane w okulary? Gdyby zsyntetyzować jedzenie w pigułki i wydalać pigułki? Gdyby wynaleźć wszechczyszczącą piankę, którą spryskiwałoby się ciało i wszystko inne, a po chwili brud wchłaniałby odkurzacz wielkości wiecznego pióra? Ile wtedy trzeba by miejsca? Albo inaczej — ile można by go oszczędzić dla mrówki, jaskółki, drzewa, pszczoły?! A gdyby tak udało się wymyślić człowiekowi wieloczynnościowy kokon, lżejszy od domku ślimaka, wygodniejszy od żółwiej skorupy — chodzący, latający, pajęczy — taki niby-dom na każdą chwilę, w dodatku niewiele większy od człowieka i tak skonstruowany, że w razie potrzeby mógłby rozrosnąć się w kolonię kokonów, a przynajmniej w parę kokonów…

Tak, babko, widok z dziesiątego piętra daje inną perspektywę niż spod jabłoni. Niektórych przyprawia o szaleństwo. Wieczorami zapalają się światła, jedno nad drugim, jedno obok drugiego, powtarzalne, seryjne, taśmowe… Dotykasz ręką czoła ukochanego na dziesiątym piętrze, patrzysz przypadkiem w okno i widzisz, że twój gest powtarza para na szóstym piętrze sąsiedniego bloku i na drugim w bloku po przekątnej — pieszczą się, całują, tulą, wchodzą w powtarzalne mięso. Rozkosz na paru piętrach! Trzeszczenie wersalek obitych taką samą sztuczną tkaniną! Blokowa orgia! Coraz szybsze oddechy. Ostatni spazm. Uspokojenie. Cisza. Mrok. Tylko jedno światło nie chce zgasnąć. Zawsze znajdzie się wyjątek, w każdym bloku. Ale już w całym mieście takich świecących okien są dziesiątki, a może nawet setki…

3

Po południu poszłam odwiedzić Świra. Leżał w nowej części cmentarza, w suchej, piaszczystej mogile. Nigdy nie pozwoliłam przykryć sypkiej ziemi lastrikową płytą.

— Wyrzucę to gówno! — krzyczałam, gdy jego matka upierała się przy tym. — Nawet gdyby to był biały marmur! On tego nie zniesie! Nie rozumiesz?! To dla niego za ciężkie! Za ciężkie!

Po latach kłótni wypracowałyśmy rozsądny kompromis — piaszczystą mogiłkę otoczyło obramowanie — nie za szerokie, z jasnego marmuru.

— Przepraszam — szeptałam, przesypując piasek. — Sam wiesz, jaka ona jest. Musiała. Przepraszam.

Jak zwykle wizytę u niego zaczęłam od wyrwania posadzonych przez nią roślin, bo miałam wrażenie, że wczepiają się korzeniami w pierś Świra. Jego matka uwielbiała sadzić tam zwłaszcza krzewy. Tym razem wyrzuciłam berberysy, które Filip na pewno uznałby za potworne. Zostawiłam tylko kępę ozdobnej trawy i nieśmiertelniki. Wygładziłam potem piasek i w poczuciu spełnionego obowiązku zapaliłam świeczki. Świr lubił piasek. Lubił także ogień. A jeszcze bardziej jedno i drugie razem. W podróż poślubną wybraliśmy się nad morze. Świr godzinami grzebał się w piasku, budował zamki, fosy i wały. Twierdził, że w dzieciństwie nie wolno mu było tego robić, bo matka nie pozwalała mu brudzić rąk. Więc tam, nad morzem, traktował plażę jak wielką piaskownicę. Zajmował się też zbieraniem wyrzuconych przez morze konarów i patyków, by o zmierzchu zapalić małe ognisko. Miał wtedy obok siebie cztery żywioły — wodę, ziemię, powietrze i ogień. I miał je w postaci najpiękniejszej — morza, kwarcowych drobin, letniej bryzy i smolnych szczupaków, jak nazywał trawione przez ogień drewienka. Często żałowałam, że nie skremowałam Świra i nie rozrzuciłam jego prochów w tamtym miejscu.

Już od dawna, babko, nie czuję przy jego grobie ciężaru winy. Wiem, że Świr miał swój własny, odrębny los, którego nie mogłam zmienić. Olga też nie mogła go zmienić. Byłyśmy strażniczkami kogoś, kogo nie da się ocalić — chyba że w klatce bez okien, kantów i drzwi. Ale nawet tam można jeszcze przegryźć tętnice własnymi zębami. Życie jest absurdem. Większość z nas nie zauważa absurdu, inni — nieliczni — potrafią go oswoić i zaakceptować. Świr nie posiadał ani jednego, ani drugiego daru, a bez tego nie można żyć. Taka mała, malutka skaza — widzenie prawdziwego świata, świata w nieustającym rozpadzie i przemijaniu. Łuszczę się, wydalam, wypacam, spalam, uśmiercam poprzednią myśl następną myślą, poprzedni gest następnym gestem, poprzedni pocałunek następnym pocałunkiem, poprzednią miłość następną miłością, ścieram wszystko, zmywam z siebie, gubię siebie wczorajszego i sprzed minuty, rozpraszam, zatracam. Nic nie znaczące przemiany. Rozpad. Powstrzymaj ten rozpad, kochana. Obejmij mnie. Przy tobie rozpadam się dwa razy wolniej. Dziś wypadło mi tylko sto dwadzieścia włosów.

To słowa przekazane przez Olgę — w dodatku kilka lat po śmierci Świra. Za późno. Na wszystko było już za późno. Do mnie nigdy tak nie mówił. Ona znała ciemną, a ja jasną stronę jego szaleństwa. Ona paniczny lęk i spazm, a ja ekstatyczny śmiech, lekkość i rozkosz.

Czasami zazdrościmy sobie tego drugiego, nie znanego Świra.

4

Umówiłam się z Michałem w teatrze o czwartej. Robił właśnie na podłodze szkic dekoracji. Obok niego pochylała się nad kartonem nowa asystentka. Przechyliła głowę i wtedy jej długie, jasne włosy spłynęły na podłogę i przykryły interesujący go szczegół rysunku. Michał zapatrzył się na splątane nitki, poprawił w zamyśleniu parę niesfornych kosmyków, zharmonizował ze szkicem tak, że włosy i czarne linie tworzyły teraz kunsztowną całość...

Patrzyłam na to z głębi widowni, idąc wolno ku scenie, na której pracowali. Michał poczuł mój wzrok na sobie i obejrzał się w moim kierunku. Nie zmieszał się. Przeciwnie, ruszył ku mnie z odrobiną satysfakcji w kącikach ust. Widocznie przedtem zaplanował sobie podobną scenę.

— Nie chcę.

— Czego nie chcesz, kochanie? — udał zdziwienie.

— Nie chcę być zazdrosna.

— Przecież tylko przesunąłem jej włosy. Myślałem właśnie, jaka to szkoda, że takie piękne kędziorki rosną na durnym łbie. Nawet mi się ich przez chwilę zrobiło żal.

— Chciałeś, bym ją zobaczyła. To ma być argument, tak? — Zdjęłam mu z ramienia błyszczący włos. — To zły argument.

— To nie argument, tylko fakt. Dyrektor przyjął ją trzy dni temu.

— Ja tam muszę wrócić.

Nachmurzył się.

— Zrobisz, jak zechcesz.

— Michał... to dla mnie ważne... Przyjedź do mnie za parę dni. Na weekend.

— Nie mogę. Mam robotę. Sama widzisz.

— Widzę.

Blondyna przeciągnęła się w zapylonym świetle.

— A co z tym listkiem, panie Michale? — krzyknęła ze sceny.

— Malować, pani Bożenko — odpowiedział. Jeszcze raz spróbował prowokacyjnego uśmiechu.

— Guzik mnie to obchodzi. Nie robiłbyś takiego przedstawienia, gdybyś naprawdę chciał mnie zdradzić.

— Co mi po babie, której nie ma tygodniami? Widzisz w tym jakiś sens?

— Tak się ułożyło. Potrzebuję trochę czasu. Niewiele... Takie rozstanie dobrze nam zrobi, zobaczysz. — Przybliżyłam się do niego. Wciągnął do płuc zapach ulubionych perfum.

— No dobrze... Dam ci jeszcze trzy tygodnie. I ani dnia więcej. Wpadnę tam za jakiś czas, by zobaczyć, jak się sprawujesz.

Jak na Michała było to wspaniałomyślne. Tylko po co ten spektakl? Chciał mnie chyba zaniepokoić i udało mu się. Mimo iż wiedziałam, że to tylko gra, poczułam bezbrzeżny smutek. Przytuliłam się do niego i nie mogłam się oderwać — jakby miał na całym ciele niewidzialny klej. O to właśnie mu chodziło — trzymał mnie teraz niedbale i w końcu odsunął od siebie.

— Wpadnę o siódmej — powiedział chłodno.

Powlokłam się do baru. Ze wszystkich osób najmniej chciałam spotkać Sonię i to właśnie ona siedziała obok okna. Udawałam, że jej nie widzę, ale Sonia nie dała za wygraną. Zabrała swoją kawę i przysiadła się do mego stolika.

— Wyglądasz jak szprotka przepuszczona przez wyżymaczkę — rzuciła swoim tubalnym głosem, który robił wstrząsające wrażenie przy ślicznej buźce i smukłym ciele. W zespole nazywano ją Tubą. — Ale z ciebie ryzykantka.

— Sonia, daj mi spokój.

— Zastanawiam się właśnie, co ty takiego w sobie masz, że Michałek z Don Juana zmienia się w starego piernika. Ta nowa skarżyła się, że ani razu nie uszczypnął jej w tyłek. Słyszałaś coś podobnego?

— Nie.

— A szczypią ją wszyscy. Bo też jest w co.

— Ja mu nie żałuję.

— No tak. Ta mała nie ma szans. Ale Liza ponoć wróciła. A ona, sama wiesz, jaka jest na punkcie Michała. Kompletnie odpalnięta! Ja na twoim miejscu...

— Nie jesteś na moim miejscu — przerwałam jej.

Sonia zamilkła uśmiechnięta. Osiągnęła swój cel i tylko to było dla niej ważne. Uwielbiała rozsiewać niezdrowy ferment — nie mogła bez tego żyć.

Zepsuła mi humor, ale nie wierzyłam jej. Liza nie miała po co tu przyjeżdżać, bo Michał nigdy nie wracał do raz zostawionej kobiety, nawet jeśli to była jego własna żona.

XIV. CZARCI JAR

1

To chyba już ostatnia niespodzianka, babko. I to we właściwym czasie, jak wszystkie poprzednie. Zaczynałam już zastanawiać się, czy dobrze zrobiłam, wracając do Zawrocia, gdy ciotka spytała mnie o samochód.

— Dlaczego nie jeździsz garbusem Maurycego? Jest przecież sprawny.

Patrzyłam na nią zdumiona. Nie miałam pojęcia, o czym mówi.

— Nie zaglądałaś do szopy? — Teraz ona była zdziwiona.

— Zaglądałam. Rzeczywiście, coś tam stoi przykryte folią. Myślałam, że to jakiś stary grat. No wiesz, samochodowy zabytek!

— Przecież masz dokładny spis odziedziczonych rzeczy. Mama nie umieszczałaby na nim popsutego auta. Nie sprawdziłaś, czy wszystko się zgadza? — Ciotka nie posiadała się z oburzenia. Wydawało jej się, że specjalnie usiłuję pomniejszyć wartość spadku. Od początku była pewna, że jestem w gruncie rzeczy chytra i skąpa, a tylko udaję lekkoducha.

W ten oto sposób dotarło do mojej świadomości, że jestem także posiadaczką samochodu. Biały garbus Maurycego! Dlaczego chociaż jego nie oddałaś Pawłowi? Ta twoja niezwykła, przerażająca konsekwencja, by wszystko ofiarować jednej osobie! I to właśnie mnie!

Garbus był w doskonałym stanie — zakurzony, ale dobrze zabezpieczony i całkiem sprawny, jak stwierdził Jóźwiak po dokładnym przeglądzie. Od razu poczułam do tego samochodu sentyment. Wypróbowałam go na polnej drodze. Na razie nie mogłam się nim poruszać gdzie indziej — umiałam wprawdzie prowadzić, ale nie miałam prawa jazdy. Mogłam wrócić nim do miasta tylko wtedy, gdy skończę kurs.

Tak chyba musiało być. To był najlepszy moment, by wyjść poza zaklęty krąg Zawrocia. Na niebie lekko płynęły pierzaste obłoki, a ja siedziałam obok ponurego faceta, który widząc, że radzę sobie z samochodem, palił papierosa za papierosem i z rzadka tylko robił jakieś mało uprzejme uwagi.

Na początku kurczowo trzymałam się kierownicy, ale szybko pokonałam lęk. Klosz prowincji otworzył się, czy może raczej rozszerzał się, jak nadmuchiwany w nieskończoność balon.

2

Na trzeciej lekcji pojawiła się Anna. Wyglądała na młodszą ode mnie. Nie sposób było nie zapatrzyć się na jej szczupłą twarz, z olbrzymimi, zielonymi oczami, ocienionymi rzęsami tak długimi, że wyglądały na sztuczne. W dodatku ten stały, łagodny uśmiech pięknie wykrojonych warg… Było w niej jednak coś dziwnego — w twarzy, w gestach, w słowach — co przyciągało wzrok i jednocześnie odpychało. Jakiś kryształowy chłód, obojętność, coś, co kazało myśleć, że jest ponad i ma do tego prawo. Tak przynajmniej zdawał się myśleć nauczyciel jazdy.

Zastanawiałam się, co robi na kursie, gdyż doskonale prowadziła. Na początku usiłowała to ukryć. Zwłaszcza przede mną. Przyglądałam się zdziwiona, jak próbuje wyglądać na nieporadną i roztargnioną nowicjuszkę. W końcu przyznała się, że ma prawo jazdy, ale nie czuje się najlepiej na jezdni.

— Kupiłam właśnie nowy samochód — mówiła z tym swoim doskonałym, chłodnym uśmiechem, zabarwionym teraz odrobiną bezradności. — To dobry samochód, a ja dawno nie jeździłam. Jestem taka niepewna za kierownicą...

Kłamała. Tak, babko, od początku, od pierwszego zdania wiedziałam, że Anna z niewiadomej przyczyny usiłuje mnie okłamać. Dlaczego nie próbowałam dać jej do zrozumienia, że o tym wiem? Może dlatego, że zadawała sobie tyle trudu, by mnie oszukać. Poza tym przypuszczałam, że tylko tak dowiem się, dlaczego to robi.

Podsycała moją ciekawość przez dwa popołudnia. Trzeciego dnia, tuż przed kolejną lekcją, zaprosiła mnie do kawiarni.

— Wiem, kim pani jest — powiedziała po zamówieniu kawy. — To jest taka mała miejscowość, że nie sposób niezauważyć nowej twarzy. Widziałam panią w sklepie z ciotką, a potem jeszcze parę razy na mieście.

Miałam wrażenie, że ja też pamiętam jej twarz, ale nie mogłam przypomnieć sobie skąd.

— Zna pani moją rodzinę? — spytałam.

— Tu wszyscy się znają — odrzekła z tym swoim niepokojąco słodkim półuśmiechem. Powinnam się spodziewać, że nie odpowie wprost, tylko schowa się za sloganem, który niczego nie wyjaśniał. — Jak się pani podoba okolica? — spytała grzecznie.

— Właściwie nie znam jej. Spacerowałam trochę w pobliżu Zawrocia, a potem zaczęła się ta prawdziwa pora deszczowa i przez tydzień wpatrywałam się w ogień na kominku.

— Więc nad jeziorem także pani nie była?

— Nawet nie wiem, że jest tu w pobliżu jakieś jezioro.

— Jest. I parę innych miejsc, które rodzina powinna pani pokazać.

Uśmiechnęłam się tylko w odpowiedzi. Teraz ja nie miałam ochoty wtajemniczać jej w moje układy z rodziną. Trochę ją to chyba rozczarowało, ale nie nalegała.

— Poprosimy instruktora, by wybierał ciekawsze trasy. Myślę, że się zgodzi.

Nie wątpiłam, że tak się stanie. Miała na niego magiczny wpływ. W jej obecności zmieniał się w uprzejmego, a nawet usłużnego osobnika, jakby był jej prywatnym kierowcą. Zainteresowanie, którym obdarzyła mnie Anna, sprawiło, że i do mnie zwracał się teraz odrobinę grzeczniej.

Wszystko to nie mogło ujść mojej uwagi. Gdzie indziej, poza miasteczkiem, nie zaprzątałabym sobie głowy stosunkiem nauczyciela jazdy do mnie i do przypadkowej towarzyszki. Jakież to mogłoby mieć znaczenie! Gdyby nie odpowiadał mi facet, po prostu zmieniłabym go na lepszego. Tu wszystko nabiera innego znaczenia. Każdy kontakt z drugim człowiekiem zdaje się znakiem tajemnicy, która mnie otacza i którą mogę rozwiązać tylko wtedy, gdy nie pominę żadnego szczegółu. Ta tajemnica związana jest z tobą, ale nagle zrozumiałam, że nie rozwiążę jej, jeśli nie zrozumiem tego miasteczka i żyjących w nim ludzi.

Przecież i ty, babko, nagle wyszłaś ze swojej samotni i także zaczęłaś się im przyglądać. To nie była ciekawość! Nieprawdaż? Chciałaś zrozumieć te nowe czasy, a może jeszcze bardziej zrozumieć nowych ludzi. Patrzyłaś na nich trochę z przerażeniem, jak na potworkowatych mutantów, ale wiedziałaś, że do nich należy przyszłość. Tylko cóż ciebie, babko, mogła obchodzić przyszłość?! Jakże niewiele lat życia miałaś przed sobą! A jednak obchodziła cię. Chciałaś ją przeczuć, patrząc na teraźniejszość. Chciałaś ją przewidzieć. Czyż nie tak?! A teraz już jest ta przyszłość i z twojej woli znalazłam się w tym miejscu. Jednak w gruncie rzeczy nie o mnie ci chodziło. Na pewno nie o mnie! Ale o coś ci chodziło. O coś albo o kogoś. Tego jestem pewna.

Byłam tego pewna także w kawiarni. Piłam kawę i przyglądałam się Annie. Jej twarz nagle zmieniła się. Uprzejmy grymas zastygł, jakby owionął go mroźny podmuch. Do lokalu wszedł zamyślony Paweł. Prezentował się nie najlepiej z podkrążonymi oczami, nie ogolony, w pogniecionym ubraniu. Kupił paczkę marsów i dopiero wtedy zauważył nas przy stoliku. On też zastygł na chwilę. Wyglądał, jakby zobaczył dwie strzygi. Po sekundzie opanował się, skinął w naszym kierunku głową i pośpiesznie wyszedł na ulicę.

3

Dzięki Annie ponure godziny jazdy zmieniły się w przyjemne wycieczki za miasto. Zobaczyłam na własne oczy te wszystkie miejsca, które ty i Maurycy opisywaliście w pamiętniku. Nazwy zaczęły wypełniać się treścią. Doprawdy, Anna była dobrym przewodnikiem — jakby wiedziała, co naprawdę chcę ujrzeć.

Tak! Było kilka takich miejsc. Jedno chciałam obejrzeć bardziej niż inne. Wracaliśmy właśnie do miasteczka, gdy wskazała niewielkie wzgórze skryte w lesie.

— To Czarci Jar. Słyszałaś już — szybko zaproponowała przejście na ty — o Czarcim Jarze?

— Nie — skłamałam. — Cóż to takiego?

— Ulubione miejsca tutejszego diabła i czarownic — roześmiała się. — Przypomnij mi, bym ci kiedyś o nim opowiedziała.

— Przypomnę…

Wysiadłam zaraz potem, przy drodze skręcającej do Zawrocia. Nie poszłam jednak do domu, otworzyłam tylko bramę, by zabrać ze sobą psa.

Unta doskonale znała tę drogę. Przemierzała ją z tobą, babko, często. Teraz myślę, że to była najważniejsza droga w twoim życiu. Odkryta późno, może nawet zbyt późno i to przypadkiem. Wszystko stało się nagle i jakby bez twojej woli. Zawsze karna Unta zobaczyła na skraju brzezinki zająca i tym razem nie usłuchała twego głosu, tylko pobiegła w głąb lasu. Używałaś jeszcze wtedy swojej pięknej laski i to nią podpierałaś się, idąc z trudem piaszczystą drogą i nawołując psa. Nie wracał, więc szłaś coraz dalej, ale ku swemu zdziwieniu, jakby z coraz mniejszym wysiłkiem.

I nagle znalazłaś w tym wędrowaniu i w tym utrudzeniu jakiś dziwny urok, jakiś okruch szczęścia, jakbyś rozerwała męczące pęta, jakbyś przekroczyła własne, niewidzialne granice. Pył brudził twoje eleganckie buty — i w tym znajdowałaś przyjemność — rozdeptywałaś żółte koleiny, coraz bardziej zdumiona, że dopiero teraz, na starość, zatapiasz się w ten tak bliski, a dotąd prawie nie znany świat. Wiatr okręcał twoją czarną sukienkę, szarpał zwinięte w węzełek siwe włosy, podbijał stopy tak, że czułaś się jak ptak.

Obejrzałaś się dopiero na wzgórzu, zdumiona, że tak daleko i wysoko zaszłaś. Przez chwilę poczułaś się słabo i przysiadłaś, a potem położyłaś się na trawie. Wydawało ci się, że twoja krew wycieka, a potem wraca, nasycona rozgrzaną ziemią i świetlistym powietrzem. Jeden krwiobieg, jeden oddech, to samo źródło ciepła i światła! Byłaś jeszcze jedną rośliną wchłaniającą słoneczną energię. Byłaś zwierzęciem leniwie przeciągającym się na rozgrzanej polanie. A dopiero potem byłaś starą kobietą, dziwiącą się tym prawie dziecięcym, intensywnym doznaniom.

Położyłaś pod głowę ręce. Nad sobą miałaś zieloną koronkę olbrzymiej paproci, która nagle zachwiała się, a zza jej gałęzi wyjrzał pysk zziajanej Unty. Pies, zdziwiony tym nagłym widowiskiem, liznął cię po twarzy i zaczął obszczekiwać, uznawszy, że się z nim zamierzasz w ten dziwny sposób bawić.

Podniosłaś się, a Unta wprowadziła cię w głąb lasu. Za brzezinką ujrzałaś potężne drzewa, rosnące rzadko, jak w zadbanym parku — buki, dęby, graby, a gdzieniegdzie, w bardziej słonecznych i piaszczystych miejscach, świerki i sosenki. Udało ci się dojść aż na skraj jaru, w którego mrocznym wnętrzu płynęła kapryśnymi zakolami rzeka. Opadłaś na mech i zaczęłaś się śmiać — histerycznie i męcząco. Bo tam, w dole, był Czarci Jar, o którym mówił ci kiedyś Maurycy. Wówczas wydawało ci się, że opowiada o jakimś odległym i tajemniczym miejscu, a był tak blisko, bardzo blisko, jeśli mogła do niego dojść stara, podpierająca się laską kobieta.

W ten właśnie sposób odnalazłaś swego diabła. Bóg mieszkał w kościele, a czart w tym ponurym, pięknym zakątku, zasypanym jesienią czerwonymi, bukowymi liśćmi. „Maurycy — pisałaś w pamiętniku — dlaczego nie powiedziałeś, że to tak niedaleko? Dlaczego nigdy nie poszliśmy tam razem na spacer? Jaka piękna jest ta diabelska kraina. Dopiero dziś, tam w lesie, zrozumiałam, że bez diabła nie ma pokusy, pasji i namiętności, a bez tego nie byłoby życia. Czy ja żyłam, Maurycy? Czy to aby na pewno było życie?"

Żeby zrozumieć wagę twego odkrycia, musiałam zobaczyć to miejsce. Rzeczywiście — było piękne. Maurycy na szczęście zapisał wiążącą się z jarem legendę, którą i ty znałaś. W skrócie brzmi ona mniej więcej tak: — W dawnych, bardzo dawnych czasach żyła w miasteczku dziewczyna, która miała serce z kamienia — nie mogła pokochać, nie mogła znienawidzić, nie mogła się smucić ani radować. A przy tym była, jak to w legendzie, niezwykle piękna. Wszyscy okoliczni młodzieńcy usiłowali zdobyć jej serce, ale czy można poruszyć kamień? Odchodzili więc oburzeni jej obojętnością. Młynarz — jej ojciec — wymógł w końcu na dziewczynie przyrzeczenie, że pójdzie za mąż za pierwszego, który wywoła choćby cień uśmiechu albo chociaż jedną łzę, nawet gdyby był ubogi, chromy albo brzydki, nawet gdyby miał być samym diabłem, pójdzie za niego i będzie mu posłuszną. Diabłu nie trzeba było tego dwa razy powtarzać. Zjawił się niebawem. Najpierw próbował ją rozśmieszyć, potem doprowadzić do łez, ale wszystkie diabelskie sztuczki okazały się nieskuteczne. Zakochany diabeł postanowił więc oddać jej swoje serce. Ale nawet czart nie może żyć bez serca. Umierał więc u jej stóp właśnie wtedy, gdy ona po raz pierwszy poczuła w piersiach ból. Spojrzała na jego piękną twarz i poczuła pod powiekami wilgoć. Nie umieraj — poprosiła. — Weź z powrotem swoje serce. I tak bez ciebie nie chcę żyć. — Ale było już za późno. Umarł, gdy pierwsza słona łza dotknęła jego policzka. Dziewczyna siedziała przy nim tak długo, aż zmienili się oboje w górę, a łzy wyrzeźbiły z biegiem lat głęboki jar. Strumień zaś na jej pamiątkę do dziś nazywają Kamiennym.

Taki był ten twój diabeł z Czarciego Jaru. Bóg był doskonale obojętny, a czart szalony i zdolny do wszystkiego, do zła i dobra, do życia i śmierci, ale nie miał nic wspólnego z obojętnością. A jakże pożądaną wydawała ci się dotychczas obojętność! Jak bardzo chciałaś ją osiągnąć! Zawsze pragnęłaś żyć poza namiętnościami, poza miłością, poza dobrem i złem, poza ciałem.

Tamtego dnia, gdy z góry patrzyłaś na mroczne rozlewiska Kamiennego, przypomniała ci się ta legenda dawno temu opowiadana przez Maurycego. Zrozumiałaś, że był jak ów diabeł, wyczerpany miłością. A ty byłaś jak tamta dziewczyna, która po raz pierwszy czuje, że ma w piersi nie kamień, ale coś żywego. Zabolało. Zabolało jak nigdy przedtem. Zabrakło ci tchu. Oparłaś się plecami o drzewo i łapałaś oddech krótkimi, łapczywymi haustami.

Tak to się, babko, odbyło. Nie mogłaś cofnąć czasu — Maurycy odszedł już dawno, więc nie mogłaś mu oddać serca. Feliks żył, ale dla ciebie był już tylko mglistym wspomnieniem. Był jednak ktoś, kto bardzo potrzebował twojej miłości. Ktoś ukształtowany na twoje podobieństwo. Ktoś tak samo obojętny. I tak samo półżywy! Czy nie tak? Zaczynam się domyślać, kto to był. Wydaje mi się, że znam przyczynę bólu, który wówczas rozsadzał ci pierś.

To wtedy pomyślałaś, że może uda ci się zmienić własne życie, a w konsekwencji i jego życie. Uczepiłaś się tej myśli jak jedynej nadziei. Tak. Miałaś wyjątkowe szczęście — żyłaś długo bez miłości, a pod sam koniec życia ten jeden, jedyny raz udało ci się kogoś pokochać naprawdę. I ten jeden, jedyny raz nie wyrzekłaś się miłości. Tego jestem pewna. Kochałaś boleśnie, mądrze, do utraty tchu. Miałaś szczęście, ale było to szczęście w nieszczęściu, bo pokochałaś go zbyt późno, nie wówczas, gdy najbardziej twojej miłości i mądrości potrzebował. Czyż nie tak, babko?

To dlatego tam, na górze, wydawało ci się, że serce pęknie ci z bólu i że nie dasz rady dojść o własnych siłach do Zawrocia. Ogarnął cię paniczny strach, taki jaki dopada ludzi, którzy nagle przejrzeli na oczy i zobaczyli własną potworność. „Wybacz, Maurycy — napisałaś tego samego dnia w dzienniku. — Wybacz, Pawle — dodałaś".

XV. PUSZKA PANDORY

1

Widywałam Annę prawie codziennie. Coraz bardziej byłam przekonana, że spotkanie z nią nie było przypadkowe. Patrząc na jej twarz odbijającą się w samochodowym lusterku, przypomniałam sobie, gdzie ją przedtem widziałam. Na twoim pogrzebie, babko. Paweł stał naprzeciwko mnie, a Anna z boku. Zapamiętałam ją, bo ani razu nie spojrzała na księdza i trumnę, a cały czas patrzyła zachłannie na Pawła. Raz czy dwa razy spojrzała przelotnie na mnie. Jeszcze wtedy nie wiedziała, że zostanę w Zawrociu, bo być może poświęciłaby mi więcej uwagi.

Bawi mnie obserwowanie Anny. Już wiem, że jej chłód jest pozorny. Cała jest napięta i czujna. Jej kocie oczy zwężają się w nagłych odruchach niechęci, ale doskonale umie to ukryć. Czuję, że jestem jej do czegoś potrzebna, tak jak tobie, babko. To nie ciekawość nią kieruje — chce wkraść się w moje łaski, uśpić mnie, przeciągnąć na swoją stronę. Zadaję sobie zatem pytanie, kto jest po tej drugiej, przeciwnej, stronie. Paweł? Ty? To miasteczko? A może ktoś lub coś, o czym nie mam najmniejszego pojęcia?

Ona też, babko, próbuje mnie kusić jak ty! Patrzy na mnie

jak hipnotyzerka i roztacza przede mną wizje swoich możliwości.

— To zamknięte środowisko — stwierdziła wczoraj. — Będzie ci potrzebny ktoś, kto cię do niego wprowadzi — uśmiechnęła się życzliwie, co miało oznaczać, że to ona może być tą osobą, a nawet musi nią być, bo nikt inny nie sprawi tego tak szybko i łatwo. Oczywiście chodzi o „odpowiednich" ludzi, pewnie o tutejszą, prowincjonalną elitę albo o osoby, które się za nią uważają.

Trochę mnie to wszystko śmieszy, ale postanowiłam udawać, że biorę słowa Anny za dobrą monetę. To doskonale usypia jej czujność. Monologuje, odkrywając nieświadomie swój sposób myślenia.

— Jest tu kilka fajnych miejsc. Zobacz, tam jest niezła knajpka. Byłaś w niej? — pyta na przykład. Zaprzeczam. — No tak, samej nie wypada — dodaje z fałszywym współczuciem.

Przez chwilę zastanawiałam się, dlaczego to nie wypada mi tam pójść samej. Są to zapewne jakieś typowe dla małych miejscowości powody, ale nie wyprowadzałam Anny z błędu, że mnie one nie dotyczą. Wiedziałam zresztą, że te wszystkie zdania mają jeden cel — uświadomienie mi, jak niezbędna jest w moim życiu tutaj, w tym sennym, pustawym miasteczku, gdzie tyle jest tajemniczych miejsc, których nie znam, i tyle różnych niebezpiecznych raf, których nie będę w stanie sama ominąć. Chciała, bym myślała, że będzie doskonałą przewodniczką po prowincjonalnym labiryncie, a ja zastanawiałam się, czym mam jej zapłacić za przeprowadzenie przez jego kręte korytarze. Jedno wiedziałam na pewno — Anna nie należała do osób, które cokolwiek robią za darmo. Musiałam więc mieć coś, na czym jej zależało. Wiedziałam, że dowiem się niebawem, co to jest.

2

To miała być pierwsza obca osoba w Zawrociu — nie licząc rodziny i Michała — pierwszy prawdziwy gość. Tylko czy aby na pewno obcy? Psy szczekały raczej symbolicznie. Unta zamerdała ogonem. Anna udawała, że tego nie widzi. Ja też udawałam, że tego nie widzę.

Dzień był chłodny i wietrzny, w powietrzu było w dodatku dużo wilgoci po rannym deszczu, dlatego usiadłyśmy nie na werandzie, ale w salonie, przy kominku. Włożyłam tam kilka polan, trochę sosnowego suszu i szyszki przywiezione przez Jóźwiaka z lasu. Nastawiłam samowar. Anna rozglądała się wokół tak, jak człowiek rozgląda się w nowym miejscu.

— Jak widzisz, nic tu nie zmieniłam — powiedziałam podstępnie. Teraz mogła albo skłamać, albo przyznać się, że już tu kiedyś była. Kłamstwo było ryzykowne — przecież nie wiedziała, co wiem na jej temat.

— Rzeczywiście, wszystko jest po staremu — powiedziała z ociąganiem. Więc jednak nie odważyła się skłamać.

— Często tu bywałaś?

— Czasami. Robiłam pani Aleksandrze zastrzyki.

— Ty? — Spojrzałam na nią zdumiona. Była lekarzem, właśnie zrobiła specjalizację z psychiatrii. — Dlaczego nie robiła ich pielęgniarka?

Anna rozluźniła się. Wyraźnie ucieszyła się, że tak mało wiem.

— Nie mówili ci o tym? — upewniła się. — Pani Aleksandra nie lubiła lekarzy. To była taka rodzinna intryga — roześmiała się. — Robiłam zastrzyk, a przy okazji mogłam zorientować się, jak ona się czuje.

— Ach tak… Przychodziłaś do końca?

— Nie… — zawahała się. Cień niechęci przebiegł jej po twarzy. — Na jesieni pani Aleksandra zorientowała się, że jestem lekarzem i straciłam jej zaufanie. Od października przychodził ktoś inny.

No tak, Anna nie mogła wiedzieć, że prowadziłaś pamiętnik. Nie mogła też wiedzieć, że ja go przeczytałam. A więc znowu październik — ten miesiąc, w którym ostatni raz był u ciebie Paweł. Po raz ostatni była tu także Anna. Czy te dwa fakty miały jakiś związek? Być może. Nie chciałam jej jednak o to pytać. W każdym razie nie teraz.

— Chyba nieprzyjemnie mieszkać samotnie w takim dużym domu — niby to zastanawiała się.

— Nie... dlaczego?

Po raz pierwszy zagryzła wargi. Odwróciła się w stronę ognia, ale ja zdołałam pochwycić ten dziwny, lodowaty błysk w jej oczach. To na pewno nie była odpowiedź, którą chciała usłyszeć. A ja coraz bardziej nie byłam tą osobą, którą ona chciała zastać tu, w Zawrociu. Dostrzegła tę niewygodę już dawno, ale dopiero teraz ją ona zirytowała.

— Słyszałam, że kilka osób chętnie by kupiło Zawrocie. Pewnie już do ciebie przychodzili.

— Nie. Jeszcze się do mnie nikt nie zgłosił.

Ponownie zagryzła wargi. Znowu odpowiedziałam nie tak, jak powinnam. Zmieniła temat.

— Grasz? — Wskazała na fortepian.

— Nie.

— A ja gram... jednym palcem — roześmiała się, by zbagatelizować temat. — Mogłabym go kupić. Oczywiście, jeśli zamierzasz go sprzedać...

— Nie myślałam jeszcze o tym. Ale jeśli zdecyduję się go sprzedać, ty będziesz pierwsza na liście.

— Muszę zatem składać pieniądze, by być przygotowaną na duży wydatek. — Znowu ten sam, bagatelizujący śmiech. — Jak myślisz, kiedy to będzie?

— Albo szybko, albo nigdy — odpowiedziałam.

Woda w samowarze wrzała. Podsunęłam szklanki. Anna patrzyła w głąb kominka i może w głąb czasu. W przeszłość? W przyszłość? Odwróciła się ku mnie, gdy podawałam jej herbatę, i wtedy przez ułamek sekundy widziałam w jej zielonych oczach nienawiść.

3

Po jej wyjściu zajrzałam do pamiętnika. Były tam wzmianki, na które dotychczas nie zwróciłam uwagi, a które niewątpliwie dotyczyły Anny, chociaż rzadko używałaś jej imienia. Co najdziwniejsze, od początku wiedziałaś, że jest lekarką. Tak więc albo nie zdradziłaś się z tym przed nią, albo Anna kłamała.

„Skrzyżowanie nowobogackiego snobizmu z zamyśleniem kobiet Pietra Perugino. Do złudzenia przypomina zwłaszcza jego *Madonnę z dzieciątkiem*. To samo wysokie, gładkie czoło, otoczone rudymi kosmykami. Do tego piękne, zielone oczy i złe, stale zagryzane usta. Co za piekielna mieszanka — piękno i brzydota, dobro i zło, naiwność i wyrachowanie, delikatność i okrucieństwo. Oglądam z przyjemnością tę grę namiętności. Czekam na jej wizyty, by obserwować, jak się zmienia, gdy pozwalam jej być tu coraz swobodniejszą. Przechadza się teraz po Zawrociu, jakby należało do niej".

Jak na ciebie, babko, napisałaś o niej zdumiewająco dużo. Widocznie zaciekawiła cię równie mocno jak mnie — może nawet ciemniejsza strona jej charakteru fascynowała cię bardziej. Lubiłaś patrzeć na nią, bo była tak zupełnie niepodobna do ciebie, Maurycego i Pawła. Twierdziłaś, że jest jak kunsztownie wykonana i pięknie ozdobiona puszka Pandory. Wydawało ci się jednak na początku, że całkowicie nad nią panujesz. Co za złudzenie.

W jakimś sensie potrzebowałaś jej. Tak przynajmniej ci się

wydawało. Anna zjawiła się w Zawrociu w szczególnym momencie. Już od pewnego czasu próbowałaś przekazać Pawłowi tę nową wiedzę, która objawiła ci się w Czarcim Jarze. Ty sama chłonęłaś życie jak nigdy przedtem, włóczyłaś się po polach i lesie, interesowało cię każde źdźbło trawy, każda przemiana natury. Potrafiłaś już nawet bez obrzydzenia obserwować ludzkie twarze. Znalazłaś w końcu swój brzozowy kij. A Paweł patrzył na to wszystko najpierw ze zdumieniem, a potem z coraz większym chłodem. Po raz pierwszy z ulgą oboje się rozstaliście — on pojechał za granicę studiować kompozycję, a ty zostałaś w Zawrociu, które tym razem wydawało ci się przerażająco puste. Zabijała cię ta późna miłość, dławiła tęsknota. Poczucie winy mieszało się z nadzieją, że gdzieś tam, w świecie, ktoś lub coś obudzi Pawła, wyrwie go z kokonu, który misternie tkałaś od dnia jego urodzin.

Jednak tak się nie stało. Wrócił obojętny na uroki świata, kochający tylko muzykę, zamknięty i przerażająco samotny. Przywiózł ze sobą jedynie muzyczne wrażenia, jakby cały świat składał się wyłącznie z dźwięków. Na pytanie o Francuzki odpowiedział, że niektóre miały ładne głosy. Lubił słuchać, jak mówią. Wyobrażał sobie, że komponuje do ich beztroskich rozmów operetkę. Tak, były zdecydowanie operetkowe, a on nie za bardzo przepadał za tym gatunkiem, więc jednak niczego nie napisał...

Nie mogłaś tego słuchać, babko. Nie mogłaś słuchać też jego nowych kompozycji, tego natłoku muzycznych abstrakcji, doskonale wypranych z ciała, pozbawionych choćby odrobiny uczucia, misternych jak płótno zapełnione takimi samymi półnutami. Grał ci je i jak zwykle szukał twojej aprobaty, a ty po raz pierwszy wzdrygałaś się przed pochwałami. Nie mógł tego zrozumieć — przecież były doskonałe. Bezdusznie doskonałe — myślałaś z przerażeniem. Ściskało ci się serce, gdy pochylał się nad klawiaturą szczupły, prawie bezcielesny, podobny bardziej do doskonałego mechanizmu niż do człowieka. Gdy odwracałaś od tego widoku głowę albo gdy wychodziłaś, nie mogąc już znieść jego grania, on jak w dzieciństwie tracił na chwilę rytm, a potem starał się jeszcze bardziej i jeszcze bardziej, przekonany, że kiedyś wygra tę doskonałą frazę, która będzie musiała cię zadowolić...

Udręka trwała do momentu pojawienia się Anny. Wydawało ci się, że nikt nie może pozostać obojętny na jej urok. Właśnie ona miała zrobić to, czego ty już nie byłaś w stanie — miała go obudzić. A oprócz tego rozkochać, roznamiętnić, choćby nawet miał za to zapłacić cierpieniem. Było ci wszystko jedno, czy Anna podzieli jego uczucia czy nie. Może nawet w głębi duszy miałaś nadzieję, że nie podzieli. Zawiedziona miłość jest przecież taka twórcza...

Puszka Pandory... Tak, miałaś rację, babko. Ja też czuję się przy Annie tak, jakbym miała do czynienia z puszką Pandory. Ale nie chciałabym jej otwierać. Co to, to nie! Ty byłaś jednak pewna, że nad nią we właściwym czasie zapanujesz. Ostatnia notatka pisana kilka miesięcy później pokazuje, jak bardzo się myliłaś.

„Jestem pewna, że ta zielonooka strzyga potrafi zniszczyć duszę Pawła. Gdy staje przy fortepianie, grana przez niego melodia zmienia się w bełkot, dźwięki rozsypują się, a on sam zaczyna uderzać ze złością w jakiś klawisz, o który się przed chwilą potknął. A ona odchodzi z tym swoim uśmiechem zaczajonym w kąciku ust — uprzejmym i lodowatym — siada przy ogniu i przeciąga się jak kotka. I pomyśleć, że to ja sama pozwoliłam jej rozpanoszyć się w tym domu!"

Później jest już ten tajemniczy październik, kiedy oboje zostają wypędzeni z Zawrocia — albo z niego dobrowolnie odchodzą. Ty, babko, piszesz wtedy mało i krótko, jakbyś chciała przed kimś ukryć motywy i szczegóły swojej bądź ich decyzji. Co się wówczas stało? Dlaczego odeszli? Odeszli razem, czy każde z własnych powodów?

Te moje uporczywe, naiwne pytania! Nie przestanę ich

jednak sobie zadawać, dopóki nie znajdę odpowiedzi. Czuję bowiem, że kryje się w niej także odpowiedź na inne pytanie — najistotniejsze — dlaczego ja się tutaj znalazłam. Może nigdy dotąd nie byłam tak bliska znalezienia odpowiedzi.

XVI. DÉJÀ VU

1

Zaparkowałam przed bramą do złudzenia przypominającą bramę Zawrocia. Na placu przed domem nie było wprawdzie starych lip i brzóz, ale rozmieszczenie młodych drzewek było identyczne jak w twojej, babko, posiadłości. Dom był ledwie skończony — taka sama weranda, takie same okiennice, taki sam klosz nad drzwiami wejściowymi. Rozglądałam się po posesji Anny ze zdumieniem. Miałam ochotę uszczypnąć się, bo przez chwilę wydawało mi się, że zapadłam w dziwaczny, obsesyjny sen. To nie był jednak sen — stałam przed bramą czegoś, co było duplikatem Zawrocia, przynajmniej z zewnątrz. Jedyna różnica polegała na tym, że wszystko było tu mniejsze, zwłaszcza plac otaczający dom.

Po chwili zdumienia ochłonęłam i zdecydowanie nacisnęłam dzwonek. Rzuciły się ku mnie dwa młode psy, sznaucer i doberman.

— Unta! Remi! Spokój! — zawołała z głębi domu Anna, a potem, dostrzegając mnie za płotem, zastygła na moment, zdumiona nie mniej niż ja przed chwilą. Gdy jednak znalazła się przy bramie, miała już na twarzy swój zwykły uśmiech.

— Co za niespodzianka! — wołała. — Wejdź! Bardzo się cieszę!

Szłam za nią w milczeniu, przyglądając się jej harmonijnym ruchom. Widocznie na spotkania ze mną specjalnie wkładała mało atrakcyjne rzeczy, bo dopiero teraz mogłam stwierdzić, jak jest wiotka i zgrabna. Doskonale skrojona, droga sukienka, podkreślała jej talię i idealną linię bioder. Co ty, kobieto, robisz na tej zagubionej prowincji?! — przemknęło mi przez myśl, bo Anna wyglądała jak osoba, która przed chwilą zeszła z okładki drogiego pisma, lansującego w dodatku typ kobiety romantycznej i kruchej.

W środku dom miał identyczny rozkład jak twój, babko, ale brakowało w nim mebli. Było tylko parę sprzętów przypominających rzeczy, które stały w Zawrociu. Widocznie Anna szukała identycznych albo przynajmniej podobnych egzemplarzy. Puste było także miejsce na fortepian.

— Wolisz tu czy na werandzie? — spytała, wskazując salon.

— Tu.

— Teraz rozumiesz, dlaczego chciałam kupić fortepian. Zawsze podobał mi się dom twojej babki. Ona miała doskonały gust. Trochę — podkreśliła to słowo ze śmiechem — tu podobnie, ale inne pokoje zamierzam urządzić nowocześniej i wygodniej.

Kłamała gładko. Cały czas wydawało jej się, że ma przed sobą osobę niczego nieświadomą. Nastawiła samowar. Siedziałyśmy przy kominku, który był oczywiście repliką kominka z Zawrocia. Czułam się nieswojo — przecież dzień wcześniej sama podejmowałam Annę w podobnej scenerii herbatą z samowara i krakersami. Przez chwilę zastanawiałam się nawet, czy Anna jest przy zdrowych zmysłach, ale chłód jej głosu świadczył, że przynajmniej w tej chwili jest absolutnie normalna.

— To miło, że mnie odwiedziłaś. Miałaś zresztą szczęście. Jak widzisz, dom jest jeszcze niezupełnie ukończony i częściej przebywam u rodziców. Dlatego cię nie zapraszałam — powiedziała. Zrozumiałam aluzję. Rzeczywiście, sama się zaprosiłam. — Jak tu trafiłaś?

— Spytałam kierowcę.

Uśmiechnęła się. Moja odpowiedź uspokoiła ją. Widocznie bała się, że spytałam o nią kogoś z rodziny.

— Mamy coś wspólnego... Ty zawdzięczasz Zawrocie babce, a ja ten dom zbudowałam za pieniądze dziadka — powiedziała z odrobiną ironii w głosie, już całkiem spokojna.

— Był kilka lat w Ameryce. Tyle tylko, że ty pewnie sprzedasz Zawrocie i wyjedziesz, a ja zostanę tu na zawsze.

— Ja być może też zostanę tu na zawsze.

Cień niezadowolenia przebiegł przez jej twarz. Odwróciła ją do ognia.

— W takiej dziurze?

— Ty tu jakoś wytrzymujesz.

— Ja się tu urodziłam.

— No to co? Masz dużo pieniędzy, dobry zawód, doskonały wygląd. Co właściwie cię tu trzyma?

Roześmiała się.

— Masz rację. Mogłabym mieszkać wszędzie. Więc czemu nie tu?!

— Właśnie. Czemu nie tu... — dręczyłam ją. — To samo pytanie zadaję sobie od kilku dni. Właśnie w tej sprawie do ciebie przyszłam... Miałaś rację, mówiąc o moim osamotnieniu. Dotychczas nie zdawałam sobie z tego sprawy, a teraz nagle zatęskniłam za dobrym towarzystwem. Co ty na to? Mam nadzieję, że jest tu trochę fajnych ludzi.

— Tak, oczywiście. W tej chwili wprawdzie jestem zajęta. — Pokazała ręką pudełka wypełnione książkami. — Sama widzisz... Wkrótce jednak, może nawet za parę dni, zorganizuję jakieś spotkanie. Parapetówkę! Trzeba opić ten dom. Tak, to będzie doskonała okazja, by zapoznać cię z moimi znajomymi. Tylko nie wiem, czy będziesz zadowolona. To prowincjonalne towarzystwo.

— Nie jestem zbyt wymagająca. Mam wrażenie, że dzięki tobie wtopię się w to miasteczko bez trudu.

— Tak, na pewno. Cieszę się, że mogę ci pomóc — kłamała.

— A ja cieszę się, że chcesz mi pomóc — także kłamałam i wydawało mi się, że robię to lepiej.

Miałam przecież więcej wprawy w udawaniu — występowałam w teatrze Świra. Później podpowiadałam podobne kwestie aktorom. W kilku niezbyt ambitnych komediach grałam role pokojówek i służących. Tak, to wyglądało jak komedia, w dodatku pełna łatwych do rozszyfrowania gagów. Zbyt łatwych. Czy nie za bardzo wierzyłam własnej inteligencji?

Tak czy owak, moja rola w tej sztuce schodziła na dalszy plan. Anna bardziej nadawała się na główną postać. Chciała nią być. Czemu nie — pomyślałam. — Graj. Dobrze wyglądasz na scenie. Dużo lepiej niż ja. Jeśli chcesz, podpowiem ci nawet kilka kwestii. Zawsze byłam dobrą suflerką. I nie jestem zazdrosna o oklaski. Wyrosłam już z tego. Nie muszę siadać na torcie, by zostać dostrzeżoną. Nie zależy mi na tym. Tak! Graj, Anno! Może uda ci się nawet zagrać coś bardziej ambitnego — kawałek prawdziwej, dramatycznej roli…

Dopiłyśmy w milczeniu herbatę. Pożegnałam się. Anna odprowadziła mnie do bramy, by uchronić mnie przed swymi psami.

2

Wróciło lato, babko. Prawdziwe lato. W Zawrociu wyschły kałuże. Staw cofnął się do swoich poprzednich granic. Lilijka znowu jest małą rzeczką leniwie płynącą wśród łóz, które przestały być wodorostami. Wszystko zatem wróciło na swoje miejsce.

Siedzę na werandzie z Kocią na kolanach, Untą przy nodze

i Remim leżącym na trawie. Wygrzewamy się. Całe Zawrocie wygrzewa się, podnosi się z wilgoci i butwienia. Ocalałe po gradobiciu rośliny pienią się tak bujnie, że prawie już nie widać śladów kataklizmu. Ostatnie blizny zarastają trawą i zielskiem. Przemiany — jakie to proste. Pora deszczowa, pora sucha, pora niszczenia, pora odrodzenia — tylko pozornie oddzielone i napiętnowane znaczeniami. Bo przecież wszystkie potrzebne do istnienia, przenikające się i uzupełniające.

Ubiegłoroczne lato! Twoje ostatnie lato, babko, bo tym nie zdążyłaś się nacieszyć... Jakie było? Chyba gorsze od obecnego, wilgotniejsze. A może tak ci się tylko wydawało. Puch odrywał się od ostów i kołował nad zbożem zniszczonym ulewnymi deszczami. Rozległa pora deszczowa, dużo dłuższa niż w tym roku i to właśnie wtedy, gdy tak bardzo potrzebowałaś słońca.

Nie było słońca. Lato obumierało powoli wraz z tobą. Było jak starość — smutne i niewygodne. Potem przyszły późne żniwa. Na polach kosiarki ścinały dorodny perz, chabry i kąkole. Wyglądały jak wielkie, kolorowe i żarłoczne żuki. Próbowałaś się jeszcze cieszyć tymi rozległymi widokami. Obserwowałaś świat intensywniej niż kiedykolwiek, jakbyś chciała, by pod martwymi powiekami na zawsze zostały ukochane obrazy. Jednak pejzaż tego lata stale już mieszał się ze wspomnieniami. Wodna rzęsa o jaskrawej, bagiennej zieleni przypominała ci kaszmirową suknię, w której po raz pierwszy ujrzał cię Maurycy. Wkładałaś ją potem w kolejne rocznice waszego poznania. Maurycy rozplatał wówczas twoje jasne włosy, połyskujące ciężkim złotem i patrzył, jak odbija się w ukochanych niebieskich oczach odchodzący dzień.

Przekładałaś jabłka i wydawało ci się, że to tamte owoce, z tych wszystkich sierpniowych sadów, których dojrzewanie oglądałaś. Wycierałaś je i nie wiedziałaś już sama, dla kogo je wycierasz — dla Maurycego, dla Krystyny, dla Ireny, a może dla Pawełka i Emilki?

142

Byłaś w teraźniejszości i jednocześnie w przeszłości. Skrzypnięcia drzwiczek szafinerki budziły dziecięce szmery i śmiechy, bo właśnie tam Maurycy chował cukierki. Otwierałaś ją więc tylko po to, by wsłuchiwać się przez chwilę w nagle obudzone obrazy i dźwięki.

Być może kawałek urodzinowego tortu, który przyniosła Irena, przypomniał ci, babko, tamten weselny tort sprzed lat, z maślaną różą i kunsztownym napisem. Przestałaś jeść ciasto po paru kęsach, bo za tym pierwszym wspomnieniem przyszło drugie, nieprzyjemne. Ach, ta mała z warkoczykami! Dlaczego ją tak pamiętam? No tak, wszyscy ją doskonale zapamiętali. Przebój wesela. Takie brzydkie, chude stworzenie, które jednak nie pozwoliło zepchnąć się w niebyt. Siedzi na tym torcie we mnie i w innych, przepycha się przez warstwy czasu, panoszy się w rodzinnych opowieściach — ciągle gotowa na wszystko. Gotowa na wszystko…

Przebłysk pamięci. Parę fraz szybko zapomnianych. Jestem tego pewna, babko. Jeszcze nie byłam ci przecież potrzebna. Jeszcze nie chciałaś pamiętać mego imienia. Jeszcze ci się wydawało, że poradzisz sobie sama. Jeszcze!

Tak, to ubiegłoroczne lato trwało krótko, zaledwie kilka dni. A potem ostre słońce zwarzyło liście. W połowie sierpnia, tuż po późnych żniwach, przyszła jesień — wczesna, sucha i pogodna, z chłodnymi porankami. Strachy na wróble i wrony kołowały w chłodnym wietrze nad ostatnimi dziesiątkami, które sterczały w błękicie łagodnych wzniesień.

Siedziałaś na werandzie, w tym samym miejscu co ja, z Kocią, Untą i Remim, przykryta szczelnie pledem i przyglądałaś się tym przemianom po raz ostatni. Wiedziałaś, że w twojej klepsydrze zostało niewiele ziarenek. Wysypywały się w nicość z takim przerażającym pośpiechem. Próbowałaś je ocalić, ciesząc się każdym przeżytym dniem.

Czytałaś pamiętniki, by przypomnieć sobie także te chwile i dni, których uroku kiedyś nie zdołałaś dostrzec. Wracały teraz do ciebie i objawiały swój nowy sens. Wracały też złe dni i złe chwile, ale ty już umiałaś wydobyć z nich ziarenko dobra albo piękna.

Jakże śpieszyłaś się z tą swoją radością, jakbyś przeczuwała, że za chwilę twój spokój zostanie bezpowrotnie rozbity. Jeszcze zdążyły dojrzeć kasztany, ale już nie zdążyły spaść, a raczej spadły, ale ty już się tym nie ucieszyłaś, bo nadszedł ten tajemniczy, mroczny październik! Strzępki babiego lata krążyły w powietrzu, a ty czułaś się jak jedna z takich popychanych przez wiatr nitek — i to nie tylko dlatego, że własne życie wymykało ci się z rąk.

XVII. OFERTA

1

Listonosz przyniósł wczoraj liścik od Anny. Piękny, pachnący papier i kilka słów napisanych starannym, zaokrąglonym pismem, które wydało mi się znajome. „Mam zaszczyt i przyjemność zaprosić Cię na uroczystość otwarcia mego nowego domu, która rozpocznie się 10 sierpnia o godzinie 19. Obowiązują stroje wieczorowe. Anna K.”

Co za idiotyczny tekst — pomyślałam, odkładając kartkę do szuflady, gdzie trzymałaś, babko, listy. Czemu nie zadzwoniła? Czemu nie napisała normalnie: „Wpadnij, będzie kilka osób na oblewaniu chaty". I ten dopisek — Anna K. Zaraz... Anna K.? Feliks K.? Grzebałam gorączkowo w listach. Złapałam kartki od Feliksa, rozerwałam z emocji wstążkę, którą były związane.

Tak! To było to obce pismo — ostatnie kartki od Feliksa pisane były takimi samymi, zakręconymi starannie i zaokrąglonymi literami. Jak to było możliwe?! Co za zdumiewające podobieństwo! A może nie podobieństwo? Może pisane były ręką Anny?!

Wzięłam lupę Maurycego i przestudiowałam dokładniej zapiski na różanych kartkach i na liściku od Anny. Litery były identyczne. Kim zatem była? Dlaczego pojawiła się w Zawrociu? Czy aby na pewno z powodu zastrzyków albo Pawła? — Mamy coś wspólnego — powiedziała z tym swoim dziwnym uśmiechem na twarzy. — Ja ten dom zbudowałam za pieniądze dziadka. Był kilka lat w Ameryce. — Feliks także mieszkał długo w Ameryce. Nie było wątpliwości, że to jego miała na myśli.

Tak, Anno. Nie pomyliłam się co do ciebie — twoja rola komplikuje się i nabiera wyrazu. To dobrze — nie lubię zbyt prostych intryg. Teraz czas na twoją kwestię. Co to będzie? Monolog? Dialog? Jeśli dialog, to z kim? A może to będzie scena zbiorowa? Tak, to najbardziej prawdopodobne! Nawet nie wiesz, jak bardzo chcę cię zobaczyć na tle innych, w centrum! Bo będziesz w centrum, prawda?!

2

Rozmyślania przerwała mi Emila. Nie spodziewałam się jej w Zawrociu — przecież mnie nie znosiła. A poza tym zaraz po pogrzebie wyjechała na wycieczkę do Egiptu. Potem miała zostać w Warszawie na miesięcznym szkoleniu w klinice. Tak przynajmniej twierdziła ciotka Irena.

A jednak wróciła i teraz rozglądała się po Zawrociu z pogardliwą miną. Widocznie widok spełnił jej oczekiwania, bo powiedziała z ironicznym przydechem:

— No tak... Nie odważyłaś się jeszcze nic tu zmienić. Muzeum babki Aleksandry! Tylko zamiast starej, pomarszczonej baby, na jej fotelu siedzi młoda.

— Lubię ten fotel.

— Babka też tak mówiła. Lubię ten fotel! I tak samo zaplatała swoje suche paluchy na rączce pogrzebacza. Grzebała nim ciągle w ogniu i wzbijała iskry.

— O tak?

— Tak! Właśnie tak!

W ciotce Irenie moje fizyczne podobieństwo do ciebie, babko, wywoływało zabobonny strach. W Emili natomiast obrzydzenie.

— Matka myśli, że robisz to specjalnie. To by mi się nawet podobało. Ty jednak nie starasz się do niej upodobnić, ty jesteś do niej podobna. Sylwetka, twarz, gesty... Zastanawiam się, gdzie to podobieństwo się kończy.

— Ja też się nad tym zastanawiam — odpowiedziałam spokojnie.

Mój ton zirytował ją. Zepchnęła z drugiego fotela kotkę i rozsiadła się na nim.

— Zastanawiasz się?! Ach tak... To może zaciekawi cię informacja, że babka doskonale o tym wiedziała.

— Nie sądzę.

— A ja wiem na pewno. Ciotka Renata powiedziała kiedyś do mojej matki, że z wszystkich wnuków ty najbardziej przypominasz babkę z młodości. To było zaraz po jej jedynej wizycie u was. Babka stała właśnie w przedpokoju i zdejmowała futro. Usłyszała to przypadkiem. Musiałabyś widzieć jej twarz. — Emila patrzyła na mnie z satysfakcją i błyskiem okrucieństwa w oczach. — Wściekłość to mało powiedziane. Wyglądała jak człowiek, który usłyszał, że przypomina do złudzenia szympansicę i ma identyczny jak ona wyraz twarzy, wdzięk i kolor włosów. Poprawiła kapelusz, włożyła z powrotem futro i wyszła. To był naprawdę zabawny widok.

Chciała mnie zranić i właściwie udało jej się to zrobić. Postanowiłam jednak nie dać po sobie tego poznać.

— Opowiadasz bardzo plastycznie — zauważyłam. — Mów, jeśli chcesz, ale muszę przyznać, że przeszłość niewiele mnie obchodzi. Babka, cóż... dla mnie to ktoś taki jak dla ciebie na przykład dinozaur. Niektórzy lubią dinozaury, ale nikt się nimi nie przejmuje.

— Dobra z ciebie aktorka, chociaż słyszałam, że grywałaś jedynie służące.

Co za jad. Każde jej zdanie było jak pchnięcie nożem. Wiedziała, jak mnie zranić. Chciała zobaczyć krew. To była czysta nienawiść i Emila, w przeciwieństwie do Anny, nie miała zamiaru jej ukrywać. Zatem i ja nie musiałam udawać sympatii.

— Zastanawiam się, po co tu przyszłaś — powiedziałam chłodno.

— Słusznie. To zasadnicze pytanie. — Podeszła do fortepianu. Podniosła klapę i zagrała prostą melodię. — Cóż... Miałam nadzieję, że po prostu sprzedasz wszystko i wyniesiesz się stąd, ale jakoś się nie śpieszysz... — Zawiesiła głos, zagrała jeszcze parę taktów. — Muszę więc wprowadzić cię w pewne szczegóły rodzinnej historii. Ten fortepian też ma w niej swój udział... Otóż, jak zapewne wiesz, babka miała po swojej rodzinie wygórowane ambicje. Ludzi dzieliła na trzy grupy — artystów, tych, którzy pomagają wzrastać talentom, i na miernoty. Jej cioteczny dziadek i jakiś tam jeszcze kuzyn mieli absolutny słuch i byliby znanymi wirtuozami, gdyby nie wichry historii. Dziadka zmogła Syberia, a kuzyn zginął podczas I wojny światowej od przypadkowej kuli. Nie wiem, ile w tych opowieściach jest prawdy, w każdym razie babka wbiła sobie do głowy, że w jej rodzinie w każdym pokoleniu objawia się geniusz muzyczny i zawsze zostaje zmarnowany. Sama niestety nie miała za grosz talentu. Zaliczyła się więc do drugiej kategorii i postanowiła zaopiekować się jakimś artystą, by przełamać to rodzinne fatum. Jej cioteczny brat, ponoć rzeczywiście uzdolniony, popełnił niestety z nie wyjaśnionych przyczyn samobójstwo. Drugim kandydatem był pewien Żydek, ale jak inni jego współbracia pofrunął do nieba przez oświęcimski komin. Zostało po nim tylko imię, Jasza. Babka chciała go nawet ukryć przed Niemcami, ale Jaszka, który miał jedenaście lat, nie chciał rozstać się z rodzicami, a oni z kolei nie chcieli rozstać się z resztą rodziny. Cała familia Jaszki liczyła trzynaścioro osób i nie sposób było wszystkich przechować. Jaszkę zatem strawił ogień i nikt, oprócz babki, nie zdążył przekonać się o tym, że w naszym miasteczku żył muzyczny geniusz. Postanowiła wówczas urodzić geniusza, ale historię swojej matki znasz zapewne doskonale, przejdę więc do etapu następnego. Babce potrzebny był artysta, więc ktoś musiał nim w końcu zostać. Padło na Pawła. Miał jeden, podstawowy atut — urodził się chłopcem. To gwarantowało, że nigdy nie będzie rodził, prał pieluch, gotował i sprzątał. Wystarczyło go tylko odpowiednio „rozwinąć", co w praktyce oznaczało codzienną tresurę. Tresura przyszłego geniusza! — Roześmiała się złośliwie. — Mój braciszek nie malował w dzieciństwie chmurek ani słoneczka, on rysował nuty, półnuty, ćwierćnuty i ósemki. Babcia nie opowiadała mu o ptaszkach i kotkach, ale pokazywała na obrazkach skrzypce, fagot i violę da gamba. Jego świat skurczył się do granic orkiestry. Nawet jeśli widział coś więcej, to od razu przekładał sobie wszystko na dźwięki. Pamiętam, jak w dzieciństwie godzinami otwierał i zamykał skrzypiącą szafę w przedpokoju, usiłując wydobyć za każdym razem inne skrzypnięcie. Było to zabawne, gdy był chłopczykiem, ale przestało być zabawne potem. Mimo braku zainteresowania dla większości przedmiotów skończył jakoś podstawówkę, a potem z trudem zdał maturę. Prawdziwe problemy zaczęły się jednak później, gdy zrezygnował z ćwiczeń na fortepianie i zaczął studiować kompozycję. Może i zostałby niezłym pianistą, a tak został „nie zrozumianym" kompozytorem. Jego dotychczasowe dzieła okazały się zbyt — zaśmiała się znowu — „trudne" i nie zainteresowały się nimi tłumy. Kilka koncertów, parę zdawkowych pochwał i cisza. „Geniusz" wrócił tu, by tworzyć, a skończyło się na tym, że otwierał i zamykał skrzypiącą szafę. Teraz jest nauczycielem muzyki w podstawówce, ale i ta posada nie jest zbyt pewna, bo mój braciszek czasami otwiera i zamyka szafę dwa dni, tydzień. Potem idzie do Anny i dostaje od niej zwolnienie lekarskie, ale kiedyś trafi do wariatkowa — jak każdy fiś…

Przerwała. Miała w sobie tyle pogardy dla słabości Pawła, że mróz przeszedł mi po kościach. Gdyby to leżało w zasięgu jej możliwości, już dawno zamknęłaby go w zakładzie. A przecież mnie nigdy nie wydał się człowiekiem, który przekracza normę. Może tu norma była inna i na tym polegał jego problem? Dlaczego zatem wrócił do miasteczka? I dlaczego ty, babko, nigdy w pamiętniku nie wspomniałaś o jego załamaniu psychicznym? Owszem, zastanawiałaś się, czy „jest dość silny", ale nawet w październiku nie określiłaś stanu Pawła tak ostro jak Emila.

— Dlaczego właściwie mi to opowiadasz? — spytałam.

— To nie są przyjemne sprawy. I nie moje. Tak mi się przynajmniej wydaje.

— Owszem, to nie są przyjemne sprawy. Ale czy nie twoje? Z woli babki dostałaś ten dom. Jesteś tu i przez to ta historia dotyczy także ciebie.

— Nie sądzę.

— To ten dom go zatruł i ten fortepian! Myśleliśmy, że wraz ze śmiercią babki wszystko się skończy. Zawrocie miała dostać matka. Chciała je sprzedać, a ten fortepian oddać Pawłowi, by przestał tu przychodzić jak do jakiegoś źródła… — Spojrzała na instrument z nienawiścią. — Babka zmieniła testament w ostatnich miesiącach i teraz ten grat należy do ciebie. To jeszcze nie byłoby najgorsze. Słyszałam, że chcesz go sprzedać Annie. Przyszłam cię prosić, byś tego nie robiła. Nie jej. Jeśli masz zamiar to zrobić, to sprzedaj go mnie. Możemy to załatwić od razu. Mam pieniądze przy sobie.

Ostatnie zdania były tak zaskakujące, że omal nie wysypałam na podłogę płonących polan. Emilka przyszła mnie o coś prosić! Jak bardzo w takim razie musiało jej na tym zależeć.

— Nie myślałam o sprzedaży fortepianu.

— Anna powiedziała, że jej to obiecałaś.

— To niezupełnie tak... Powiedziałam jej w trybie warunkowym. Widocznie zapomniała o tym jednym, małym słowie: jeśli!

— Jeśli?

— Jeśli w ogóle postanowię cokolwiek sprzedać.

— Ach tak! — wyrwało jej się. Widocznie była pewna, że o niczym innym nie marzę, jak o zainkasowaniu forsy za Zawrocie i wyjeździe stąd.

— Czy możesz mi wyjaśnić, dlaczego nie powinnam sprzedawać fortepianu Annie?

— No cóż... chyba muszę ci powiedzieć... Słyszałaś coś o modliszkach?

— A konkretniej?

— On tu wrócił dla niej, dla Anny — powiedziała niechętnie. — Zostawił warszawskie mieszkanie, porwał rękopisy, bo ona twierdziła, że są nic niewarte i martwe. Akurat w tym jednym w zupełności się z nią zgadzałam. Wydawało się, że przez chwilę przejrzał na oczy, szkoda tylko, że ulokował swoje uczucia w tym krwiożerczym owadzie. Nie darzę Pawła zbytnią sympatią, ale nie chcę, by ta modliszka zjadła go żywcem. To w końcu mój brat...

Nie wierzyłam jej. Za bardzo go nienawidziła, by przejmować się jego losem. Chyba że bardziej od niego nienawidziła Anny.

— Ryzykujesz. Równie dobrze mogłabym te informacje wykorzystać przeciwko Pawłowi. Więzy krwi, jak sama dobrze wiesz — zauważyłam ironicznie — nie muszą koniecznie decydować o sympatii.

— Zrobisz, jak zechcesz — odpowiedziała zimno.

— Tak. To prawda, zrobię, jak zechcę. Czy wiesz, że Anna zaprosiła mnie na parapetówkę?

— Spodziewałam się tego. Chyba nie imponuje ci ta jej tępotwarza, snobistyczna trupa?

— Jeszcze ich nie widziałam. Poza tym... czasami lepsze jest jakiekolwiek towarzystwo niż żadne. Tylko Anna pomyślała o wprowadzeniu mnie w tutejsze środowisko.

— Nie przeczę. Jedyną moją zaletą jest to, że jestem w tej chwili szczera. Nie mam zamiaru udawać siostrzanej miłości. Annę ocenisz sama.

— Pawła też ocenię sama. Wierzę w twoją szczerość. Życie mnie jednak nauczyło, że nie zawsze szczera prawda jest prawdą obiektywną.

Przygryzła ze złością usta. Obie patrzyłyśmy teraz na fortepian.

— Nie sprzedasz mi go teraz — stwierdziła. — Nieprawdaż?

— Zgadłaś. Nie lubię pozbywać się rzeczy, których pożądają inni. W każdym razie nie lubię pozbywać się ich zbyt pośpiesznie.

— Słusznie. Dobra zasada. Jesteś górą. Ale znudzi ci się ta zabita deskami dziura. To naprawdę cholernie nudne miejsce. Zleci parę liści z drzew i popędzisz do miasta. Jestem tego pewna.

— Być może.

— Pamiętaj, że dobrze zapłacę. Więcej niż Anna. Pamiętaj też, że nie zrobisz tego dla mnie, tylko dla Pawła.

— Dobrze, będę o tym pamiętała. Zastanawiam się tylko nad tym, czemu on sam nie zgłosił chęci kupna fortepianu.

— Nie ma forsy. To proste.

— Tak, to proste.

— Nie mów mu, że chcę tego grata dla niego kupić. To nerwus, świr. Nie wiadomo, jak na to zareaguje.

— Dobrze. Nie powiem. Ze świrami trzeba uważać. Wiem coś o tym — dodałam.

— Właśnie. — Emilka nawet teraz nie mogła sobie odmówić kolejnej ironicznej aluzji. Ranienie innych było zdecydowanie jej ulubioną zabawą. Jedno trzeba było jej przyznać, była konsekwentna. Nad podziw konsekwentna — chciała, bym dogłębnie zdała sobie sprawę z jej pogardy i lekceważenia. Z powodu Zawrocia? Aż tak bardzo chciała je mieć? Dlaczego zatem nienawidziła mnie, a nie ciebie, babko?

Wyszła. Dopiero teraz pomyślałam sobie, że tak naprawdę głównym celem jej wizyty było przekonanie mnie, że Paweł jest człowiekiem niezrównoważonym, nieudacznikiem i miernotą kreowaną przez ciebie na geniusza. Nawet Anna miała w tej opowieści wyższą pozycję — była modliszką, krwiożerczym owadem, gdy Paweł zawsze był tylko ofiarą. Tak bardzo podkreślała swoją szczerość, że nie wierzyłam jej. Historia z fortepianem nie miała sensu, chyba że miała odnieść odwrotny skutek — dobra siostrzyczka miernoty przyszła mnie prosić, bym go nie gubiła, sprzedając fortepian, to zatrute źródło, Annie. A może liczyła na to, że zrobię wręcz przeciwnie?

W każdym razie cała jej opowieść była obrzydliwa i chciało mi się wymiotować. Umysłowość Emilki, jej potworny charakter i wyzierająca z każdego grymasu twarzy nienawiść były przerażające. To ją szybciej podejrzewałabym o chorobę. Przede wszystkim nienawidziła ciebie, babko, a potem tych wszystkich, na których spoczął twój życzliwy wzrok — a więc mnie również. Wierzyła jednak, że w jakiś sposób mogę być po jej stronie. Chciała obudzić we mnie niechęć do Pawła. Tak — zdecydowanie liczyła na to, że odtrącę miernotę. Wyczuwała we mnie przekorę i chciała ją wykorzystać.

Spóźniła się — myślałam. — O parę dni. A może o kilka lat. Przede wszystkim o ten rok spędzony ze Świrem. Nie dlatego tu jestem, że do złudzenia przypominam ciebie, babko, z młodości. Byłabyś rzeczywiście kapryśną staruchą, gdybyś sprowadziła mnie tu tylko po to, bym nie pozwoliła im o tobie zapomnieć. Nie docenili twojej przenikliwości. Z wszystkich możliwych rozwiązań wybrałaś jedyne, które może — choć nie musi — doprowadzić do tego, co sobie zaplanowałaś. Zapewne przez wiele miesięcy wydawało ci się, że w ogóle nie ma rozwiązania. Ale znalazłaś je. To jedno, jedyne…

Tak, babko — zaczynam rozumieć twoje motywy. Układam pierwsze puzzle. Nie podoba mi się rola, którą mi wyznaczyłaś, ale na razie postanowiłam ją grać. Znalazłam w twoich przepastnych szafach sukienkę na uroczystość u Anny. Wiatr suszy ją w sadzie. Jest jak na mnie szyta. Jeszcze jedna sukienka z fotografii.

XVIII. KONTRAPUNKT

1

Patrzyłaś na jesienne floksy, bo on na nie patrzył z zamyśleniem. To nie była ta ubiegłoroczna jesień, ani żadna z ostatnich. To było dużo wcześniej. W głębi czasu. Usiłowałaś dostrzec w tamtych kwiatach coś niezwykłego, bo on zdawał się to coś w nich widzieć. W końcu wzruszyłaś z niecierpliwością ramionami — zestawienie barw było bowiem zaprzeczeniem wszystkiego, co dotychczas myślałaś o dobrym smaku. Intensywny, biskupi fiolet drobnych płatków i żółto-zielonkawe wnętrze — już samo to mogło doprowadzić do irytacji. Są piękne — powiedział Paweł i musnął opuszkami swych szczupłych dłoni fioletowe główki.

Zagrał to potem — zawsze wygrywał swoje wrażenia — drobniutkie, sztywne dźwięki, falowanie poruszonego kwiatu. Miałaś wrażenie, że robi tak specjalnie, by cię jeszcze raz dotknąć i zrobić na przekór. Są piękne — wygrywał te słowa na fortepianie jak jakieś hasło przeciwko tobie. Tak przynajmniej myślałaś. Tak myślałaś od piątego roku jego życia, bo właśnie wtedy po raz pierwszy zobaczyłaś w oczach Pawła przekorę. Miał ją w sobie, pod skórą, w pulsujących na skroniach tętnicach, w kącikach ust, gdy psuł prostą melodię, dodając do niej jakąś zwariowaną, zgrzytliwą wariację.

Dlaczego mi się przeciwstawiasz? Nie ufasz mi? Nie ufasz?!
Te twoje pomysły! I wrodzone lenistwo! Ta wasza miałkość!
Jak to możliwe, że nie widzicie tego, co ja widzę! Ślepi! Bez-
myślni! Ślepi!

Ślepy był także ten, którego wybrałaś. Tak ci się przynajmniej wydawało. Ślepy, ale nie głuchy. Patrzył na kota ocie-
rającego się o nogi krzesła i potrafił to banalne zdarzenie
wygrać tak, że nabierało nagle znaczenia i tajemniczej mocy.
Tobie jednak, babko, było mało. Wyobrażałaś sobie ten niezwykły, cudowny utwór, który mógłby powstać z innych
doznań, z innych inspiracji, płynących z głębi duszy. Paweł
jednak był nie tylko ślepy, ale wyglądało na to, że nie posiada
wyższych uczuć. Gdy był dzieckiem, znajdowałaś w swojej
sypialni podrzucone do szkatułki z biżuterią motyle nabite na
twoją złotą szpilkę albo żaby przygwożdżone do atłasowych
poduszek, gąsienice starannie ułożone w pudrze. Dziecinne
żarty! Potworne żarty! Długo myślałaś, że robi to Emilka —
to było dokładnie w jej stylu, ale to robił on, twój ukochany
wnuk, wybrany, jedyny! Z biegiem lat jego wewnętrzny opór
stawał się mocniejszy, a jednocześnie coraz trudniejszy do
wyśledzenia.

Są piękne — urwał jeden fioletowy kwiatek i trzymał go
w ustach, gdy pochylał się nad klawiaturą. Potem rzucił go na
czarną politurę i patrzył na drobną, zagubioną na czarnej tafli
roślinkę. Wygrywał potem tę nieznośną samotność zerwa-
nego, okaleczonego kwiatu. To właśnie wtedy przestraszyłaś się po raz pierwszy, że będzie musiał kogoś zabić, by się
ostatecznie wyzwolić i by napisać w końcu ten swój wielki
utwór.

Jak bardzo go nie znałaś, babko! A przecież tyle lat przygotowywał się do tej jednej, jedynej chwili. Zrobił to równie
starannie jak wszystko. Zobaczyłaś go w pomarańczowym
świetle wieczoru, ze sztyletem w piersi — najcenniejszym
z kolekcji Maurycego i najcieńszym. Kiczowata, teatralna

poza, biała róża zaciśnięta w dłoni, z braku twojej ulubionej, niebieskiej.

Ach te potworne wygłupy! Co za wstrętny typek! — W świetle zapalonej lampy rozbłysły wtopione w rękojeść sztyletu kamienie, więc kropla, która właśnie wtedy spadła na podłogę obok fortepianu, wydała ci się obtłuczonym rubinem. Uczepiłaś się tej myśli od pierwszej sekundy i dopiero gdy pośliznęłaś się na czerwonej strużce, zaczęłaś mieć wątpliwości. Farba — przemknęło ci jeszcze przez myśl, a potem już biegłaś jak oszalała do telefonu, bo wiedziałaś, że nie dosięgnął serca i jeszcze oddycha.

W szpitalu okazało się, że rana jest niegroźna. Lekarz połknął gładko bajeczkę, że Paweł czyścił broń, a gdy zadzwonił telefon, zerwał się ze sztyletem w ręku i pośliznął na wypastowanej podłodze, potem zemdlał na widok krwi przy fortepianie. No tak, artysta! Człowiek roztargniony! Takiemu wszystko może się przytrafić!

Po długich minutach potwornego, paraliżującego strachu doszłaś do wniosku, że jednak zainscenizował całe przedstawienie i to specjalnie dla ciebie. Byłaś tego tak pewna, że nie przeszło ci przez myśl, iż mogła to być tylko pierwsza próba. Musiałaś być tego pewna, bo inaczej zamknęłabyś go w wariatkowie. Zamiast tego wysłałaś go po raz pierwszy, choć nie ostatni, na studia za granicę. Już wówczas otworzyły się takie możliwości. Ty miałaś takie możliwości! Jeszcze raz postąpiłaś jak demiurg, który kieruje cudzym losem. Niczego nie nauczył cię ten rozpaczliwy, teatralny gest.

2

Nikt nie znał prawdy. Zapisałaś wprawdzie krótkie streszczenie całego zajścia w pamiętniku, ale usunęłaś je. Wyrwałaś też kilka innych kartek. Dopiero teraz, gdy studiuję dzień po dniu, odkryłam ich brak. Nie było też kilku stron pisanych przez Maurycego. Mogłaś wyrzucić swoje zapiski, ale wątpiłam, byś zniszczyła jakiekolwiek słowo zapisane przez dziadka. To dlatego zadałam sobie tyle trudu, by odszukać równo ułożone arkusze pożółkłego papieru, spięte spinaczem, schowane sprytnie w głębi szuflady, między starymi rachunkami.

Dwadzieścia zagubionych stron, dziesięć kartek — kilka najboleśniejszych dni twego życia. Nic dziwnego, że nie chciałaś, bym je poznała od razu. Może wolałabyś, bym nigdy ich nie przeczytała. Teraz już wiem na pewno, że nie byłaś złośliwą staruchą, ale potworną staruchą, która pod koniec życia zrozumiała własną potworność. Byłaś jak bazyliszek patrzący w lustro i umierający od własnego spojrzenia. Paweł był doskonałym lustrem, kryształowym zwierciadłem, które rozprysło się nagle na sto kawałków, a w każdym była twoja wykrzywiona, łuskowata twarz. Tak właśnie było, te dwie rzeczy dostrzegłaś w tej samej, strasznej chwili — bezradne, potrzaskane wnętrze i własną potworność. Domyślałam się tego, babko, wcześniej, ale prawda jest jeszcze gorsza, a twoja wina większa, niż myślałam, bo żadna przemiana nie powstrzymała cię przed dalszym niszczeniem Pawła. Nie pomógł ci także Czarci Jar, bo nawet wówczas chodziło ci tylko o to, żeby wtłoczyć do jego duszy twoje myśli, twoją filozofię życia, twoje nowe poczucie piękna. Zawsze postępowałaś jak demiurg — także i wtedy, gdy podsunęłaś mu Annę — i później, gdy usiłowałaś usunąć ją z życia Pawła i w dodatku zabić rozwijającą się w nim nieśmiało miłość. Co za okrucieństwo!

To prawda, udało ci się rozdzielić tych dwoje, ale skutek był opłakany. Za późno to dostrzegłaś! Na wszystko było już za późno! Byłaś stara. Brakowało ci sił. Brakowało sposobów. Przede wszystkim zniszczyłaś uczucia Pawła — do sztuki, do Anny, do siebie. Nie było się na czym oprzeć. A pragnęłaś już tylko tego, by zechciał być. Być, nie: żyć! Bo żył, a właściwie wegetował. Już nie robił żadnych teatralnych gestów — nawet tego mu się nie chciało. Monotonnie skrzypiał drzwiami szafy i wsłuchiwał się w ten okropny, zardzewiały dźwięk. Wbrew tobie. Wbrew Annie. Wbrew sztuce. Rozdarty na strzępy. Na zardzewiałe strzępy.

Czy to wówczas, babko, przypomniałaś sobie maślaną różę i Świra? Szukałaś po omacku, to prawda! Ale jednak szukałaś! Walczyłaś do końca — do ostatniej myśli, do ostatniego tchnienia. To jedno budzi mój podziw — ten twój upór wbrew wszystkiemu.

3

Co naprawdę o mnie wiedziałaś? Dziś wydaje mi się, że wiedziałaś i myślałaś o mnie dużo więcej, niż przypuszczałam. Nie mam przy tym złudzeń — obchodziłam cię tylko dlatego, że wyłamałam się z rodzinnych schematów. Nagle stało się to przydatne. Nieprawdaż? Przypomniałaś sobie strzępki zdań, oczyściłaś je z przekłamań i złożyłaś z nich moją biografię. Co czułaś, gdy uświadomiłaś sobie, że ja, tylko ja mogę zrozumieć Pawła? Nawet nie wiesz, jak bardzo go rozumiem!

W teatrze Świra grałam na przemian Kolombinę i Śmierć. O tym pewnie nie wiedziałaś. Oswoiłam się z tymi rolami — nawet z tym, że grałam czasami Śmierć w kostiumie Kolombiny. Filip przed spektaklem sam malował moją twarz na biało, a potem jeszcze pieczołowicie i z talentem robił sine cienie pod oczyma i na policzkach. Lubił mnie taką, patrzył z zachwytem — jak prawdziwy świr. Może chciał, bym to ja była Nią naprawdę. A może kusił Ją i zachęcał do tego, by w godzinie ostatniej przyjęła moją postać?! Nie dała się jednak ubłagać — przyszła przebrana za Olgę, a potem zrzuciła jej smagłą skórę i wyfrunęła przez okno, czarna jak noc, miękka jak noc, nierozpoznawalna.

Oswoiłam się, babko, z tą rolą. Znam ją na pamięć. Szczegół po szczególe. Tak jak ty oswajałaś się z nią przez ostatnie miesiące, wysychając i niknąc.

Tak. Świr wiedział, że umieramy codziennie po trochu. Więcej, czuł te muśnięcia śmierci, drobne pocałunki, po których zostawały w nim całe kolonie martwych komórek. To wydawało mu się za mało teatralne, za miałkie, za jednostajne. Nie chciał śmierci na raty. Był niecierpliwy. A poza tym kochał ją jak siebie samego. Dlatego chciał się nią zachłysnąć i upoić, roztopić się w niej i zjednoczyć!

Michał także lubi teatr, ale to jest zupełnie inny teatr. Świr budował takie dekoracje, by Ona zechciała w nich zagrać — pustka, sterty staroci, odpadki pomysłów posklejane na powrót, kompost, śmietnik. Michał buduje inne, by się nimi od Niej oddzielić. To teatr życia z całym jego bogactwem i blichtrem — zawsze nowe i świeże kombinacje tych samych zdarzeń, jasne barwy i solidny materiał, ciało różowe i młode. W teatrze Michała gram najczęściej rolę Wiosny, chociaż jestem przecież powracającą z Hadesu Prozerpiną. Michał chce znać jedynie tę jedną, radosną i jasną część mojej biografii. Wpadam w jego ramiona pachnąca kwiatami i świeża, a gdy już zużyje mnie zanadto, pozwala mi odejść lub sam odchodzi.

A Paweł? On nie kocha ani życia, ani śmierci. Próbował już żyć i próbował umrzeć. A teraz tkwi zawieszony między jednym a drugim, w kokonie na dnie skrzypiącej szafy, jak motyl, który może rozwinąć skrzydła, ale równie dobrze może wysypać się w niebyt. Może też tkwić w odrętwieniu do końca życia — tego zapewne najbardziej się, babko, obawiałaś. Jeden kokon sama z niego zerwałaś — Zawrocie. Czy nie tak? To nie ciotka Irena, a on miał je odziedziczyć. Jestem tego pewna.

Z tego drugiego kokonu musi wydobyć się sam. Nikt nie może mu pomóc. Wiedziałaś jednak, że potrzebna jest odrobina ciepła, jeden promień, choćby strzęp jasności, by zechciał zdobyć się na ten wysiłek.

XIX. TANIEC Z SZABLĄ

1

Ciągle jeszcze zastanawiam się nad owymi kartkami, które usunęłaś z pamiętnika. Bocznice pamięci — wspomnienia, które miały być zepchnięte w niebyt, ale najpierw, w przypływie niespodziewnego impulsu zostały zapisane — i to po wielu latach, gdy czas ozdobił je i nadał nowe znaczenia. Wyrwałaś je potem z chronologicznego ciągu i schowałaś na dno ostatniej szuflady.

Jedna z tych kartek dotyczyła mojej matki. Nie dziwię się, że wolałaś, bym jej nie czytała. Tuż przed śmiercią Maurycego Krystyna przysłała do ciebie list. Wiedziała od Ireny, że ojciec źle się czuje. A poza tym chyba coś przeczuwała, bo po raz pierwszy ugięła się i poprosiła cię o widzenie z Maurycym. Chciała się z nim pożegnać i pokazać mu dzieci, a zwłaszcza Paulę, której nigdy nie widział. „Pragnę spotkać się także z tobą — pisała — ale jeśli sobie tego nie życzysz, zobaczę się tylko z ojcem".

Nie odpowiedziałaś na jej list i nie pokazałaś go Maurycemu. Dwa tygodnie później do matki dotarł telegram z wiadomością o śmierci ojca. Przyjechała na pogrzeb, ale nie przyszła do Zawrocia. Pożegnała Maurycego na cmentarzu, stojąc z dala od ciebie i od rodziny, pełna tłumionego cierpienia i żalu, ale nie nienawiści, bo ciągle jeszcze nie mogła cię znienawidzić.

Przez wiele lat wydawało ci się, że masz prawo tak traktować Krystynę. Zabicie talentu, którego się twoim zdaniem dopuściła, było w systemie twoich wartości grzechem najcięższym, za który należała się najsroższa kara. I karałaś ją, pewna swoich racji, zawzięta, surowa. Ale czy to było tylko to, babko? A może pod swoją surowością ukrywałaś niedostatek uczuć? Nie chciałaś widzieć córki, bo nie miałaś jej nic do powiedzenia i ofiarowania. Z chwilą gdy znalazła się poza obrębem twoich ambicji, okazało się, że niewiele cię z nią łączy.

Kiedy dotarła do ciebie ta prawda? Czy wówczas, gdy pojęłaś, że nigdy nie zadałaś sobie trudu, by zrozumieć Pawła i przez całe lata niszczyłaś jego duszę codzienną tresurą, aż zagubił się i już nie wiedział, kim jest i czego pragnie. Krystynie udało się od tego uciec, a on tkwił przy tobie jak popsuta zabawka.

Jedno jest pewne, pod koniec życia zrozumiałaś swoje okrucieństwo. Przyznałaś się przed sobą do błędu — ale tylko przed sobą. Właśnie to mnie zastanawia. Wydawałoby się, że pierwsze, co zechcesz zrobić, to naprawienie krzywd. Tak postąpiłby każdy, ale nie ty, babko. Byłaś już stara i nie mogłabyś znieść myśli, że ktoś podejrzewa cię o szukanie w ten sposób pomocy i odrobiny ciepła. Postanowiłaś być konsekwentna do końca. A poza tym na przeprosiny nie pozwalało ci wyczucie stylu i rozsądek. Czymże bowiem mogłoby być twoje spotkanie z Krystyną — jakimś groteskowym aktem, który tobie przyniósłby wstyd, a jej cierpienie. Tak naprawdę bowiem nic nie mogło zwrócić jej samotnych, pozbawionych akceptacji i miłości lat. A teraźniejszość? Nie kochałaś tej teraźniejszej Krystyny. A udawać nigdy nie umiałaś.

Może dobrze się stało, że oszczędziłaś matce niepotrzebnego cierpienia. Nie pozwoliłaś Irenie zadzwonić do niej tuż przed twoją śmiercią.

Byłaś, babko, surowa także i dla siebie — czy mogłaś żądać od Krystyny tego, czego odmówiłaś Maurycemu? Wydawało ci się, że zasłużyłaś na samotną śmierć i przyjęłaś ją z godnością.

2

Reszta wyrwanych kartek dotyczyła Feliksa. Zdumiewa mnie skrupulatność, z jaką usuwałaś mówiące o nim zapiski, zwłaszcza wspomnienia spisane już po śmierci Maurycego. Mam tylko wątpliwości, czy przede mną chciałaś je ukryć. Raczej wyrwałaś je dużo wcześniej, gdy w Zawrociu rozpanoszyła się Anna, a potem tylko dołączyłaś do nich inne kartki. Mnie bowiem w żaden sposób one nie dotyczyły — obca, melodramatyczna, a miejscami nawet sentymentalna historia, pełna białych plam i zagadek.

Po raz drugi Feliks pojawił się w twoim życiu zaraz po wojnie. Maurycy był pragmatykiem i wiedział, że musi wśród komunistycznych, wówczas powiatowych władz, znaleźć sojusznika. Nie chodziło mu zresztą o Zawrocie, a przynajmniej nie tylko. Szpital był w ruinie i od mądrych decyzji zależało, czy się z niej podniesie. Decyzje nowego dyrektora, pochodzącego z awansu społecznego, nie gwarantowały niestety jego właściwej odbudowy. Maurycy zakładał, że gdzieś tam, wśród czerwonych, musi być choćby jeden człowiek, który ma trochę oleju w głowie i posłucha rozsądnych argumentów. Znalazł takiego człowieka. Choć w rzeczywistości to tamten znalazł jego — już od dawna bowiem obserwował każdy krok Maurycego i czekał na właściwy moment. Z natury gwałtowny, w tej jednej sprawie umiał zdobyć się na cierpliwość i przebiegłość.

Ciebie brzydziły konszachty z TAMTYMI! Ale Maurycy ubłagał cię, byś przyjęła tego człowieka w Zawrociu. Zgodziłaś się na jedną wizytę, ale po jakimś czasie Maurycy poprosił cię jeszcze raz, a potem jeszcze raz...

Feliks niepokoił cię od początku — nieuprzejmy, mrukliwy, a jednocześnie gdzieś pod skórą napięty jak jakiś drapieżnik. Wzdrygałaś się czasami, gdy przez ułamek sekundy twój wzrok spotykał się z jego ponurym spojrzeniem. To wszystko zresztą uświadomiłaś sobie dużo później — na początku wydawało ci się tylko, że oboje czujecie do siebie nieprzepartą niechęć. Byłaś jednak zbyt dobrze wychowana, by okazać ją jawnie komuś, kto gościł pod twoim dachem. Grałaś mu na fortepianie, zadawałaś uprzejme pytania i wysłuchiwałaś z równie uprzejmym uśmiechem jego zdawkowych, jakby niechętnych odpowiedzi. Tym bardziej, że Feliks zdawał się znać swoje miejsce — trzymał się od ciebie z daleka, nie wygłaszał politycznych komunałów, które mogłyby cię wyprowadzić z równowagi, nie próbował niczym podkreślać swojej władzy. Ale też nie płaszczył się przed tobą i nie zabiegał o względy. Może dlatego mimo niechęci do niego ulegałaś namowom Maurycego i zapraszałaś go ponownie.

Trzeba Feliksowi przyznać, że umiał zwieść zarówno ciebie, jak i dziadka. Wydawało się wam, że ma on wrodzone wyczucie stylu, jakie zdarzało się czasami u prostych ludzi, a które pozwalało mu zachować w kontaktach z wami umiar i stosowny dystans. Wyrzucałaś sobie potem tę naiwność...

3

To był, babko, początek lata, nieprawdaż — ciepły, pogodny wieczór. Grałaś na fortepianie, a mężczyźni rozmawiali w głębi salonu o remoncie i rozbudowie szpitala. Maurycy snuł plany, a Feliks wtórował mu rzadkimi mruknięciami, które jednak wyrażały poparcie. Przez moment zdawało ci się, że czas się cofnął, a może raczej zboczył do jakiejś zapomnianej odnogi — do czasu możliwego, który jednak w rzeczywistości nie mógł się spełnić. Fortepian, muzyka, róże w błękitnym wazonie, piękny zachód słońca, a w kieliszkach dobre wino. Gdzieś tam, za bramą Zawrocia, kończył się właśnie kolejny dzień, pełen czynów społecznych i demagogicznych haseł, a także potu, brudu, tandety i biedy, a tu wszystko lśniło i pachniało. Feliks już się oderwał od zapracowanej, niechlujnej ludzkiej masy — miał czystą koszulę i wypolerowane buty, pachniał tanią, ale przyjemną wodą toaletową, nie raził w tym oderwanym od rzeczywistości salonie.

Czy o tym myślałaś, gdy zadzwonił tamten telefon? Maurycy po chwili rozmowy powiedział, że musi natychmiast pojechać do szpitala.

— To nie potrwa długo, kochanie — uspokajał cię, patrząc pytająco, bo nie był pewien, czy zechcesz zostać sama z Feliksem, a ty przyzwalająco skinęłaś głową i Feliks opadł na krzesło, chociaż wiedział, że powinien wyjść razem z Maurycym. Bał się samego siebie. Jeszcze cię spytał, czy na pewno nie przeszkadza, ale ty odpowiedziałaś uprzejmie:

— Ależ skąd. Taki piękny wieczór. Zagram panu coś jeszcze.

I zagrałaś — inaczej niż zwykle, bardziej żarliwie, piękniej, bo ciągle jeszcze wydawało ci się, że jesteście w tym zagubionym, bocznym czasie, a on jest kimś innym, człowiekiem, który może pojąć graną przez ciebie melodię. Nie widziałaś, że w ogóle jej nie słucha, że zaciska dłonie na poręczy krzesła, że się na nim wierci, wyskakuje ze skóry. Nic nie widziałaś. A może nie chciałaś widzieć?

Nawet nie spojrzałaś, gdy stanął przy fortepianie. Wydawało ci się to naturalne, że muzyka przywołała go do instrumentu. Tak przecież bywało kiedyś, dawniej, w przeszłości. Tyle razy dostawałaś za swoją grę kwiaty i pochwały.

— Podoba się panu? — spytałaś bez swego zwykłego chłodu i zdawkowej uprzejmości.

— Tak — odpowiedział schrypniętym głosem, który wzięłaś za wzruszenie. No proszę, pomyślałaś, piękna melodia może poruszyć nawet prostaka.

To była ostatnia dokończona myśl — potem były już tylko strzępki zdań, chaos słów, zatrzymanych gdzieś w środku, nie wyrażonych nawet krzykiem. Zbyt byłaś zdumiona, oburzona, a może i przerażona. Zniewalający, słodkawy strach — to chyba najlepsze określenie.

Żelazna ręka zacisnęła się na twoim ramieniu i pociągnęła cię w górę tak, że wylądowałaś na piersi Feliksa. Potem ta sama ręka odepchnęła cię i przycisnęła boleśnie do fortepianu, a druga zacisnęła się na twojej szyi. Twarde usta rozgniotły twoje wargi, zsunęły się w dół ku szyi, znacząc i raniąc skórę. Wydawało ci się, że Feliks za chwilę rozszarpie ci gardło, a on tylko chciał cię wziąć, jak kiedyś podczas wojny brał wiejskie dziewuchy. Potem tak samo pośpiesznie i niecierpliwie ściskał pijane towarzyszki. Wtedy i on był pijany, a teraz opity tylko twoim zapachem, zaczarowany poruszeniami nad klawiaturą, odurzony wcięciem sukni i nagimi ramionami. Półprzytomny rozwierał kolanem twoje uda i napierał, bo nie znał innej miłości. A może znał, ale wiedział, że żadnej innej byś nie uległa.

Kto zresztą wie, jakie myśli przelatywały wówczas przez jego rozpaloną głowę. Może wierzył w swój męski urok — nigdy przecież nie brakowało mu kobiet, o żadną nie musiał zbytnio zabiegać, raczej się przed nimi opędzał, jak choćby przed tą, która zaraz po wojnie urodziła mu syna. Takie paniusie siedzące przy fortepianie czasami się nudzą. A ta, którą miał przed sobą, musiała się nudzić podwójnie — zamknięta w Zawrociu, z dala od ludzi, często sama…

A może mścił się za chwilę, która związała was na zawsze, a której ty długo nie mogłaś sobie przypomnieć. Szukał w tobie tej dziewczyny, która podała mu kiedyś jabłko. Dotknęła wówczas przypadkiem jego palców, a potem odruchowo wytarła swoją dłoń w sukienkę. Zapamiętał zarówno jej dotyk, jak i cień obrzydzenia, który pojawił się na sekundę w jej oczach. Litowała się nad nim i jednocześnie brzydziła. To było jednak jego najpiękniejsze miłosne doznanie i teraz pragnął, by się powtórzyło. Ale czas, wojna i komuniści wyleczyli cię z litości. Nie było już dawnej Aleksandry, więc wszystko, co mógł znaleźć, to tylko obrzydzenie.

— Podoba się pani? — wycharczał, przedrzeźniając twoje zdanie. Po raz pierwszy uderzyłaś go wtedy w twarz. Oprzytomniał, ale nie pozwolił się odepchnąć. Uderzyłaś go drugi raz. Przyjął to jak nagrodę, z ironicznym śmiechem. Uwięził jedną ręką twoje dłonie, a drugą powoli pieścił twoje szarpiące się ciało. Potrząsał nim od czasu do czasu, tak by mieć naprzeciwko twoją głowę i widzieć wyraz twoich oczu.

— Prostak!

— Więc nie podoba ci się? Wolisz inaczej, bardziej po pańsku? Może mnie tego nauczysz?

Plunęłaś mu w odpowiedzi w twarz, a on spętał cię uściskiem mocniej, byś poczuła zupełną bezradność.

— Nie chcesz... — mówił. — Ot, prostak myślał, że się tu nudzisz w tym wielkim domu, przy tym zimnym fortepianie. A ty się nie nudzisz, więc prostak ci niepotrzebny. Jego miłość też ci niepotrzebna. I pocałunki... — Ostatni raz przyciągnął cię do siebie. — Szkoda... szkoda...

Wolno, jakby z trudem rozplótł palce zaciśnięte na twoich dłoniach. Odepchnął cię półprzytomny, oparł się o fortepian, jakby zabrakło mu nagle sił. Widziałaś, jak na skroni pulsuje mu krew. Zerwał się nagle i sięgnął po szablę Maurycego. Zastygłaś, bo ci się przez moment wydawało, że rzuci się z nią ku tobie, ale on nawet na ciebie nie spojrzał. Wybiegł przez drzwi werandy, potrącając krzesło. Stałaś jeszcze przez chwilę ogłuszona, a potem ruszyłaś za nim, przestraszona teraz tym, że się zabije w Zawrociu i zgubi was wszystkich.

Usłyszałaś hałas w oranżerii. Feliks stał wśród kwiatów,

z szablą przytkniętą do piersi. Na ustach igrał mu dziwny uśmiech.

— To byłoby po pańsku, co? Romantycznie! Chciałabyś tak?

Nie mogłaś wydobyć z siebie głosu, więc tylko kręciłaś głową.

— Nie chcesz po chłopsku... nie chcesz po pańsku. Nie chcesz... — Zamachnął się i ściął kilka róż. Spodobało mu się to. Odepchnął cię w kąt oranżerii i ścinał mściwie i z zapamiętaniem po kolei kępy wypielęgnowanych kwiatów. — To robimy teraz z pańskimi różami! — powiedział, gdy zostało zaledwie kilka białych, najpiękniejszych. — Ty jesteś jak te kwiaty. Ciesz się, że przetrwałaś w swoim wielkim ogrodzie. Przetrwałaś przez przypadek, bo prostak cię pokochał. — Zamachnął się ostatni raz, spadły ostatnie główki.

Właśnie wtedy usłyszeliście wołanie Maurycego. Zastygliście oboje, niezdolni uczynić kroku. Ty odruchowo poprawiłaś zsunięte ramiączko sukni i potem złapałaś i przytuliłaś naręcze ściętych kwiatów, jakbyś się chciała nimi zasłonić. Feliks nie poruszył się, patrzył tylko na ciebie tym dziwnym, ponurym i czujnym spojrzeniem. Staliście tak jeszcze, gdy Maurycy pojawił się w drzwiach i rozglądał się ze zdumieniem.

— Co tu się stało? — spytał. — Twoje kwiaty, Aleksandro?! — Róże wypadły ci z rąk, podbiegłaś do niego i wtuliłaś się w jego opiekuńcze ramiona. Po jego marynarce potoczyły się twoje łzy.

— Nie została ani jedna, ani jedna! — szeptałaś, a potem, sama nie wiedząc dokładnie po co, zaczęłaś kłamać. — Komu mogły przeszkadzać moje róże? Pomyśl! Takie niewinne, piękne kwiaty!

Maurycy ponad twoją głową patrzył na szablę, którą Feliks ściskał w dalszym ciągu w zbielałej dłoni.

— Właśnie tym je ścięto — powiedział tamten wolno, z trudem.

Maurycy zacisnął zęby. To nie była pierwsza szykana, ale ta wydała mu się najgorsza. I jak zwykle wymierzona w Aleksandrę. To oczywiste — myślał — szabla i róże! Honor i piękno! Poniżyć te symbole, zdegradować, zniszczyć! Nie wyrzekł jednak ani słowa przy człowieku, który był przedstawicielem TAMTYCH.

— Chodźmy stąd, Aleksandro — powiedział tylko. Objął cię i wyprowadził z oranżerii. — Co powiesz na kieliszek wina? — spytał troskliwie. Skinęłaś głową. Szliście przytuleni, jakby nie było z wami Feliksa. A on, rozedrgany i pełen sprzecznych uczuć i myśli, które pośpiesznie przelatywały mu przez głowę, ledwie nad sobą panował. Szedł z szablą w ręku, z trudem powstrzymując się przed cięciem, które by was rozdzieliło. To była diabelska pokusa. Niemal widział obcięte, drgające ramiona, jedno kobiece, młode i nagie, i to drugie, w jasnej marynarce. Weszliście na werandę, a on zmusił się resztką woli do odłożenia szabli na stojący tam stolik.

— Państwo wybaczą, obowiązki — powiedział znowu z trudem, przez zaciśnięte zęby, i zniknął w mroku.

Maurycy brał jego zły nastrój za wstyd.

— Przejął się chyba tymi różami — powiedział. — Może nie jest taki jak tamci. Kto to jednak wie.

Nie miał czasu na dalszą refleksję, bo właśnie wtedy nagle opuściły cię siły. Szlochałaś spazmatycznie, z męczącymi zaśpiewami, dopiero teraz przerażona. Sama przy tym nie wiedziałaś, co cię naprawdę przeraziło — czy brutalny atak Feliksa, jego taniec z szablą i ścięcie róż, czy to, że ukryłaś wszystko przed Maurycym. Wiedziałaś na pewno, że trzeba to było ukryć tam, w oranżerii, gdy Feliks stał z szablą, napięty jak dzikie zwierzę przed skokiem, gotowy do popełnienia każdego szaleństwa. A potem? Czy nie należało wszystkiego wyznać mężowi, by raz na zawsze przeciąć tę sprawę. Ty jednak zasłoniłaś się prawie histerycznym atakiem, który obudził Krystynę. Stanęła na szczycie schodów, zaspana i trochę przestraszona. Przycichłaś na jej widok, a Maurycy poszedł położyć małą. Gdy wrócił, byłaś już spokojniejsza.

— Nie damy się zastraszyć! Prawda, kochanie?! — pytał, przytulając cię. — Kupimy większego psa i nic takiego więcej się nie zdarzy. Obiecuję. Przecież wiesz, że zawsze dotrzymuję słowa.

Dotrzymał. Odtąd w Zawrociu zamiast pudli były duże psy. A Feliks? Maurycy skarżył się, że kilkakrotnie odrzucił zaproszenie, wymawiając się pracą.

— Może przełożeni źle widzą jego wizyty u nas? — spekulował. Ty milczałaś. Nie protestowałaś, gdy Maurycy chciał Feliksa zaprosić i nie zachęcałaś go do tego.

Milczałaś także, gdy Feliks w końcu przyszedł. Przy twojej nodze warował już wtedy pies, ale wiedziałaś, że to było niepotrzebne. Tamten wieczór oddzielił was jak niewidzialna tafla. Ale także połączył na zawsze. Ten człowiek, siedzący daleko od ciebie, spokojny jak nigdy dotąd, nie był już nikim. Gdy twój wzrok padał na jego usta, czułaś smak jego brutalnych, gorących pocałunków, gdy patrzyłaś na jego ręce, czułaś, jak zaciskają się na twojej szyi i ramionach. Odwracałaś wzrok ku pełgającemu na kominku ogniowi, ale nawet wówczas dobiegający z oddali głos Feliksa przypominał ci tamten miłosny szept.

Z ulgą przyjęłaś wiadomość, że awansował i wyjeżdża z miasteczka. Maurycy zmartwił się, że straci jedynego sojusznika, a ty pocieszałaś go, że teraz, gdy Feliks będzie w województwie, jego pomoc może być skuteczniejsza. W duszy zaś prosiłaś Boga, by ten człowiek nigdy więcej nie pojawił się w Zawrociu.

Pojawił się jednak. Prawda? Wiele lat później, gdy wydawało się, że już o nim zapomniałaś. On też być może łudził się, że już nie masz na niego dawnego wpływu. Może nawet chciał ci to pokazać albo się z tym ostatecznie zmierzyć. I przegrał po pierwszym twoim spojrzeniu. Nie opisałaś tego, babko. Nigdy nie dowiem się, co się wówczas zdarzyło.

A potem był jeszcze ten ostatni raz, gdy zamierzał wyjechać do Ameryki i przyszedł cię błagać, byś się tam z nim wybrała. Niewiele brakowało, byś wówczas opuściła Zawrocie na zawsze. Dlaczego tego nie zrobiłaś? Tego też nigdy się nie dowiem.

Kartki z różami! Gdyby je policzyć, pewnie by się okazało, że jest ich więcej niż róż, które wówczas zniszczył. Miłosny rytuał! We wszystkich miastach, w których bywał i mieszkał, szukał i kupował kartki z tymi kwiatami, by cię nimi przebłagać za tamten barbarzyński, nie dokończony gwałt. Jego miłość z latami zmieniła się, wysublimowała. Już mógł z nią żyć — nie dławiła go, nie rozrywała, nie doprowadzała do szaleństwa, ale przecież nawet wtedy, gdy nie mógł już sam pisać, wysyłał ci te ostatnie, miłosne znaki. Ty zastanawiałaś się w pamiętniku, czy nie robi tego z przyzwyczajenia albo uporu. „Ten chłopski upór! — pisałaś. — Bo cóżby innego?"

A twoja miłość, babko? W pamiętniku ani razu nie zwróciłaś się do Feliksa. Rozmawiałaś zawsze z Maurycym, tylko z nim. Tych kilka wyrwanych i schowanych kartek świadczy o tym, że nigdy o Feliksie nie zapomniałaś, ale nawet pod koniec życia nie stać cię było na przyznanie się do tego uczucia. A może chciałaś się do niego przyznać, może zapragnęłaś, by chociaż w pamiętniku został po nim ślad i dlatego zaczęłaś pisać wspomnienia? Zaczęłaś! Co je przerwało? Pojawienie się Anny? Czy od początku wiedziałaś, że jest wnuczką Feliksa? Może najpierw cię to cieszyło, a dopiero potem zrozumiałaś, że niczego dobrego nie możesz się po niej spodziewać.

Tego też nigdy się nie dowiem.

XX. LIBRETTO

1

Zgadnij, babko, kto powitał mnie w domu Anny? Paweł! Uśmiechnięty trochę ironicznie, z kieliszkiem pełnym czerwonego wina. Stał przy drzwiach, jakby na mnie czekał. Anna podeszła do niego, wzięła go pod rękę i podprowadziła ku mnie. Nie protestował.

— Pewnie nie spodziewałaś się go tu zastać? — Miała taką minę, jakby eksponowała rasowego konia.

— Dlaczego nie! Mówiłaś o elicie. A ty, Pawle, niewątpliwie do niej należysz — zwróciłam się bezpośrednio do niego, by przestał być tylko przedmiotem rozmowy. Nawet jeśli to zauważył, nie zmienił wyrazu twarzy. Miałam wrażenie, że jest widzem, w dodatku takim, który domyśla się dalszego ciągu. Wszyscy byli wtajemniczeni, tylko ja coraz głębiej wchodziłam w labirynt. Nikt nie miał zamiaru mnie z niego wyprowadzić. Paweł zapewne mógł to zrobić, ale nie chciał.

— Niewątpliwie?! — zaśmiała się tymczasem kpiąco Anna. — Mylisz się, Matyldo. On jest tu dla ozdoby. Jest za biedny, nie piastuje żadnego ważnego urzędu, nie jest lekarzem ani księdzem. Dobre pochodzenie już nie wystarczy. Nauczyciel muzyki…

— Co o tym sądzisz? — znowu zwróciłam się do Pawła.

— To nie ma żadnego znaczenia... dla mnie — dodał. — To prowincjonalny pępek świata, którego perspektywa mnie nie interesuje.

— To co tu robisz? — syknęła Anna.

— Studiuję twoją twarz. Przedtem myślałem, że to etiuda koncertowa, jeszcze wcześniej wydawała mi się suitą, teraz wiem, że to operetka.

— Te twoje muzyczne zagadki! Chyba tylko ty sam je rozumiesz! — Odwróciła się w moim kierunku i rzuciła przez ramię: — I swoją muzykę też!

Przyjął to nadzwyczaj spokojnie, mimo że obok nas zgromadził się mały, ciekawski tłumek.

— Być może — powiedział. Tylko jego oczy pociemniały, jakby na ich dnie zgasły świece.

— Napijesz się? — spytała mnie Anna. Stała teraz odwrócona do Pawła plecami, ironiczna i zwycięska.

— Tak — odpowiedziałam i poszłam za nią. Paweł został w pobliżu wejścia i samotnie sączył trunek.

Anna triumfowała. Przedstawiała mi ludzi w różnym wieku, po cichu zaś szeptała mi do ucha ich profesje, osiągnięcia albo stan konta. Był to rzeczywiście prowincjonalny pępek świata, a ja na chwilę awansowałam do roli głównego obiektu zainteresowania. Zawrocie, przyjaźń Anny i moje wielkomiejskie pochodzenie dały mi pozycję gwiazdy sezonu. Było to dosyć zabawne, ale udawałam, że wszystko biorę za dobrą monetę i z powagą odpowiadałam na dwa powtarzające się pytania — jak mi się mieszka w Zawrociu i czy zamierzam tu zostać. Na pierwsze odpowiadałam: świetnie, na drugie: nie wiem. Obie odpowiedzi niezmiennie wywoływały grymas rozczarowania.

Gdy wreszcie prezentacja została zakończona, Anna zostawiła mnie z wysokim blondynem, który wyglądał na miejscowego Adonisa. Podsunął mi kieliszek z winem, nachylił się protekcjonalnie i zagaił:

— Pewnie czujesz się samotna w Zawrociu. Kobieta, sama w takim dużym domu... — zawiesił znacząco głos.

— Odwiedza mnie czasami kochanek — powiedziałam z taką samą protekcjonalnością. — Na co dzień zaś wystarcza mi towarzystwo psów.

Uśmiech zniknął z jego twarzy.

— To oczywiście żart? — spytał.

— Żart? — Tym razem ja uśmiechnęłam się słodko. — Wybacz, ale czuję, że opada mi pończocha. Muszę ją poprawić. — Nie miałam na sobie pończoch.

Zgłupiał. Do otwartej gęby mogłaby mu teraz wlecieć wrona. Nie wiem, co go bardziej uraziło — mój chłód czy moje kretyńskie odzywki.

Podeszłam do Pawła, który stał w tym samym miejscu, gdzie go zostawiła Anna.

— Co zrobiłaś temu pięknemu kawałkowi mięsa opakowanemu w brzoskwiniową opaleniznę? Tak malowniczo opadła mu szczęka.

Roześmiałam się. Może Paweł był świrem, ale tutaj, na tym spotkaniu marionetek, wydawał mi się najnormalniejszy. Przyglądał mi się tak intensywnie, że aż poczułam niepokój.

— Spróbuję zgadnąć! Rozmazał mi się tusz! Nie? Resztki sałatki na ustach? Też nie? — żartowałam. — Wiem! Tłusta plama po schabie z ananasami!

— Nic z tych rzeczy. Zastanawiam się tylko, skąd ja znam tę sukienkę. I tę osobę w sukience... Dziwne... wydaje mi się...

— Pomogę ci. Sopot 1958!

— Sopot? 1958? Ach tak... Rzeczywiście. Fotografia z albumu babki. Jak mogłem zapomnieć. Skąd wzięłaś tak podobną sukienkę?

— Z szafy. To ta sama sukienka.

— Coś takiego! Jak na ciebie szyta.

— Właśnie. Wszystko na mnie pasuje — jej sukienki,

kapelusze, płaszcze. Mam nawet taki sam numer buta. Zawrocie też pasuje jak ulał. Czy można cudze życie włożyć na siebie jak starą, ale ciągle jeszcze elegancką i dobrą kieckę?... Tobie też wydaje się, że specjalnie upodabniam się do babki?

— Nie chciałem cię urazić. Za mało się znamy, by coś mi się mogło na twój temat wydawać. Jedno mogę powiedzieć na pewno, podobieństwo zewnętrzne jest uderzające. Na początku nie mogłem tego znieść, przyznaję... Wyglądało to tak, jakby babka odmłodziła się albo wcieliła w ciebie. I te wszystkie okoliczności... twoja psychiczna siła... Pomyślałem, że jest nieśmiertelna, a jeśli tak, to ona, tylko ona ma rację. Wybacz, że mówię tak niejasno, ale za dużo trzeba by było...

Zaciął się nagle, spochmurniał jeszcze bardziej, jakby się przestraszył, że dopiero teraz mogę się obrazić. Wyglądał jak Świr, gdy tęsknił za śmiercią. Poczułam ból dawno nie doznawany, ból i lęk z takim trudem niegdyś upchnięty w głąb niepamięci — zdawałoby się na zawsze. Świr przytulał się do mnie, a temperatura jego ciała była zerowa. Nie mogłam go ogrzać. Był soplem lodu, a następną postacią sopla lodu jest zimna kałuża.

Nie wiem, co zobaczył z tego w moich oczach Paweł, ale widocznie coś zobaczył, bo odstawił nasze kieliszki, objął mnie i lekko popchnął w kierunku parkietu. Pachniał winem i nie znaną mi wodą kolońską.

— Tańczmy. Po prostu tańczmy — powiedział cicho.

— Po prostu?

Poddałam się jego rytmowi. Tańczył zresztą doskonale. Można było przy nim zapomnieć o wszystkim. Gdy nasze spojrzenia znowu się spotkały, w moim była już odrobina zdziwienia, a w jego trochę ironii, skupienia, a potem rozbawienie. Miałam wrażenie, że ma ochotę roześmiać się głośno jak najprawdziwszy świr! Zadowolony świr! Ale tylko chichotał w środku i by powstrzymać swój idiotyczny śmiech, wtulił twarz w moje włosy.

— A ja, jakim utworem muzycznym jestem dla ciebie? — spytałam.

Nie wytrzymał. Wypuścił ten swój wariacki śmiech. Przetoczyliśmy się z nim po sali. Potem zwolnił i zamyślił się.

— Kojarzysz mi się z fugą, kapryśną trzytematyczną fugą.

— Dlaczego trzytematyczną?

— Nie wiem. Jeszcze nie wiem.

Przytulił mnie mocno, jakby chciał objąć swoją dziwną wizję i okręcić wokół siebie. Musnął szorstkim policzkiem moje czoło, dotknął wargami skroni. Nie byłam w tej chwili ani namiastką ciebie, babko, ani siostrą, ani nawet kobietą. Byłam tematem muzycznym, a może trzema tematami, objawionymi w półmroku domu Anny, pachnącego jeszcze lakierem i farbą. Ściskał mnie tak, jakbym w ogóle nie miała brzegowej linii, jakby mnie chciał w sobie roztopić i wchłonąć. Anna patrzyła na nas jak kobra.

— Zadusisz mnie — wyszeptałam, czując, że tracę oddech.

2

Potem, babko, wszystko przemieszało się w gęstych oparach alkoholu. Ktoś inny porwał mnie do tańca. Paweł wracał i gubił się, aż w końcu zgubił się zupełnie. Pozostały obce, męskie ciała, czasami silne i sprawne, czasami ślamazarne, zachłanne usta usiłujące muskać policzki i uszy, dłonie osuwające się ku pośladkom, odór wódki i miękkość powietrza, miękkość kantów, powolne przechodzenie wszystkich form w kształty doskonalsze.

Wyszłam na werandę przetrzeźwieć. Wtuliłam się w kąt, by nikt mnie nie wypatrzył, i czekałam, aż karuzela w mojej głowie skończy swój uparty, męczący bieg. Wreszcie zwymiotowałam na nasturcje i to wróciło mi pełną świadomość. Ruszyłam w głąb ogrodu, ku altance identycznej jak ta, która znajdowała się pod moimi lipami.

Byłam ostatnią osobą, która powinna się tam znaleźć, ale coś kierowało moimi krokami. Szłam naprzód, mimo dochodzących stamtąd, przyciszonych głosów. Oparłam się o jedyne stare drzewo w tym ogrodzie i czekałam, aż parka z altanki nasyci się sobą i wróci na przyjęcie. Kochali się namiętnie i zachłannie. Już miałam odejść, by ich nie podsłuchiwać, gdy usłyszałam syk Anny.

— Boli. Jesteś jak wściekły pies. Zjadasz moje usta.

— A ty mój mózg. Jesteśmy więc kwita.

— Nigdy taki nie byłeś. Co się z tobą dzieje?!

— Przecież chciałaś mieć prawdziwego faceta. Nie podziwiam, nie wsłuchuję się w ciebie, tylko pieprzę.

— Jesteś pijany!

— Ty też jesteś pijana. I wilgotna jak błotnisty brzeg kałuży. Ciap, ciap, ciap, tak to brzmi. Muzyka seksu.

— Ach ty! — Szarpali się przez chwilę.

— Spokojnie… — głos Pawła był zimny i zdumiewająco trzeźwy. — Przecież wiesz, że nie lubię, gdy wyciągasz łapy do bicia. Mógłbym oddać, a na pewno jestem silniejszy od ciebie. Jak się jutro pokażesz z obitą gębą?

— Nie odważysz się!

— Tak myślisz? Może i nie… Można bić własną kobietę, ale nie ma sensu podnosić ręki na dziwkę. Chyba że jest się sadystą i płaci się jej za to.

— Impotentowi zwykle trafiają się dziwki. Jesteś nikim. Na odległość śmierdzisz miernotą!

— Brawo! Nareszcie jesteś szczera. Dotychczas tylko podgryzałaś, a teraz bach między oczy. No cóż, pewnie masz rację, jestem impotentem. Gdy rzęzisz i krzyczysz jeszcze! jeszcze! jeszcze!, kuśka opada mi i kurczy się jak przekłuty balon. Może dlatego, że zawsze ci mało, a każde dzieło ma swój koniec, nawet najdłuższe. Preludium, allegro, andante, scherzo, a potem presto, presto, presto… i wielki, słodki finał. Albo ja jestem gównianym dyrygentem, albo ty kiepską orkiestrą. Pomyśl o tym, malutka.

— Przestań mówić do mnie w ten sposób. Nie obchodzą mnie te twoje allegra i scherza.

— Jedno jest pewne, twoje ciało jest głuche. Biały, czarny, czarny…

— Łudź się dalej, panie dyrygencie. Pocieszaj się i fantazjuj. Czarny, czarny, biały! Jeszcze się podniecasz swoim fortepianem, ale wkrótce on będzie stał w moim salonie i nie zostanie ci nic. Zupełnie nic.

— Ona ci go nie sprzeda.

— Skąd ta pewność?

— Nie sprzeda ci fortepianu — powtórzył z uporem. — Ani fortepianu, ani żadnej rzeczy z Zawrocia.

— Mylisz się. Trzeba było mniej pić i poobserwować, jak ona sobie radzi. Ta laleczka lubi mocne wrażenia, na pewno mocniejsze, niż to, co może jej zaoferować prowincja. Nawet Olek wymiękł. W tej przedpotopowej kiecce wygląda wśród nas jak istota z innej planety.

— Sopot 1958.

— Pleciesz. Żaden Sopot i żaden 58! Stolica, koniec lat dziewięćdziesiątych. Ona jest stamtąd. I ty nic na to nie poradzisz. Inna czasoprzestrzeń. Inna wrażliwość. Przyjechała i pojedzie. A jeśli pojedzie, to przedtem wszystko sprzeda. A jeśli sprzeda, to zrobi to tak, by zarobić jak najwięcej forsy. To trzeźwa paniusia, widać to gołym okiem.

— Nawet bardzo trzeźwa — odpowiedział Paweł. — Dlatego wie, w przeciwieństwie do ciebie, że forsa to nie wszystko. Bo co można za nią kupić? Nic z ważnych rzeczy — ani życia, ani miłości, ani szczęścia, ani talentu.

— Być może. Kupię zatem tę nieważną rzecz, stary fortepian, i postawię w swoim salonie. Zapalę na kominku ogień i będę czekać. Przyjdziesz. Jestem pewna, że przyjdziesz.

Przywleczesz się, by się ogrzać i przypomnieć sobie smak tego czasu, gdy byłeś w środku przez chwilę żywy. Będę strażniczką twego źródełka, nimfą, którą trzeba ugłaskać, by pozwoliła się z niego napić.

— Jesteś nienormalna. Zbudowałaś ten dom, by mnie w nim zamknąć. Po co? Do diabła! Przecież był czas, że cię kochałem. Po raz pierwszy w życiu darzyłem kobietę takim uczuciem!

— Kłamiesz! To nędzne kłamstwo!

— Nie. Wiesz dobrze, że nie. Widocznie jednak nie o miłość ci chodziło albo źle ją pojmowałaś. Miłość to nie służba, nie niewolnictwo. Ona nie zna warunków. Będę cię kochała, jeśli! Pozwolę się pocałować, ale najpierw! Oddam ci wszystko, jeżeli! Słyszałem to przez całe życie od babki, a potem przyszłaś ty i zaczęłaś tę samą frazę. Na końcu jej zdania było — jeśli będziesz grał, jeśli będziesz dobrze grał, a potem — jeśli będziesz wielki! największy! genialny! A na końcu twoich zdań było coś wręcz przeciwnego — jeśli nie będziesz bębnił, brzdąkał, walił, jeśli, pod warunkiem, wszystko tylko nie to, nie mogę tego znieść, moja głowa, moje uszy, moje nerwy! Rozrywałyście mnie jak starą szmatę, aż zostały tylko bezwolne strzępy. Tak wielka była siła waszych miłości. Możecie sobie pogratulować. Być może przyjdę kiedyś do ciebie, by się ogrzać i skamlać o trochę ciepła, tylko jakie to będzie miało znaczenie. No powiedz, jakie?!

— Biedny, skrzywdzony chłopczyk! Chciałam byś się przestał łudzić, a ty pogniewałeś się na mnie za to, że odebrałam ci ładną bajeczkę. Ale już zrozumiałam swój błąd. Widzisz ten domek?! To twoja bajeczka. Zawsze będzie na ciebie czekać. A w nim ja, zła Baba Jaga, której się trochę boisz, trochę nienawidzisz, a bardzo pożądasz. Tylko nie pieprz o miłości, bo ty kochałeś zawsze wyłącznie muzykę. I wydawało ci się, że wszyscy powinni to rozumieć i klęczeć przed tobą i fortepianem. Ty nie żyłeś! Ty grałeś! Ta twoja miłość śmiechu warta! Akordy nazywałeś pocałunkami. Czujesz? — pytałeś. — Czujesz, jak cię dotykam? — a dotykałeś czarnych klawiszy. A potem dla odmiany pieszczota białego. Biały, parę czarnych, biały, czarny. Teraz całuję twoją szyję. Czujesz?! A gdy w końcu dotykałeś mnie naprawdę, to miałam wrażenie, że przebierasz palcami po mojej skórze, jakbyś dalej szukał tych swoich klawiszy!... Wiesz, co zrobię, gdy już w końcu dostanę ten cholerny grat w swoje ręce? Wezmę siekierę i wyrwę mu wnętrzności. Struna po strunie, najlepiej na twoich oczach. Będę cię przy tym pytać — czujesz? czujesz? czujesz?!

— Wystarczyło tylko trochę poczekać... parę miesięcy... Na pewno nauczyłbym się twego ciała. I normalnego życia... Chciałem się go nauczyć, przynajmniej próbowałem... Ty nie zrobiłaś w moim kierunku nawet pół kroku.

— Nie zdążyłam. Ta stara jędza wygnała mnie z twojej bajeczki — syknęła z nienawiścią. — Pozwoliłeś jej, by wygrała. Nawet teraz jesteś jej misiaczkiem. Jej śmierć niczego nie zmieniła. Jej moc trwa. A przez to i moja. Przyjdziesz, by się znowu wymknąć jej starym, martwym palcom. Przyjdziesz, by najeść się życia, by uciec od psychicznej śmierci. Na tym polegała zawsze ta twoja wielka miłość — na strachu, że życie ucieka ci sprzed nosa.

— I takiego mnie chciałaś? Misiaczka? Miernotę?! Takiemu znowu pozwolisz przyjść? Dla takiego zbudowałaś tę złotą klatkę? Nie za dużo fatygi?

— Słusznie, panie impotencie! Bo też nie o ciebie mi chodzi. Bawi mnie psucie szyków tej starej jędzy. Lubię myśleć, że przewraca się w grobie, zastanawiając się, co jeszcze wymyślę. Kiedyś w końcu muszę z nią wygrać. I wygram! Znam już wszystkie jej karty. Ona już nic więcej nie ma w zapasie.

— Tak. Chciałem to wszystko usłyszeć... Operetka w trzech aktach — pierwszy liryczny, drugi dramatyczny, a trzeci zdecydowanie komediowy. Mnie wydaje się, że to koniec utworu, ale jeśli mimo to chcesz grać, to już beze mnie. Odchodzę stąd. Adieu!

Przytuliłam się do wierzby, by mnie nie dostrzegli. Paweł przeciął trawnik na ukos i pewnym krokiem ruszył w kierunku miasta. Anna jeszcze przez chwilę siedziała z twarzą zatopioną w rękach, a potem ciężko i wolno ruszyła w kierunku domu. Wyglądała jak stara kobieta. Ma co najmniej osiemdziesiąt lat — pomyślałam bez sensu, patrząc na jej pochylone ku ziemi ciało.

Sama czułam się lekko i młodo, młodziej niż w rzeczywistości. Sopot, tak Sopot! Czy nie jestem tobą, babko, w tej ściśle dopasowanej, jedwabnej sukni? Paweł odchodzi nie tylko od Anny. Odchodzi także od ciebie i ode mnie. Ode mnie... Wiem, że grymas uśmiechu na mojej twarzy jest identyczny jak ten na twojej fotografii. Replika. Doskonała replika. Czuję ból. Czy to mój ból, czy twój, babko? Ćmiący. Pełzający w żyłach jak błędny ognik. Zmienny. Paweł? Czy Świr? Kto właściwie odszedł, babko? Dlaczego czuję też radość? Głupią bezbrzeżną radość. Diabli chichot skręca mnie pod wierzbą. Nie mogę się uspokoić. Płaczę jak Świr — ze szczęścia. Czyjego szczęścia?

3

A potem? A potem napiłam się jeszcze, babko. Trzeba było oblać ten wieczór. I to koniecznie! Okazało się bowiem, że moja główna aktorka ma rólkę w operetce. Co za zawód. I to okropne pomieszanie konwencji! Kicz! Prowincjonalny kicz! A tyle sobie po niej obiecywałam. Tak, trzeba się było jeszcze napić! I zabawić w tych podrabianych dekoracjach. Piła Anna, piłam ja. Szalała na parkiecie i ja też szalałam. Uwodziła brunetów, a ja pozwalałam uwodzić się blondynom. I wszyscy oni wydawali mi się zupełnie tacy sami, bez wyrazu i cech szczególnych. Jedynie Olka — Adonisa wyróżniała monstrualna pewność siebie, więc pozwoliłam mu się odwieźć, bo koniecznie chciałam zobaczyć jego wyraz twarzy w chwili, gdy zatrzasnę mu przed nosem bramę Zawrocia.

Adonis pędził swoim punto z prędkością światła, pewny rychłych rozkoszy, toteż bardzo się zdziwił i zawiódł, gdy zobaczył stojący przed Zawrociem samochód. Ja też się zdziwiłam. To nie był dobry zbieg okoliczności.

— Myślałem, że żartujesz z tym kochankiem.

— Wysadź mnie i spadaj.

— Trzeba było zamówić sobie taksówkę — rzucił wściekły. Wyjęłam forsę.

— Tyle chyba wystarczy za podwiezienie.

Michał stał przy samochodzie z kamienną twarzą. Palił wolno i starannie papierosa, jakby to była najważniejsza, niemal mistyczna czynność. Znałam go zbyt dobrze, by nie wiedzieć, co to znaczy. Rany! — myślałam w panice. — A to dopiero! — Bałam się poza tym, że nie wytrzymam i wybuchnę nerwowym, pijackim śmiechem. Rozpierał mnie ten śmiech i męczył. Naprawdę, ledwie trzymałam się w ryzach. Na nogach też ledwie się trzymałam i nie sposób było tego ukryć. A pod wpływem wzroku Michała kończyny plątały mi się jeszcze bardziej. — W porządku! — mówiłam sobie. — Już się stało! Nie panikuj! Nie pękaj! — strzępy pijackiego monologu.

Usiłowałam na powitanie musnąć jego policzek, ale Michał stał jakby kij połknął.

— O co chodzi? — niby to zdziwiłam się.

— Zamknij się — warknął.

Wzruszyłam ramionami. Michał wsiadł do samochodu i podjechał nim pod dom.

— To tylko tak wygląda — powiedziałam, gdy wszedł na werandę. — Nie wyciągaj pochopnych wniosków.

Niestety, wyciągnął. W odpowiedzi kopnął psią miskę stojącą na werandzie. Unta zjeżyła się i warknęła. Wyglądało na to, że zaraz się pogryzą. Jednak zachichotałam. Wyprowadziło to Michała z równowagi ostatecznie. Złapał mnie za łokieć, wciągnął do domu i gdy znalazł się poza zasięgiem kłów Unty, ścisnął mnie jak Otello — tyle że nie za szyję. Potrząsnął mną i wyprostował przy ścianie.

— Chcę znać prawdę!

— Oczywiście, chętnie ci ją przybliżę. Tylko jaką chcesz znać prawdę, ostateczną, czy jakąś poszczególną.

Miał na szczęście poczucie humoru. Pewnie tylko dlatego mnie nie zabił.

— Ten dupek to kto?

— Czy ja wiem? Tolek czy jakoś tak…

— Skąd się wziął?

— Z przyjęcia.

— Pieprzysz!

— Byłam na przyjęciu. U Anny. Mówiłam ci o niej przez telefon.

— Idziesz na przyjęcie i od razu odwozi cię Tolek!

— Nie… Olek. Ma chyba na imię Olek.

Dla odmiany wcisnął mnie w fotel.

— Kiedy miałem przyjechać?

— Za tydzień.

— Dziś jest za tydzień!

— Przepraszam.

— Siedziałem w samochodzie dwie godziny!

— Bardzo przepraszam.

— Nie wróciłem do miasta tylko dlatego, by osobiście powiedzieć ci, że mam tego dość.

— To miłe z twojej strony.

— Nie przeciągaj struny!

— Mogłeś zadzwonić. Ja dzwonię, jak mam przyjechać.

— Przez telefon mówiłaś, że się nudzisz. Nie trzeba było kłamać.

— Wtedy się nudziłam.

— Koniec dyskusji. Wracam rano do miasta, więc muszę się wyspać. Wystarczy mi ta kanapa.

— Ale mnie nie wystarczy.

— Nie sypiam z pijanymi kobietami.

— Chyba że sam jesteś pijany. Zrobię ci drinka.

Nie wytrzymał, roześmiał się.

— Cholera! Zawsze potrafisz mnie rozbroić. Powiedz prawdę, miałaś zamiar zaprosić go do środka?

— Ani do środka, ani do łóżka. Wyjątkowy bubek. Z takich buraczanych. A poza tym wiesz, że nie lubię blondynów.

— Fakt, to był blondyn. I pomyśleć, że ci wierzę.

— A jakie masz wyjście? — spytałam. Przytuliłam się całym ciałem. Wiedziałam, że mnie pragnie. Teraz, gdy był zazdrosny, pragnął mnie bardziej niż kiedykolwiek przedtem. Dotknęłam języczkiem jego ucha.

— Zrób mi tego drinka — powiedział. Zrobiłam. Sączył go, patrząc, jak się dla niego rozbieram. Umiałam to robić, zapewniam cię, babko. A on umiał to docenić. Nie było słonecznej kałuży, więc kąpałam się w sztucznym świetle lampy. Ale tego było mi mało. Zrzuciłam buty i wdrapałam się na fortepian.

— Spadniesz.

Nie spadłam. Tańczyłam półnaga na gładkiej politurze jakiś dziki, barbarzyński taniec. A potem usiadłam na fortepianie, otworzyłam klapę i grałam palcami stóp.

— Czary-mary, hokus-pokus, abra-kadabra, trele-morele, bęc! — mruczałam, by odczarować instrument raz na zawsze. Wydawało mi się, że się przemienia, łagodnieje, staje się posłuszny… Czułam na końcach palców przyjemny chłód klawiszy. Dotykałam ich coraz bardziej pieszczotliwie. Gładziłam rękoma czarne płaszczyzny. Muskałam brzuchem, udami, koniuszkami piersi...

Michał nie wytrzymał. Chciał mnie ściągnąć z fortepianu, ale trzymałam się go kurczowo.

— Chcę tutaj.

— A jeśli to pudło rozjedzie się pod nami?

— Chcę tutaj.

— W porządku, zagrajmy na tym starym gracie.

Rozchylił moje kolana. Przyglądał się, jak wyglądam na chłodnej politurze, taka otwarta i wilgotna. Teatr — scena miłosna na dwoje i fortepian. Trochę kiczowata, ale nie pozbawiona erotyzmu. Michał obrysowywał wargami moje ciało, jakby chciał zakreślić granice między mną a instrumentem. A potem zaczęła się jeszcze jedna pijana miłość — roztańczone mięso, rozciapkane, jękliwe, mistyczne. Drążyć w pijanej nocy, schodzić na dno, rozgniatać, kąsać, wyjadać, wypijać. Jak to było? Preludium, allegro, andante, scherzo, a potem presto, presto, presto... biały, czarny, czarny, czarny, biały... czarny... biały... A potem Pawle? Co potem? Czarny, czarny, czarny, czarny... i wielki, słodki finał!?... Udało ci się. Tak, udało ci się!

— Powiedziałaś, Pawle? — Michał szarpnął mnie tak, że usiadłam. Oprzytomniałam.

— Ja? Ja tak mówiłam? Nie pamiętam...

— Ależ tak! Tak właśnie powiedziałaś! Kto to jest?

— Cioteczny brat.

— Masz ochotę na własnego brata?

— No wiesz... O czym ty mówisz?! To przez ten fortepian. Należy do Pawła. Przez moment wydawało mi się, że słyszę jego grę.

— A to tylko struny jęczały z rozkoszy. Wstawaj, nie mam zamiaru odgniatać tu sobie kości.

Zaniósł mnie do sypialni. Zmusił, bym przestała myśleć o innych mężczyznach.

4

— Liza jest w mieście — powiedział po południu następnego dnia.

Zastygłam z lekko przechylonym dzbankiem.

— Dlaczego mi to mówisz?

Podszedł do okna. Palił papierosa i patrzył na harce kotki. Widziałam tylko jego profil.

— Mówię, żebyś wiedziała.

— To nie jest odpowiedź, Michał.

— Jedź ze mną.

— Ach! Więc to kolejny argument?

— To fakt, Tylda. Niezbity! — Podszedł bliżej. Miał w twarzy coś dziwnego, czego nie znałam. Coś czaiło się w jego oczach, źdźbło niepewności, jakaś rozterka, wahanie...

— Jedź ze mną — powtórzył.

— Nie mogę. Nie dziś.

— Jak chcesz...

— Skrócę pobyt. Przyjadę niedługo... za parę dni. Pozwól zdać mi egzamin i załatwić resztę spraw. Obiecuję pośpiech.

— W porządku. Jak chcesz — powtórzył. Już na mnie nie patrzył. Dokończył papierosa. Spokojnie go zgasił, jakby chciał zaznaczyć koniec tej sceny.

Wyjechał godzinę później.

XXI. KAMELEON

1

Muszę się śpieszyć, babko. Wiem, że mój czas tutaj dobiega końca. Mam wrażenie, że już żyję na kredyt. Michał... nie, pomyślę o nim później. Później. To nie jest jego czas. Choćby nie wiem jak bardzo tego pragnął.

Dokończmy zatem nasze sprawy. Zobaczmy, jak wyglądają. Mam przed sobą nie kilka przypadkowych puzzli, a prawie całą układankę. Wiedziałaś, że przeszłość kiedyś odsłoni przede mną swoje tajemnice. To było nieuniknione. Po to mnie przecież kusiłaś — bym chciała je poznać. To się już stało, babko. Wiem wiele, prawie wszystko. Jednak nie przeszłość i mój stosunek do niej cię interesuje. Nieprawdaż? Czekasz w zaświatach na to, co zrobię. A zrobię, co zechcę. Chociaż mam przeczucie, że nie będziesz z tego niezadowolona. Jedną rzecz już załatwiłam.

Tak, musiałam przede wszystkim jak najszybciej oddać Pawłowi fortepian. Chciałam przerwać tę nienawistną, absurdalną historię, która wyczerpywała siły psychiczne jego i Anny, a może wyczerpała także i twoje. Starłam z czarnej politury ślady miłosnej nocy — stał teraz na środku pokoju czysty, wypolerowany, lśniący...

Paweł przez kilka dni nie przychodził, a gdy się w końcu

zjawił, nawet nie spojrzał na instrument. Na dworze padał deszcz, włożyłam kilka szczap do kominka, trochę szyszek. Paweł patrzył zamyślony na rozbłyski ognia. Nie był w najlepszym humorze.

— Chciałabym, żebyś zabrał fortepian — powiedziałam.

— Od dziś jest twój.

Drgnął.

— Sprzedajesz Zawrocie?

— Nie... to znaczy, nie w tej chwili... Nie wiem.

— Skąd ci przyszło do głowy, że zechcę go wziąć? — spytał nieufnie. — Nigdy cię o niego nie prosiłem.

— Postanowiłam ofiarować każdemu z członków rodziny jakąś pamiątkę po babce. Chyba nie dziwisz się, że tobie proponuję fortepian. A może wolałbyś coś innego? Biurko Maurycego? Ulubiony fotel babki? Bierz, co chcesz, pod warunkiem, że to będzie jedna rzecz albo komplet. Tak postanowiłam.

— A jeśli zechcę pamiętniki?

Zaskoczył mnie.

— Niestety, tego jednego nie mogę ci dać.

— Dlaczego? — nachmurzył się.

Postanowiłam powiedzieć mu prawdę.

— Cóż, musiałabym wyrwać własne zapiski.

— Kontynuujesz pamiętnik?! — Przez chwilę patrzył zdumiony, a potem nagle zaczął się śmiać. Doprawdy, łatwo przychodziła mu zmiana nastroju. Opadł na fotel i skręcał się ze śmiechu. — Od dawna? — wykrztusił wreszcie.

— Od początku.

— Coś takiego! Zdumiewasz mnie coraz bardziej. Mam nadzieję, że stylem jesteś bliższa dziadkowi, a nie babce. Ona była za bardzo lakoniczna. W dodatku niewiele spraw uznawała za godnych zapisywania.

— Jestem bliższa stylem Maurycemu.

— To dobrze.

— A jeśli nie pamiętnik, to co? — przypomniałam mu sedno naszej rozmowy.

— Jedna rzecz?

— Jedna.

— No cóż, w takim razie wezmę chyba... fortepian! — Znowu go na chwilę skręciło. — Ale mam do ciebie prośbę.

— Słucham.

— Chciałbym, żeby na razie tu został. Jeśli oczywiście nie przeszkadzają ci moje wizyty. Zabiorę go, gdy zdecydujesz się sprzedać albo wynająć Zawrocie. Co ty na to?

— Jest twój i może tu stać.

Przyniosłam mu dodatkowy klucz.

— To na wypadek, gdybyś chciał pograć podczas mojej nieobecności.

— Wyjeżdżasz?

— Jeszcze nie, ale klucz na pewno się przyda.

— A co chcesz podarować Emilce?

— Myślałam o książkach. Ona, jak sądzę, specjalizuje się w psychiatrii... Jest tu komplet podręczników z tej dziedziny, wszystkie pięknie oprawione.

W rzeczywistości Emila miała zamiar robić jedynkę z pediatrii. Paweł jednak zachichotał. Widocznie doskonale zrozumiał moją złośliwość. Czyżby wiedział, co sądziła o nim siostra.

Żartowaliśmy, babko, w ten sposób jeszcze trochę. Twój ukochany wnuk podrzucał do kominka kolejne partie drewna i ogrzewał szczupłe, piękne dłonie w bladoniebieskich płomieniach. W końcu powiedział:

— Od początku byłem pewny, że nie jesteś do niej w środku podobna.

— Oczywiście, że nie. W końcu nie jestem duplikatem.

— Ty wiesz, czym dla mnie jest ten instrument... wiesz... Znasz przecież pamiętniki — powiedział.

— Wiem.

— Po raz pierwszy należy do mnie. Tylko do mnie. Dziwnie się z tym czuję. Byłem pewny, że oddasz go swojej matce. Ona przecież też gra na fortepianie. Grała...

— Ma za małe mieszkanie, by zmieścić w nim taki olbrzymi mebel. Podaruję jej część płyt, tych, których nie ma w swoich zbiorach. Mahlera, Schuberta i Bacha. Czajkowskiego zostawię sobie. Ona lubi słuchać muzyki. Chyba bardziej, niż grać.

— A gdybym nigdy na nim już nie zagrał i nie napisał ani jednej sensownej frazy?

— Możesz postawić na nim dzbanek z chryzantemami. Taki instrument doskonale zdobi pokój.

Roześmiał się lekko.

— Tak. Białe chryzantemy! Na przykład w błękitnym wazonie. Doskonała kompozycja. Babka miała kiedyś taki wazon. — Zamyślił się na chwilę. — Więc nie żądasz ani sonaty, ani koncertu fortepianowego, nic?

— Nie żądam.

— Czy ty wiesz, co to dla mnie znaczy?

— Nie.

— Nie wierzę. Wiesz doskonale. Czuję to przez skórę. Mogłabyś to wykorzystać.

— Po co?

Posmutniał.

— Słusznie... po co... Przecież to dla ciebie zupełnie nieistotne sprawy.

— Nie to miałam na myśli.

— Nie musisz się usprawiedliwiać.

— Nie usprawiedliwiam się. Najgorsze, że ciągle się nie rozumiemy... Posłuchaj! Muzyka jest w tobie. Ten czarny grat nie ma z tym nic wspólnego. A tym bardziej ja. Tylko przez przypadek na chwilę znalazł się w moich rękach. I tylko przez przypadek ćwiczyłeś na nim swoją pierwszą gamę.

— No tak… Moja słodka siostrzyczka przedstawiła ci własną wersję wydarzeń. Mogłem się tego domyślić…

— Owszem. Ale nie powiedziała nic istotnego. Jeśli chcesz, mogę ci wypożyczyć wszystkie skrzypiące szafy w tym domu.

Skrzywił się.

— Więc ten fortepian… z litości. Masz takie dobre serce? Tego nie spodziewała się chyba nawet Emila.

— Rzeczywiście, nie spodziewała się. Nikt się nie spodziewał. Ani babka, ani twoja matka, ani Anna… Tyle tylko, że to raczej one mają rację.

— Ach tak. Więc robisz im na złość? A może czegoś jednak ode mnie chcesz?

— Owszem, chcę… — zawiesiłam głos, by lepiej przyjrzeć się twarzy Pawła. Pobladł i zesztywniał, jakbym miała za chwilę wydać na niego wyrok. — Chcę byś zrobił dla mnie jedną rzecz…

— Mów!

— Otóż, chcę byś przestał myśleć o mnie schematycznie.

— Nie rozumiem? — Rzeczywiście nie rozumiał.

— Ten fortepian postanowiłam oddać ci tego samego dnia, w którym pierwszy raz usłyszałam, jak na nim grasz, a może nawet wcześniej, podczas mojej wizyty u was, gdy usłyszałam tę twoją dziwną melodię. Pamiętasz? Byłam wtedy w kapeluszu z kwiatami!

— Pamiętam.

— W tym domu ta jedna rzecz nigdy nie należała do mnie. I przestań mnie uważać za nieczułą kretynkę, duplikat, substytut czy kogoś tam jeszcze. Robię tak, bo chcę tak zrobić, bo to uznałam za słuszne. A gdybyś miał wątpliwości, to dodam, że nie mam w zwyczaju powierzać klucza do własnego domu komuś z litości. I jeśli sądzisz, że nie zasługujesz na moje zaufanie, to mi go teraz zwróć.

Milczał wpatrzony w ogień.

— Zachowam go — powiedział w końcu. Spojrzał mi prosto w oczy. W jego wzroku jeszcze czaiła się nieufność.

— Nie mam zamiaru być dla ciebie oparciem — zakończyłam więc z okrucieństwem. — Oprzyj się o co chcesz, choćby o własny cień, byleby nie o mnie.

— Dzięki za te słowa. Ulżyło mi.

Wzruszyłam ramionami.

— Przypominasz mi kameleona. Psychicznego kameleona. Na przyjęciu u Anny najpierw zachowywałeś się jak zblazowany geniusz, potem, gdy z tobą tańczyłam, jak superman. Jeszcze chwila, a byłbyś mnie uwiódł tym swoim cudownym, płynnym tańcem. A teraz kulisz się jak dotknięty jeż. I jeszcze te wszystkie stany pośrednie... Czy nikt ci nie mówił, że być może masz także talent aktorski — chwila zaskoczenia, a potem znowu kaskada śmiechu. — No właśnie, nie wiadomo, z czym wyskoczysz! — dodałam z dezaprobatą. Nie przejął się nią.

— Powiedziałaś: także!

Podszedł do fortepianu i przełożył to słowo na nuty. Potem zagrał swój śmiech, a jeszcze potem kilka taktów, które przypominały moje oburzone frazy.

— To ty jesteś trzepnięta! — zaintonował śpiewnie i zagrał to. — Trzepnięta Matylda. Matylda trzepnięta. Cha, cha! Matyl-da! Trzep-nię-ta! — I dalej w tym samym stylu, na granicy ekstatycznego śmiechu. Popukałam się w czoło, a on zrobił z tego małe, radosne arcydzieło. Wreszcie zatopił się w muzyce, zapomniał o mnie i grał bez wytchnienia.

Wyszłam na werandę, a potem do sadu. Usiadłam pod Zielonooką i obserwowałam opasłe chmury, które przepływały przed moimi oczyma tuż nad ziemią. Wyglądały jak nadmuchane przedmioty, wprawione w ruch niewidzialną ręką. Lew zmienił się w basetlę, za nią płynęła flądra, za flądrą statek z jednym, odrobinę poszarpanym żaglem, potem żółw, niemowlę, smok... Paweł wciąż grał. Chmury zmieniły swą barwę, zerwał się wiatr i spadły pierwsze krople, a mnie nie chciało się ruszać. Nie odezwałam się, gdy Paweł zaczął mnie wołać.

— Zmokniesz — powiedział, siadając obok.

— Ty też.

— Pada z częstotliwością półnut. Reaguję dopiero na ósemki.

— A ja na szesnastki.

Dotknął ustami moich zmoczonych włosów.

— Jestem twoją siostrą.

— Więcej! Jesteś moją babką...

— No wiesz! — oburzyłam się.

Przyciągnął mnie do siebie.

— Nie bój się — szepnął. — Jestem impotentem. Biały klawisz, czarny, czarny, biały... — Zaczął mnie całować delikatnie, jakby dotykał instrumentu. Nie miałam sił, by go odepchnąć. Nie chciałam go odpychać. Tego, babko, nie mogłaś przewidzieć. I to nie ja cię zaskoczyłam, ale on. Całował doskonale, wcale nie miałam ochoty, by przestał to robić. Dopiero gdy stracił rytm, gdy przekroczył dzikie szesnastki, gdy przestał być muzykiem, a nagle stał się zachłannym mężczyzną, wtedy właśnie odepchnęłam go ostatkiem sił.

Leżeliśmy obok siebie zmoczeni, wpatrzeni w deszczowe chmury, trochę zdziwieni tym, co się stało, a zwłaszcza tym, co się mogło stać.

— Przepraszam — powiedział. — Masz takie ładne usta. Nie mogłem się oprzeć.

Usiadłam, by przyjrzeć się jego twarzy. Wcale nie był skruszony. Przeciwnie, diabelskie iskierki tliły się na dnie jego źrenic.

— Teraz ty mnie pocałuj — poprosił.

Zrobiłam to.

— Jesteś bezwstydna. W tym dobrym, rajskim znaczeniu.

— Wiem.

— Chodźmy do domu, bo dostaniesz kataru.

Poszliśmy, trzymając się za ręce. Granica została już nakreślona. Wiedzieliśmy, że lepiej jej nie przekraczać.

— Wyjeżdżam do Paryża — powiedział przy schodkach werandy. — Za parę dni.

— To dobrze.

Ścisnął koniuszki moich palców i odszedł wyprostowany i energiczny jak nigdy przedtem — jeszcze jedna maska kameleona... Poczułam tęsknotę, a jednocześnie ucieszyłam się, że odchodzi. Zniknął za drzewami, a ja zostałam sam na sam z Zawrociem i z tym nie rozstrzygniętym pytaniem, co z nim zrobić.

XXII. WYMIANA

1

Ostatnie dni tutaj. Dni piękne i słoneczne, z pierzastymi chmurami płynącymi leniwie na wschód, pachnące już trochę jesienią. Na drzewach gdzieniegdzie widać było delikatne zażółcenia, trawa nie miała już poprzedniej świeżości. Obserwowałam to wszystko z okruchem bólu umiejscowionym tuż pod powierzchnią. Koniec lata. Jeszcze jednego lata. Innego niż wszystkie dotychczas. Nigdy przedtem nie chciałam tak bardzo zatrzymać czasu. I nigdy nie miałam go tak mało. Musiałam się śpieszyć i jednocześnie nie mogłam, nie chciałam jeszcze wyjechać. Czułam, że coś się powinno zdarzyć, coś wyjaśnić — coś, co każe mi inaczej spojrzeć na historię, która wysnuła się przez ostatnie tygodnie. Jakbyś mnie jeszcze, babko, tutaj zatrzymywała, jakbyś kusiła tymi ostatnimi, ciepłymi dniami i ostatnimi puzzlami układanki.

Tak naprawdę pozostało niewiele rzeczy do zrobienia. Ale jedna na pewno — musiałam spotkać się z Anną.

Była w swoim domu — pachnąca szpitalem, szara, zmęczona, niepodobna do tej kobiety, którą znałam dotychczas. Moje przyjście ożywiło ją. W kocich oczach rozbłysły złe iskierki.

— Pozwól, że zgadnę! — zawołała, schodząc z werandy. — Zdecydowałaś się sprzedać mi fortepian!

Była tak pewna swego, że przez chwilę czułam współczucie.

— Niestety — zaprzeczyłam. Przystanęła. Dotychczas potrafiła świetnie ukrywać swoje uczucia. Dziś wydawała się bezbronna, jakby ktoś nagle zdarł z niej doskonale uśmiechniętą maskę.

— Nie...? — spytała jeszcze na pół rozradowana, a na pół zdziwiona. Potem gwałtownie odwróciła się w stronę domu. Wchodziłam za nią do środka w milczeniu, zastanawiając się nad tą nową Anną. Nie wydawała się już ani piękna, ani demoniczna.

— To Paweł, tak? — Nawet nie próbowała się uśmiechnąć. — Powinnam się była tego domyślić dziś rano, gdy zobaczyłam tego drania zadowolonego jak nigdy dotąd. On już wie! Nieprawdaż?! Zastanawiam się tylko, jak to osiągnął. Prosił cię? Błagał? Dał ci kupę forsy?

— Nie prosił mnie i nie dał mi forsy.

Przygryzła wargi.

— Wybacz... Miałam zły dzień. Dwa wypadki. Kobieta umarła w izbie przyjęć. Trzydzieści lat... Nie miała połowy twarzy, wszystko połamane. Prawdziwy koszmar...

Usiadłyśmy przy kominku.

— Została jeszcze jedna ewentualność... — wróciła do poprzedniego tematu. — Sama oddałaś mu fortepian.

— Niezupełnie... Pomyślałam, że dam każdemu z członków rodziny jakąś pamiątkę po babce. Pozwoliłam mu wybrać...

— I Paweł wybrał fortepian! — przerwała mi niecierpliwie.

— Nie... Chciał pamiętniki Maurycego i babki, ale zostawiłam je sobie. Więc wziął w końcu instrument.

— W końcu?! Wolał bazgroły babki od fortepianu?! — Nie wierzyła własnym uszom. — Ależ to niemożliwe!

Wyglądała dziwnie, jak przekłuty balon, z którego powoli uchodziło powietrze. Zaczynała wszystko rozumieć.

— Założę się, że nie sprzedasz Zawrocia — powiedziała, wpatrując się w moje oczy z resztkami nadziei, że zrobię wręcz odwrotnie.

— Znowu zgadłaś — powiedziałam, chociaż wcale nie byłam tego taka pewna.

O dziwo, to ostatnie zdanie nagle ją uspokoiło. Wrócił jej dawny chłód. Przez chwilę intensywnie myślała.

— Pamiętniki! Jasne! Czytałaś pamiętniki! — Zaczęła się śmiać. — No tak, teraz wszystko rozumiem! A mnie się wydawało, że ta stara jędza nie ma już asa. To ty nim jesteś, prawda? — Spoważniała. — Nie doceniłam jej. Nie doceniłam także ciebie. Udawałaś doskonale.

— Ona go kochała — powiedziałam, patrząc jej w oczy. Wzdrygnęła się.

— Pawła?

— Feliksa. Twego dziadka Feliksa.

Popatrzyła z nienawiścią.

— Te wasze lodowate miłości! Chciał ją zobaczyć przed śmiercią. Gdy umierał, wysłałam do niej list, ale ona nie raczyła odpowiedzieć. Właśnie tego nie mogę jej wybaczyć.

— Nie pomyślałaś, że nie chciała pokazywać mu się stara, że wolała, by zabrał ze sobą inny obraz?

— Akurat! To była potworna, złośliwa wiedźma. Ona nikogo nie kochała. Nawet Pawła. Zabrała mu duszę i wsadziła do tego cholernego fortepianu. Myślisz, że zabiera się komuś duszę z miłości? Z dziadkiem było tak samo.

— Skąd wiesz?

— Wiem. Syn fornala! — zaśmiała się ironicznie. — Różnica klasowa! Dla nas to jak prehistoria. Ale nie dla twojej babki. Ona nie zadawała się z plebsem. Ale to jeszcze nie był najgorszy jego grzech. Chciał być kimś, by ją zmusić do miłości. Miał wuja komunistę, zapisał się do partii, awansował dzięki tamtemu, rozpanoszył się w powiecie. Czerwony plebs i to zadzierający nosa! Wyobrażam sobie, jaką jej sprawiło satysfakcję rozkochać go, wykorzystać i odrzucić.

— Wykorzystać?

— Nie wiesz, że tylko dzięki niemu ocalało to wasze Zawrocie?! — Milczałam. — No tak, tym się przed tobą nie pochwalili. A czy wiesz, że on ją kochał do końca?! Miłość, która trwa całe życie... To się nie zdarza zbyt często, nieprawdaż? Był wprawdzie czas, gdy ją znienawidził, wrócił do mojej babki, nawet się z nią ożenił, potem wyjechał do Ameryki, by zapomnieć zupełnie. I nawet mu się wydawało, że zapomniał. A potem wszystko wróciło jak bumerang. Spotkał ją gdzieś raz jeden, gdy wyglądała już jak stare pudło, ale on był wniebowzięty. Więc chciałam zobaczyć, jak wygląda kobieta, której nie można przestać kochać... Nie wiem, co on w niej widział. Naprawdę nie wiem! Może nie mógł zapomnieć o niej dlatego, że go nie chciała? Pewniejsze jest jednak to, że była wiedźmą. Nawet z tobą poradziła sobie doskonale.

Przemilczałam ostatnią kwestię.

— Czy dziadek wiedział o twoim liście?

— Nie. I o braku odpowiedzi też nie.

— To dobrze.

— Nienawidziłam tej jego wiernej i niczym nie odpłaconej miłości! Przez tę czarownicę krzywdził moją babkę i mego ojca.

— Więc postanowiłaś wyrównać rachunki?

— Tak. I wyrównałam je! — zaśmiała się. — Nie mogłam jej bardziej ukarać, niż ukarałam. Zmarnowałam dzieło jej życia.

— Warto było?

Zapatrzyła się w okno zaróżowione od wczesnego zmierzchu.

— Dlaczego miałabym odpowiadać ci na to pytanie?

— Wystarczy, że odpowiesz sama sobie.

Milczała, jakby rzeczywiście szukała odpowiedzi.

— Wiedziałaś od początku? Już wtedy, w samochodzie? — spytała po chwili.

— Nie. Dopiero, gdy zobaczyłam zaproszenie zapisane twoim pięknym, zaokrąglonym pismem.

— Więc ona nie pisała o mnie w pamiętniku?

— Niewiele.

— Zatem równie dobrze mogłaś się nigdy o tym nie dowiedzieć.

— Zgadza się.

— Jak ona to zrobiła?

— Co?

— Jak ona cię skaptowała? Zawrociem? Chyba nie jesteś jej wdzięczna? Wiesz, że pogardzała wami przez całe życie. Twoją matką przede wszystkim. Wybaczyłaś jej? Przecież jesteś tylko pionkiem w jej grze!

— To nie ma znaczenia.

— Ona musiała oddać Zawrocie tobie. To był ochłap! Rozumiesz?!

— Powiedziałam, że to nie ma znaczenia.

— Nie ma znaczenia?! Dobre sobie! Ja na twoim miejscu zniszczyłabym każde wspomnienie o tej starej jędzy! A ty spokojnie kontemplujesz przeszłość. Więcej, znasz jej motywacje i nie usiłujesz się zemścić. Niepojęte!

— Nie znam jej motywacji. Nikt ich nie zna!

— Sprytnie. Nie dajesz się podpuścić.

— Lubię na wszystko spojrzeć własnymi oczyma.

Roześmiała się.

— Tak… Babka Aleksandra też lubiła spojrzeć na wszystko własnymi oczyma. Ale nie wszyscy to potrafią. Przynajmniej w waszej rodzinie. Nie jesteś jednak wyjątkiem.

— Nie rozumiem?

— Nie szkodzi. Nie musisz wszystkiego rozumieć od razu. Widzę, że bawi cię rozwiązywanie zagadek, więc i z tą sobie poradzisz. Nie mogę cię przecież pozbawić przyjemności samodzielnego odkrycia prawdy.

Uśmiechnęła się złośliwie. Jej twarz nabrała koloru i pewności siebie. Już była sobą — kilka drobnych ukłuć, może zamysł nowej intrygi — i już stała się dawną Anną!

— Lubię cię taką — powiedziałam, studiując wyraz jej twarzy.

— Co? — zdziwiła się.

— Jak to dobrze, że los dołączył cię do tej prowincjonalnej sztuki. Bez ciebie byłaby nudna i pozbawiona uroku. Tak, ty i Paweł jesteście moimi ulubionymi bohaterami.

— Kpisz?

— Ależ skąd. Jestem estetką. Uwielbiam piękno, jak babka. Jest mi przy tym obojętne, czy jest to odcień chmury na niebie, czy pleśni na skórce chleba. Ważne by kolor był piękny…

Anna patrzyła na mnie zdumiona, a gdy dotarł do niej prawdziwy sens moich słów, zaczęła się śmiać.

— Wszyscy jesteście stuknięci. Nie wiem, które z was bardziej. W końcu nic dziwnego, że omal przez was nie dostałam fisia. Piękny odcień pleśni na skórce chleba! Umiesz prawić komplementy. Nie ma co!

Uznałam, że jest to właściwy moment na wyjawienie prawdziwego celu mojej wizyty.

— Myślę, że ty także powinnaś dostać coś po babce Aleksandrze — powiedziałam. — W jakiś sposób należysz do naszej rodziny.

— Czyżby?

— Na pewno. To może być jedna rzecz. Wybieraj.

— Pamiętnik.

— Przecież wiesz, że go nie oddam.

— Tak. Wiem. W tym domu tak naprawdę były tylko dwie bezcenne rzeczy — ten pamiętnik i fortepian.

— Trzy. Co najmniej trzy.

— Co masz na myśli?

— Listy. Napisane do twego dziadka i nigdy nie wysłane.

— Kłamiesz!

— Nie. Jest ich dwadzieścia pięć. Znalazłam je wczoraj.

Anna oparła się o fotel, jakby zabrakło jej sił.

— Dwadzieścia pięć...? — powtórzyła bezwiednie.

— Tak. Dwadzieścia pięć. Po jednym liście na rok.

— Co chcesz za nie?

— Nic. — Wyjęłam je z torby. — Są twoje.

Nie dotknęła ich. Nie mogła. Ona nigdy, nawet w miłości nie była bezinteresowna. Przebiegła tylko oczyma początek pierwszego listu.

— Nie mogę ich wziąć za darmo.

— Takie rzeczy nie mają ceny — odpowiedziałam. — W każdym razie ja nie umiałabym jej wyznaczyć. Tylko ty wiesz, ile są dla ciebie warte.

— Nie wezmę ich za darmo — upierała się.

— Zgoda. Znasz ich wartość. Będziesz więc umiała wyrównać rachunki. Ale nie musisz się z tym śpieszyć.

— Chcę to załatwić od razu.

— Jak sobie życzysz.

Podeszła do komody. Jeszcze się chwilę nad czymś zastanawiała, a potem szarpnęła dolną szufladę jednym zdecydowanym gestem. Sięgnęła w głąb i wyjęła stamtąd dużą teczkę pełną upchanych byle jak szpargałów. Rozłożyła ją przede mną — niektóre papiery były nadpalone, inne porozrywane lub pogięte, a wszystkie zapełnione drobnymi nutowymi znakami.

— Myślę, że to dobra zapłata. Czarny, biały, czarny... — Patrzyła na mnie z tym swoim ironicznym, zagadkowym uśmiechem. — Zobacz, jakie ładne wiolinowe klucze. Z całego zapisu lubiłam tylko te wiolinowe klucze... Może dlatego uratowałam te bazgroły...?

— Uratowałaś je? Przed kim?

— Właśnie, przed kim? Na to pytanie także będziesz musiała odpowiedzieć sobie sama. Zapłaciłam ci za listy. Jesteśmy kwita.

— Tak. Jesteśmy kwita. To prawda — umiesz liczyć. Myślę, że robisz to ze strachu.

— Czyżby?

— Tak. Boisz się zależności. Nie umiesz brać, bo boisz się dawać. Nie umiesz dawać, bo boisz się brać. Błędne koło.

— Tania psychologia. Nie prosiłam cię o analizę mojej psychiki.

— Nie prosiłaś. Ani o radę, a jednak ją usłyszysz, choć pewnie z niej nie skorzystasz.

— Nie skorzystam.

— Powinnaś sama oddać te rękopisy Pawłowi.

— Nie oddam. Jak je zostawisz, wrzucę je do kominka.

— Nie wątpiłam, że tak właśnie by zrobiła.

— Nie mogę tego zrozumieć. Być może to jedyny sposób, by go odzyskać. Nie chcesz tego?

— Za dużo chciałabyś wiedzieć. Tego też ci nie powiem. Nudziłabyś się w swoim Zawrociu, gdybyś znała wszystkie odpowiedzi. — Tak, to już była ta dawna Anna, opanowana i chłodna. — Mogę ci co najwyżej podrzucić parę pytań — dodała ze złośliwym uśmiechem. — Pomyśl na przykład, kto mnie do Zawrocia zaprowadził? I kto nienawidzi babki bardziej niż ja?! Zapewniam cię, że ta stara wiedźma znała odpowiedzi na te pytania. Chociaż doprawdy nie wiem skąd. Może zobaczyła je w swojej szklanej kuli! Tobie też radzę do niej zajrzeć.

— Chciałabym. Tyle tylko, że w Zawrociu nie ma żadnej szklanej kuli. Muszę sobie radzić bez niej.

— Ale poradzisz sobie. Jestem tego pewna. Już ona postarała się, by wybrać odpowiednią osobę. Tak... Ty potrafisz zrozumieć tę prowincjonalną historię. Pracujesz przecież w teatrze. Co wieczór oglądasz jakieś chorobliwe namiętności. Co wieczór Jago sączy do ucha jad, co wieczór Otello zabija

Desdemonę, co wieczór umiera Julia i Romeo. Pewnie już wiesz, że nie tylko przez dziadka Feliksa znienawidziłam twoją babkę. Kompleks niższości! Oto cała historia! Oni oboje, babka i jej ukochany wnuk, należą do innego świata, zupełnie dla mnie niezrozumiałego. Ten świat, wyższy, duchowy, był niedostępny także dla takich prostaków jak Feliks. Uparłam się, by do niego przeniknąć. Śmieszna próba! Z tym się trzeba urodzić! Mogłam tylko go zniszczyć. Chciałam go zniszczyć! I prawie mi się to udało!

— Przesadzasz.

— Nie. Nie zrozumiesz tego, bo ty także należysz do ich świata. Jesteś po ich stronie — za bramą Zawrocia. Za późno to zrozumiałam.

— Nie jestem po żadnej stronie i nie mieszkam za żadną bramą. Moim domem jest mała podniebna dziupla w mieście, dwadzieścia pięć metrów kwadratowych. Może babka oddzielała się od ludzi bramą, ale Paweł za nią nie mieszkał, raczej w labiryncie dźwięków. I tak bardzo szukał wyjścia.

— Wolę uwierzyć we własną wersję wydarzeń. Po co komu prawda.

— Jak chcesz.

— Te prowincjonalne namiętności! — Roześmiała się jeszcze, by przekreślić swoje poprzednie, zbyt poważne słowa. — Pewnie cię to śmieszy. W mieście tak się wszystko nie kisi, nie narasta. Cóż, niewiele tu rozrywek. Możemy się tu rozerwać tylko własnymi obsesjami. Nie zostawaj tu. Nie warto.

Wstałam. Nie było sensu rozmawiać z nią dalej. Wiedziałam, że to ostatnie takie nasze spotkanie. Może zobaczymy się gdzieś w miasteczku, na ulicy, przelotnie, pozdrowimy chłodno. To będzie wszystko — wątek Anny wyczerpał swą treść.

XXIII. DZIECIĘCE ZABAWY

1

Pozostawała jeszcze wizyta u ciotki Ireny. Opowiedziałam jej o postanowieniu obdarowania wszystkich członków rodziny.

— A ty, ciociu, co chciałabyś dostać? — spytałam. Wiedziałam, o co poprosi.

— Jeśli w ogóle miałabym coś wziąć, to tylko fortepian.

Roześmiałam się.

— Wszyscy chcieliby mieć fortepian. Wybacz, już go oddałam.

Zastygła.

— Oddałaś go? Komu?

Uśmiechnęłam się. Odczekałam jeszcze chwilę, by niespodzianka była przyjemniejsza.

— Pawłowi.

— Oddałaś go Pawłowi? — Niedowierzanie mieszało się na jej twarzy z radością. — Kiedy? Nic nie mówił!

— Nie mogłabym go oddać nikomu innemu. Ta jedna rzecz nigdy do mnie nie należała. Przecież dobrze o tym wiesz.

— Wiem, tylko nie wiedziałam, że ty o tym wiesz. I że zechcesz to uwzględnić.

— Ach tak… Jak widzisz, zechciałam.

Ciotka po raz pierwszy spojrzała na mnie życzliwiej, a nawet z poczuciem winy.

— Wybacz. Źle cię oceniłam. Pochopnie. Zapomniałam, że pozory mylą.

— Nie wpadaj w drugą skrajność — uprzedziłam ją. — Nie warto, bo możesz się znowu rozczarować, ciociu. Lepiej powiedz, co chciałabyś dostać.

— Nic.

— Jesteś pewna? Może weźmiesz chociaż fotografie?

— Nie, u ciebie będą bezpieczniejsze... — urwała zmieszana.

— Bezpieczniejsze?

— To znaczy... chciałam powiedzieć, że będzie im w Zawrociu lepiej. Tam jest więcej miejsca. Nie wiem nawet, gdzie upchnęłabym te albumy...

Kłamała. Miałam przed sobą przepastny segment, w którym na pewno znalazłoby się na nie miejsce.

— To może chciałabyś serwis albo chociaż tę piękną lampę z salonu.

— Nie. Niech to wszystko zostanie w Zawrociu. Gdy będziesz je sprzedawała — zawahała się — wtedy może coś wezmę na pamiątkę.

Urażona ambicja? Nie, to nie było tylko to. To był raczej, babko, ten ostatni puzzel, którego jeszcze nie znalazłam. Zagubił się albo został starannie schowany. I to przez wszystkich. Nawet ty nie dałaś mi żadnych wskazówek. Nie tym razem. A więc jest to coś, co miało być przede mną zatajone na zawsze. Czyż nie tak? Jeszcze jedna rodzinna tajemnica? Mam dość tych tajemnic i brakuje mi już czasu na ich rozwiązywanie.

2

Emila była na górze, w swoim pokoju. Leżała na łóżku w szlafroku zapiętym na jeden guzik, z rozmazanym makijażem i czymś w rodzaju kołtuna na głowie — doprawdy, wyglądała malowniczo. Właśnie nalewała koniak, a nie był to na pewno pierwszy kieliszek tego dnia.

— Napijesz się? — spytała.

— Nalej.

Zaśmiała się. Pokazała na butelkę.

— Dostałam od pacjenta. Doskonały.

Rzeczywiście, był niezły, chociaż nie przepadałam za tym trunkiem.

Powtórzyłam swoją propozycję.

— Chcę fortepian — powiedziała.

Tak, babko, wszyscy chcieli mieć ten cholerny instrument.

— Już go nie mam.

Ona też na moment zastygła.

— Chyba go nie sprzedałaś tej modliszce?

— Nie.

— No tak, mogłam się tego domyślić. Wyprosiła go matka?! Tak?! — Była wściekła.

— Nie.

— Nie?

— Zwróciłam go Pawłowi.

— Zwróciłaś go? Co ty pieprzysz?!

— Powinnaś być zadowolona. Chciałaś go dla niego kupić, a dostał go za darmo. Czy nie postąpiłam wspaniałomyślnie?

— Bardzo wspaniałomyślnie.

Miałam wrażenie, że ma ochotę chlusnąć mi koniakiem w twarz. Opanowała się jednak. Zamiast tego chlusnęła wyzwiskiem.

— Nie przypuszczałam tylko, że weźmie go od takiej dziwki jak ty.

— Ulżyj sobie. I tak nie jesteś w stanie mnie niczym dotknąć — umyślnie ją prowokowałam.

Zaśmiała się.

— Nie żal ci będzie pozbywać się tego czarnego grata. Dobrze na nim dawałaś temu palantowi. Lepiej jak w burdelu. Usługa specjalna. Ale jeśli myślisz, że byłaś oryginalna, to się mylisz.

— Podglądałaś? Jakie to trywialne.

— Nie jesteś ciekawa, kto był pierwszy?

— Niespecjalnie.

— I tak ci nie powiem. Nie powiem ci także, po co tam przyszłam. Wiedziałam, że będziesz pijana i że będę mogła spokojnie przeszukać dom. Uschniesz teraz z ciekawości! Jestem tego pewna! Bo ty przecież jesteś wścibska i ciekawska. Tylko udajesz obojętną.

— Znalazłaś?

— Chciałabyś wiedzieć, co?!

— Bo jeśli nie, to może ci to dam.

— Sprytnie! Ale niczego ze mnie nie wydobędziesz.

Nalała sobie jeszcze raz. Leżała na łóżku półnaga, nienawidząca i taka w tej chwili podobna do Pawła, jakby byli bliźniakami. To dziwne, że dotychczas nie widziałam tego podobieństwa. Światło i jego cień. Kto tu był kim?

— Wiesz, jaka była moja ulubiona zabawa w dzieciństwie? W lekarza. Tak, już wtedy lubiłam to robić. Kroiłam żaby i dżdżownice. Ale to zapewne wiesz z pamiętnika Maurycego. Najbardziej jednak lubiłam leczyć Pawła. Tak, to zdecydowanie mój ulubiony pacjent — zaśmiała się złowrogo.

— Rozbierałam go do rosołu i badałam słuchawkami dziadka. Lubiłam zwłaszcza słuchać, jak pulsuje jego serce. Czasami wyobrażałam sobie, że przeprowadzam na nim operację — operację serca! Nie skalpelem, ale sztyletem Maurycego. — Jej twarz wykrzywiał spazm nienawiści. — A wiesz, jaka była jego ulubiona zabawa? Oczywiście granie. Mogłam go badać tylko pod warunkiem, że pozwolę na sobie grać. Tak, grać. Rozbierał mnie i grał — czarny, biały, czarny, czarny... Najlepiej grało mu się na mojej dziecięcej pupie. Miałam grubą, nabitą tłuszczem pupę, od której doskonale odbijały się jego palce. No co, podobają ci się nasze dawne zabawy?

— Typowe dla dzieciństwa. Zazwyczaj się z nich wyrasta. Ty zdajesz się za nimi tęsknić.

— Tęsknić? Dobre sobie. Ja się nie przestałam brzydko bawić. Codziennie słucham pulsujących serc. Zmieniłam właśnie specjalizację — z pediatrii na kardiochirurgię. Podnieca mnie ten rytm. A zwłaszcza jego brak — ten pośpieszny, chaotyczny, narastający tętent.

— Masz nie po kolei w głowie.

— Nie ja jedna w tej rodzinie.

— Dlaczego ty go tak nienawidzisz?

— Przeciwnie, bardzo go kocham. Tak samo zachłannie jak wszyscy inni. Tak to już z nim jest — wyzwala niezdrowe uczucia. Chyba dlatego, że sam nie potrafi kochać. Taka wada serca. Nie zwapnienie, tylko wczesnodziecięce skamienienie. Znam się na tym. Wszystkim wydaje się, że to wada do zaleczenia, ale ja wiem, że jest inaczej. W końcu nikt go tak dokładnie nie przebadał jak ja...

— Zostawcie go wszyscy w spokoju.

— Nie mogę. Jest sensem mojego życia. Nie rozumiesz? — Nie mogłam patrzeć na jej wykrzywioną twarz. — Tak bardzo go wszyscy kochają, że nie starcza im miłości dla innych.

— Na przykład dla ciebie.

Rzuciła butelką o ścianę. Szkło rozprysło się na miliony drobin. Jedna zadrasnęła mi twarz. Koniak wolno spływał po słodkim, różowym wzorku.

— Spieprzaj — powiedziała. — Przynudzasz już wystarczająco długo. Nie mam na to ochoty. I na te twoje pamiątki po babce Aleksandrze. Cieszę się, że gnije w rodzinnym grobowcu. Nareszcie. Co za ulga! Jeśli tu coś przywloką, to wrzucę to od razu do śmieci. A fortepian rozpieprzę. Co tak na mnie patrzysz? To mój dom. Nie wiedziałaś o tym? To już wiesz. Przepisali go na mnie, licząc na Zawrocie. Już, już mieli się tam przeprowadzać. A teraz mieszkają u mnie. Pozwalam im na to. Ale to nie znaczy, że mogą znosić tu jakieś graty! A teraz wynoś się z mego domu i nie przychodź tu więcej!

Wstałam. Emilka rozkręcała właśnie drugą butelkę. Jeszcze jeden koniak od wdzięcznego pacjenta?

Wyszłam. Na korytarzu zobaczyłam cofający się cień. Ciotka Irena? Cień zniknął. Nikt mnie nie pożegnał, gdy w głąb domu rzuciłam ciche: do widzenia.

No cóż, babko, nie wszystko da się wyjaśnić do końca. Nawet nie będę próbowała. Zaglądanie w głąb mrocznej, okaleczonej duszy Emili odebrało mi siły. Dlaczego oni wszyscy są tacy poranieni? Kto im zadał ciosy? Kiedy? Przecież nie mogła tego wszystkiego zrobić jedna, stara kobieta. Czy to geny? Po kim? W naszej rodzinie przeważały raczej silne charaktery, a Emila i Paweł byli jak stare, rozstrojone instrumenty. A może to jest taki czas, przełomowy, niedobry, gdy załamały się ich plany i marzenia, gdy sczezły uczucia i gdy wszystko trzeba zaczynać od początku? Przypadkiem stałam się świadkiem i opisywaczem. Przypadkiem…

XXIV. RENÉE

1

Zaniosłam tobie i Maurycemu trochę kwiatów. Róże tak pięknie rozkwitły. Przyzwyczaiłam się do twojej obecności w Zawrociu, więc dziwne wrażenie zrobił na mnie napis na płycie. To tak, jakbyś duchem została w domu, a na cmentarzu pozwoliła złożyć ciało podobne do lekkiej wydmuszki, z której wypito całą treść.

Ciotka na szczęście zrezygnowała z pomysłu postawienia nowego, marmurowego pomnika obok rodzinnego grobowca. Siedziałam na twojej ulubionej ławeczce i patrzyłam na płomień świecy szarpany przez wiatr jak kawałek podartego, jaskrawego jedwabiu.

Dziwnie czułam się w tym miejscu. Równie dobrze mogłabym zostawić róże na sąsiedniej mogile. Leżącej tam kobiety nie znałam, tak jak ciebie. A jednak nie byłaś mi już całkiem obojętna. Ogarnął mnie nagły smutek, jaki czuje się, nie zastając w umówionym miejscu osoby, za którą tęskniło się, nie wiedząc nawet o tym. Nie było cię tu, babko. Tak samo jak naprawdę nie było cię w Zawrociu. Nie ma siły, która mogłaby cię wskrzesić. Nie ma więc możliwości, byś przemówiła do mnie inaczej niż za pomocą słów zapisanych w pamiętniku, kierowanych zawsze nie do mnie. Nie potwier-

dzisz i nie zaprzeczysz ani jednemu zdaniu, które zechcę
o tobie napisać. Czy tak musiało być? Dlaczego nie pozwoliłaś mi przyjechać wcześniej? Nie wierzyłaś, że mogę cię
pokochać? A jednak stało się! Miłość i nienawiść zrodziła
się we mnie w tej samej chwili. Nie chciałaś mnie znać?!
— krzyczałam w myślach tam, przy grobie. — Nie chciałaś!
Jestem tego pewna! Jestem pewna!

Szłam z nienawiścią w sercu, gotowa sprzedać Zawrocie od razu, gotowa zniszczyć każdy ślad po tobie, gdy nagle z bocznej alejki wyłonił się stary ksiądz. Chciałam go
wyminąć, ale zastąpił mi drogę i z dobrotliwym uśmiechem
pozdrowił.

— Była pani u babki? — spytał retorycznie. — Ja też czasami ją odwiedzam. Smutno mi teraz bez niej. Przychodziła na
cmentarz przynajmniej raz w tygodniu, a przy dobrej pogodzie
nawet częściej. Przyzwyczaiłem się do tego przez lata.

Miałam więc przed sobą księdza Piotra, twego wieloletnie-
go przyjaciela, jednego z nielicznych ludzi, których darzyłaś
szacunkiem. On musiał znać twoje myśli. Nie mogłam dłużej
czekać — chciałam znać prawdę!

— Pan… Ksiądz ją dobrze znał, moją babkę… — zaczęłam. — Niech ksiądz mi powie, dlaczego ona zostawiła Zawrocie mnie, a nie na przykład Pawłowi? Nie mogę tego zrozumieć.

Uśmiechnął się łagodnie.

— Przyznam ci się, dziecko, że i dla mnie było to zasko-
czeniem. Nie umiem ci powiedzieć nic pewnego. Pani Aleksandra była mądrą kobietą. Sądzę, że doskonale przemyślała
swoją decyzję i w dobre ręce oddała Zawrocie.

— Nawet gdybym je sprzedała?

— Jest twoje, dziecko. Możesz z nim zatem zrobić, co
zechcesz.

— To samo napisała mi w liście.

— Może chciała, by Zawrocie dostał ktoś, dla kogo nie

ma ono uczuciowego znaczenia. Dla ciebie, dziecko, jest to zupełnie obojętne miejsce, które możesz pokochać, ale też możesz bez żalu sprzedać. Czasami myślę, że dla twojej babki Zawrocie było ciężarem. Nawet nie sama posiadłość, raczej to, co jej narzucała. To była swoista enklawa innego czasu, dawnego stylu życia, anachroniczna enklawa. Z tamtego wzgórza ma się inną perspektywę na życie niż tutaj, w miasteczku. Ty jednak już nie musisz się tym przejmować. Ani Zawrocie, ani to miasto nic jeszcze dla ciebie nie znaczą.

— Ale ja też kiedyś będę musiała podjąć decyzję.

— Tak, to prawda. I nikt nie może ci w tym pomóc. Myślę, że przyjdzie taki moment, gdy będziesz wiedziała, jak postąpić.

— Tak... Być może... — powątpiewałam.

— Cieszyłbym się bardzo, gdyby w mojej parafii zamieszkała nowa, czysta duszyczka — zażartował i dodał, widząc moje zmieszanie: — No, no, ja wiem, że wy tam w mieście niezbyt gorliwie chodzicie do kościoła. Na szczęście Boga można spotkać wszędzie. Chociaż w taki upał może częściej chowa się do chłodnej kościelnej nawy. Tak przynajmniej twierdziła twoja babka.

Uśmiechnęłam się do niego z wdzięcznością. Był starym, mądrym człowiekiem, na pewno bardziej podobnym do św. Franciszka niż do Torquemady. I jeśli tęsknił teraz za tobą, to nie mogłaś być tylko i wyłącznie starą, złośliwą jędzą.

Wracałam boczną drogą, którą ty, babko, chodziłaś rzadko, bo była zbyt brzydka. Po raz pierwszy jednak usiłowałam nie patrzeć na okolicę twoimi oczyma. Już nie chciałam się dowiedzieć, co czułaś, mijając rozgrzebane place budowy na nowym osiedlu, ani co myślałaś, widząc, jak niezgrabne domy coraz bardziej psują perspektywę.

Mnie cieszyła rozbudowa miasteczka, bo tam, na rozjeżdżonym samochodami placu, między stertami cegieł i zielska, powoli spełniały się czyjeś marzenia. Może mało było w nich piękna, a więcej praktyczności, a czasami także snobizmu i mody, ale mnie to nie oburzało. Raczej bawiło. A chwilami nawet wzruszało. Bo te domy powstawały z takiego trudu, z zaparcia, z wyrzeczenia. Nie mogły być inne. Czas i okoliczności wycisnęły na nich swoje piętno. Domy z końca dwudziestego wieku — takie, po prostu takie. W tobie była zawsze niezgoda na inne wersje rzeczywistości niż ta, która przycupnęła w Zawrociu, we mnie jest zgoda na wszystko. I nieodparta ciekawość. Wiatr przenika jeszcze puste okienne ramy, podnosi kłęby kurzu. Słońce dobudowuje do ledwie rozpoczętych ścian złote zwieńczenia. Zielsko tka miękki dywan. Jakoś to będzie. Może nawet będzie dobrze. Będzie. Tak! Będzie się to wszystko pchało do przodu, rozrastało i zmieniało. Z tobą i bez ciebie. Ze mną i beze mnie. Z Pawłem i bez Pawła. Z Zawrociem i bez Zawrocia. Będzie. To smutne, babko? A może właśnie cudowne?!

2

Po powrocie do domu zastałam przy bramie osiemnastoletnią może dziewczynę — jasnowłosą, filigranową i bardzo speszoną. Pod pachą miała kilka książek. Oblała się ciemnym rumieńcem, gdy spojrzałam na nią pytająco.

— Bonjour, madame — wykrztusiła z doskonałym akcentem.

Przystanęłam zdumiona i dopiero po chwili odpowiedziałam:

— Bonjour. Qu'est-ce que il y a?

Odetchnęła z ulgą.

— Więc to pani!

— Oui, c'est moi.

W odpowiedzi roześmiała się lekko.

— Niewiele osób w miasteczku rozumie ten język —

mówiła już śmielej. — Jeszcze mniej było w Paryżu. Pani Milska powiedziała, że teraz króluje angielski. Miała rację. Tutaj wszyscy chcą wyjechać do Ameryki. A ja kocham Francję i Paryż! — spojrzała na mnie lekko spłoszona, jakby szukała aprobaty dla tej swojej dziwnej miłości. Ośmieliłam ją uśmiechem. — Jestem Renata, najmłodsza Jóźwiakówna. Pani Milska nazywała mnie Renée i uczyła francuskiego. Sprzątałam jej czasami za to. Pani się pewnie już zorientowała w tej symbiozie między Zawrociem a nami. Taka wymiana wszelkiego rodzaju usług... — Znowu nie wiadomo dlaczego zawstydziła się. Pokazała na książki ściskane kurczowo pod pachą. — Nie zdążyłam ich oddać... — Otworzyłam szerzej furtkę, by mogła wejść do środka. Zrobiła to po chwili wahania. — Czy ja jednak nie przeszkadzam? — spytała.

— Ależ skąd. Bardzo się cieszę, że pani przyszła. Rzadko mnie tu ktoś odwiedza. Proszę wejść.

Usiadłyśmy na werandzie. Renée ciągle jeszcze trochę spięta i onieśmielona. Usiłowała to ukryć, bawiąc się z Untą, wyraźnie ożywioną jej obecnością, pełną oznak psiego uwielbienia.

— Trochę się dziwnie czuję... Zawsze była tu pani Aleksandra... na tym fotelu... — wskazała moje miejsce. — Nie wszyscy ją lubili. Niektórzy nawet... — urwała zmieszana. — Ale to przez zazdrość! Ona... wie pani, ona mnie nie musiała uczyć, a jednak uczyła. I to tak, że zdałam w tym roku na romanistykę. Zdałam najlepiej ze wszystkich. I nie zdążyłam jej o tym powiedzieć... Wszystko przez mamę, nie napisała mi, że pani Milska jest chora... Specjalnie mi nie napisała... a ja... bo ja...

Umilkła poruszona, na granicy płaczu. Więc ktoś jednak w tym miasteczku żałował, babko, twego odejścia. „Ta mała od Jóźwiaków", jak ją nazywałaś w pamiętniku, przedłużając czasami tę frazę o słowo „zdolna", miała teraz oczy pełne łez. Zdumiewający widok.

— J'y suis et j'y reste — powiedziałam, by powstrzymać potop. Renée rzeczywiście uspokoiła się. Musiała znać tę sentencję.

— Tak, ma pani rację. Ona tu jest. I zostanie! — Rozejrzała się wokół, jakby naprawdę mogła cię gdzieś tutaj zobaczyć. Jej wzrok dłużej zatrzymał się w głębi salonu, przy fortepianie. — Nic tu się jeszcze nie zmieniło — dodała z zamyśleniem.

— To prawda.

— Pani widziała Paryż, czy tak?

— Owszem.

— Na wiosnę, chyba pod koniec kwietnia, pani Aleksandra powiedziała mi, że wkrótce zamieszka tu ktoś, kto niedawno widział Paryż. I że ten ktoś mi o nim na pewno opowie. Śmiała się wtedy, że ona zbyt dawno tam była, by mieć istotne o nim wiadomości. Myślałam, że mówi o panu Pawle. Wszyscy tak myśleli... — znowu się zmieszała. — Niektórzy się dziwią... Ja trochę też się dziwiłam, ale jeśli ona uznała, że to pani powinna tu być, to znaczy, że to jest słuszne... — Zaczerwieniła się po czubki uszu. — Sama nie wiem, po co ja to pani mówię. To oczywiste i pewnie nudne...

Cała była z tego miasteczka — pełna kompleksów, nieśmiałości i urazów — a jednak ona jedna, choć przepełniona sprzecznymi uczuciami, nie wolna od wątpliwości, przyszła tu do mnie, by dać wyraz swojej dziecinnej i naiwnej solidarności. Byłam dla niej ważna przez twój, babko, wybór. Musiała się jednak najpierw upewnić, czy nie jestem nędzną uzurpatorką, dlatego pierwsze zdanie wypowiedziała po francusku, a później spytała o Paryż. Hasło i odzew — jakie to śmieszne, a jednocześnie w pewien sposób rozczulające. Jakby tu, w Zawrociu, istniał jakiś tajemniczy świat, do którego nie wszyscy mogą się dostać. Renée myślała, że przepustką jest francuski, ja wiedziałam, że to o wiele za mało. Patrząc na jej zamyśloną twarz, przypominającą złotowłose kobiety z obrazów Jana van Eycka, pomyślałam sobie, że tą przepustką zawsze było piękno, wrażliwość bądź talent. Renée nie była piękna, ale na pewno była wrażliwa. Jej nozdrza chwytały teraz słodki zapach białych goździków, rosnących u stóp werandy. Ośmielona moim życzliwym uśmiechem, nagle zapomniała o wszystkim innym i chłonęła urok letniego popołudnia.

— Och! Zapomniałam, jak tu pięknie! To najpiękniejsze miejsce na świecie! — wykrzyknęła i zbiegła z psem na dawno nie koszony trawnik. Unta przewróciła ją w rumianki. Tarzały się przez chwilę w kwiatach. — Zdałam, zdałam, zdałam! — wykrzykiwała Renée, jakby chciała, by te słowa dotarły do każdego zakątka w Zawrociu, a potem, by otulone zapachem traw, poszybowały tam, gdzie kryłaś się za zakładką powietrza albo za jakimś słonecznym filarem i patrzyłaś na tę radosną, beztroską zabawę. Wróciła na werandę.

— Tak, ma pani rację, pani Milska na pewno wie, że zdałam egzamin — powiedziała jeszcze lekko zdyszana. — Jak to dobrze! Tak mi było ciężko myśleć, że ona już nigdy się o tym nie dowie. Tak ciężko!

„Paź — pomyślałam o niej, babko, twoimi słowami — ile w niej młodości i wdzięku. Ciągle się o coś pyta i ciągle się dziwi. Jak ona ładnie i dogłębnie się dziwi". Rzeczywiście, taka właśnie była Renée. Przysiadła na skraju sofy i zadała kolejne pytanie, znowu trochę spłoszona i zaczerwieniona.

— A pan Paweł? Czy tu przychodzi?

— Tak. Czasami. Korzysta z fortepianu.

— Gra? — zdziwiła się. — Naprawdę?

— Naprawdę.

Jej twarz rozjaśniła się. Patrzyła teraz na mnie jak na dobrą wróżkę, która umie czynić czary. Postanowiłam nie wypadać z roli. Nie mogłam sobie zresztą tego odmówić.

— Babka chciała, by pani, Renée, odziedziczyła część jej książek. Wszystkie, które są w języku francuskim.

— Naprawdę tego chciała?

— Oczywiście. Sama sobie pani jednak z nimi nie poradzi, bo zajmują całą biblioteczkę. Musi pani poprosić o pomoc ojca albo któregoś z braci.

— Ach! — Ciągle jeszcze nie wierzyła własnym uszom. — Ale... Czy pani jest pewna?! Doprawdy, tyle książek! Jak ja mogę wziąć tyle książek...?

— Oczywiście, że pani może. Po co mają tu stać i zbierać kurz.

— Ach... — wzdychała jeszcze. — To takie cudowne wiedzieć, że pani Milska przeznaczyła je dla mnie. Chyba w takim razie wierzyła we mnie, co?! Tak, na pewno tak! Pani nie wie, jakie to dla mnie ważne! Zawsze była surowa... — urwała i zaraz się poprawiła — ale bardzo dobra! Bardzo! Ja kilka tych książek jej czytałam. Nie wszystko rozumiałam, ale czytałam... Czytałam jej teraz, na wiosnę, bo... wzrok jej już nie dopisywał... Tak mówiła, nie dopisuje mi wzrok... Ale nigdy tonem skargi, nigdy! — Usta Renée znowu zaczęły niebezpiecznie drżeć, w oczach zabłysły łzy. Odwróciła się, ale i tak jej drgające plecy zdradzały płacz. Ona jedna, babko, naprawdę po tobie płakała. Tak, to był zdumiewający widok. Objęłam ją, a gdy się uspokoiła, obdarowałam pierwszą partią książek i odprowadziłam do furtki.

— Merci. Au revoir! — powiedziała.

— Au revoir!

3

A więc to Renée towarzyszyła ci w tych ostatnich miesiącach. Renée, Kocia i psy. Lubiłaś tę wesołą, wrażliwą dziewczynę, ale nawet jej nie dałaś tego odczuć. Co to było, babko? Jaki uraz, blizna czy skaza nie pozwalały ci na okazywanie uczuć? Choćby tak niezobowiązujących jak odrobina sympatii i życzliwości... Tego też już się nie dowiem — prawda zniknęła w mrokach przeszłości, nie zapisałaś tego w pamiętniku. Maurycy wprawdzie usiłował cię tłumaczyć, ale czy miał rację? „Ach ta moja Aleksandra! Jest jak zamknięta szkatuła — tyle w niej skarbów, ale jakie one niedostępne. Jakby ktoś kiedyś zatrzasnął wieko i wyrzucił klucz. Wiem, że Aleksandra stara się ze wszystkich sił dostać do swego wnętrza i obdarować tym bogactwem, ale na razie rzadko jej się to udaje. Jakby nie do końca wierzyła, że tyle w niej czułości, łagodności, miłości".

Tak, Maurycy wierzył w ciebie do końca, ale czy chociaż raz zobaczył zawartość całej szkatuły? Wątpię. Nie zobaczył jej także Paweł, mimo że tak bardzo go kochałaś. A wcześniej Feliks — chociaż to nie jest takie pewne.

Mam jednak wrażenie, babko, że jestem jedyną osobą, która ogląda jej zawartość i umie ją ocenić, chociaż nie dla mnie była przeznaczona. Maurycy to przeczuwał, ja mam pewność. Jakie to śmieszne i jednocześnie żałosne, że to przede mną przyszło ci się otworzyć i obnażyć.

Tak, mam cię przed sobą — nagą i bezbronną, z obwisłymi, starczymi piersiami, z żylakami na nogach, wątrobianymi plamami na skórze dłoni. Oto ty, stara kobieta, kochająca rozpaczliwie swego wnuka, szukająca dla niego ratunku. Stare serce wyskakuje z piersi, gdy codziennie wspinasz się z salonu do sypialni na górze. Obok łóżka szklanka na zęby, termofor, który ma rozgrzać lodowate stopy, fiolka, która przedłuża agonię. Bo jeszcze nie możesz odejść! Musisz wymyślić ten sposób! Musisz! Bo było już za późno na to, by po prostu go wezwać i powiedzieć: kocham cię. Bo twoja miłość go zabijała. Każde słowo o niej byłoby jak pętla dławiąca oddech. Jak pętla.

Wiem, babko, że chciałaś, by Zawrocie znalazło się w posiadaniu Pawła. Rozmyślałaś o tym codziennie tej ostatniej, długiej zimy i doszłaś do wniosku, że nie możesz mu go oddać. Pewnie jednak niewiele brakowało, byś postąpiła inaczej

— to Paweł dowiedziałby się po pogrzebie, że jest jedynym spadkobiercą.

Co by wówczas zrobił? Za bardzo to miejsce kochał, by się go wyrzec. A więc zamieszkałby tutaj. Ale nawet gdyby je sprzedał, gdyby w jakimkolwiek stopniu wykorzystał twój dar, choćby to była drobna, najdrobniejsza część, to czułby się twoim dozgonnym dłużnikiem, który nie powinien zawieść pokładanych w nim nadziei. A twoje oczekiwania znał doskonale. Ty zaś znałaś jego charakter i stan emocjonalny. Wiedziałaś, że przyjęcie Zawrocia skazałoby go na dalsze psychiczne niewolnictwo.

Tak, babko! Zawsze chodziło ci tylko o jedno — by spełniły się twoje plany i marzenia, a ten jeden raz, gdy napisałaś na testamencie moje imię zamiast jego imienia, pomyślałaś o nim, bezbronnym, rozdartym psychicznie, zniewolonym twoją miłością, spętanym talentem. Zapis na moją rzecz był ostatnim aktem twojej miłości do Pawła, był też aktem najbardziej heroicznym, wymagającym wielkiej wyobraźni i mądrości. Po raz pierwszy przyznałaś mu status istoty odrębnej — osobiście, prawie mdlejąc z bólu, przecięłaś pępowinę.

Myślę, że to uratowało mu życie. Przestał skrzypieć drzwiami starej szafy. Przestał wsłuchiwać się w puls swoich żył na nadgarstku. Przestał studiować zacieki na suficie. Był już wolny, ale jeszcze bał się tej wolności. Jeszcze szukał niewidzialnych nici łączących go z przeszłością, jeszcze udawał, że jakieś znaczenie ma fortepian, ale raczej straszył sam siebie, niż bał się naprawdę. Anna chciała cię, babko, zastąpić, ale repliką Zawrocia wyzwoliła go zupełnie. Zawrocie straciło swą magiczną moc — jeśli było możliwe do podrobienia, jeśli było powtarzalne... Nawet moje podobieństwo do ciebie okazało się dobrym zbiegiem okoliczności — bo i ty, babko, w jakimś sensie, okazałaś się powtarzalna.

Nie spodziewałaś się po mnie zbyt wiele. Niczego nie żądałaś. Nie prosiłaś! Nie sugerowałaś! Nie spodziewałaś się nawet tego, że oddam Pawłowi fortepian. Tym bardziej nie przypuszczałaś, że poproszę go o to, by w Zawrociu zamieszkał. Zostanie tu z Kocią, Untą i Remim, ze swoim fortepianem i tobą, zatopioną niewidzialnie w fotelu. Jeśli oczywiście się na to zgodzi. Myślę, że zostawiam go pod dobrą opieką. Jest wolny. Jeśli coś go jeszcze ogranicza i pęta, to tylko muzyka. Jednak tym razem sam ją wybrał. Jednak ją wybrał. Tego też już nie żądałaś. Twój raj zatonie w muzyce. Będzie, jak chciałaś. Będzie, jak ja chcę. Tak się ze sobą dziwnie zgodziłyśmy, babko.

Tak, wiele wiem. A jednak mam wrażenie, że ciągle brakuje mi tego jednego puzzla. Nie dowiem się nigdy wielu rzeczy — tego czy spędziłaś z Feliksem choćby jedną noc, czy tęskniłaś kiedykolwiek za Krystyną, co zrobiłaś Emilce albo co ona zrobiła Pawłowi, nie dowiem się także, czy w ogóle pamiętałaś ten epizod z tortem i o kim myślałaś w chwili śmierci…

Może zresztą niczego o tobie nie wiem, może tylko mi się wydaje, że rozumiem twoje myśli, uczucia i postępki. To już nie ma znaczenia. Wyjeżdżam. Jutro. Z samego rana.

XXV. EPILOG

1

Michał powitał mnie czułym i długim pocałunkiem. Trzymał mnie przez chwilę w ramionach.

— Więc już tam nie wrócisz?

— W każdym razie nie w tym roku.

— Nie zamierzasz go sprzedać? — zdziwił się.

— Nie. Wypożyczyłam Zawrocie razem z domem i fortepianem pewnemu szalonemu artyście.

— Za ile?

— Za darmo.

— Jesteś stuknięta.

— Oczywiście. Przecież zawsze byłam. Za darmo i na całe życie.

— Co to za dupek, że zgodził się na takie warunki?!

— On o tym nie wie. Nie wie, że na całe życie.

— A psy?

— W mieście by się męczyły. Jóźwiak będzie je karmił podczas nieobecności nowego właściciela. Ma też zajmować się kotem, łąkami, sadem i lasem, za prawo korzystania z nich. To stary, dobry układ.

— Domyślam się, że bezgotówkowy — narzekał, ale

w gruncie rzeczy był zadowolony, że sprawy wróciły do normy.

— Zostawiłaś mu wszystko?

— Nie. Zabrałam pamiętniki, samochód i parę odlotowych kiecek babki. I jej buty też. Zobacz, ostatni krzyk mody!

— Nie, to się nie mieści w głowie, w każdym razie w mojej. — Chwyciłby za nią, gdyby nie miał rąk zajętych obejmowaniem mnie.

— Może jest trochę za mała?

— Myślisz, że będę zadawał się ze świrniętą kobietą? A jeśli to zaraźliwe?

— Nawet na pewno. Nie rozumiem jednak, o co ci chodzi? Przed miesiącem nie miałam nic i teraz nie mam nic. Wszystko jest więc po staremu. Przecież o to ci chodziło.

Zastanawiał się przez chwilę.

— No niby tak — przyznał. — Tak! — dodał olśniony.

— Słyszałam, że Luiza ponownie poprosiła cię o rękę.

— Był taki fakt. — Napuszył się jak paw. — Ale odmówiłem. Myślała, że to przez tę małą i chciała jej zerwać skalp. Wiesz, jaka jest Luiza. Ganiała ją po teatrze z tymi wielkimi nożycami, które zaprojektowałem do bajki o krawczyku. Myślałem, że mała ducha wyzionie ze strachu.

— Nie chwal się. Wiem, że uwielbiają cię kobiety. Tylko nie wiem dlaczego.

— To ty mnie nie uwielbiasz?

— Nie.

— To co robisz w moim mieszkaniu i w dodatku w moim łóżku?

— Czekam na uwielbienie.

— Że niby ja ciebie?

— A czemu nie?!

— Co za czasy… no dobrze… uwielbiam…

2

Wiem, babko, idiotyczny tekst, kiczowaty i w dodatku nie-
prawdziwy. No cóż, chciałam, by tak się wszystko skończyło
— banalny happy end, jak w amerykańskim filmie. Nawet
zapisałam ten hipotetyczny koniec w pamiętniku, przed wy-
jazdem z Zawrocia.

A jak jest naprawdę? Stoję naprzeciwko Michała i już
wiem, że nie czekał. Nie wiem jeszcze tylko czy to Luiza,
czy ta mała z kilogramem złota na głowie.

— Mówiłem! Cholera, przecież ci mówiłem!

Milczę. Na jego pulowerze błyszczy jeden złoty włos i kilka krótszych, rudych. Więc może i jedna, i druga.

— Ale to nie jest tak, jak myślisz. Zresztą, gdybyś chciała…

— Nie chcę — przerywam mu.

— Tak myślałem. No to wszystko jest jasne…

Urywa zmieszany. To jednak Luiza — to jej powiedzonko.
Michał patrzy w przestrzeń ponad moją głową, ja wchłaniam
jego zapach, kilkakrotnie, głęboko, jakbym chciała zmagazy-
nować go w pęcherzykach, ale ulatuje i miesza się z zadu-
chem teatralnej kafejki.

— Etiuda — mówię do zakłopotanego Michała. — Muzyczne ćwiczenie. Biały, czarny, czarny, czarny. Tylko że jednym palcem, ale za to melodyjnie, dynamicznie, z odrobiną
talentu.

— O czym mówisz?

— Było mi z tobą dobrze — dodaję. Do środka kapią
mi łzy z częstotliwością półnut. Ociężały, monotonny rytm
deszczu. Wychodzę na ulicę. Spaliny wypierają z płuc resztkę
zapachu Michała. Otwieram parasolkę. Miasto przegląda się
w kałużach. Pierwsze liście odrywają się od gałęzi i płyną
rynsztokami. Miasto. Moje miasto. Jesienne miasto.

SPIS TREŚCI